本书系吉林师范大学博士科研启动基金项目成果

启蒙视域下的五四小说流派

姜丽清◎著

图书在版编目（CIP）数据

启蒙视域下的五四小说流派／姜丽清著．—北京：中国社会科学出版社，2021.8

ISBN 978－7－5203－8453－7

Ⅰ.①启…　Ⅱ.①姜…　Ⅲ.①小说—文学流派研究—中国—现代
Ⅳ.①I207.42

中国版本图书馆CIP数据核字(2021)第106716号

出 版 人　赵剑英
责任编辑　慈明亮
责任校对　赵雪姣
责任印制　戴　宽

出　　版　中国社会科学出版社
社　　址　北京鼓楼西大街甲158号
邮　　编　100720
网　　址　http://www.csspw.cn
发 行 部　010－84083685
门 市 部　010－84029450
经　　销　新华书店及其他书店

印　　刷　北京君升印刷有限公司
装　　订　廊坊市广阳区广增装订厂
版　　次　2021年8月第1版
印　　次　2021年8月第1次印刷

开　　本　710×1000　1/16
印　　张　12.75
插　　页　2
字　　数　200千字
定　　价　68.00元

目　录

绪　论

第一节　启蒙的概念辨析

1783 年 12 月，德国的《柏林月刊》发表了一篇文章，这是一位名为约翰·弗里德里希·策尔纳的神学家和教育改革家所著，是探讨婚姻仪式根据民法来规定的可取性，这篇看似普通的文章却因注脚中的一个问题引发了一场大讨论：

“什么是启蒙？这个就像什么是真理一样重要的问题，在一个人开始启蒙之前就应该得到回答！但是我还没有发现它已经被回答！”① 这个问题并没有悬置太长时间，一年之内，《柏林月刊》就刊登了摩西·门德尔松和伊曼纽尔·康德的著名回答，使这一问题的答案得以深入人心。因此，尽管启蒙运动发源于英格兰与法国，但对启蒙这一问题首先进行深入思考的，却是德国。由是观之，“启蒙”一词有着纯正的欧洲血统，但这一词汇及那场以此命名的运动传入中国后，我们却发现它与中国传统中的启蒙定义有所不同。

在欧洲的主要语种中，都有“启蒙”这一词汇。在法语中对应的是 Lumieres，在英语中对应的是 Enlightenment，在德语中对应的是 Aufklärung，在意大利语中对应的是 Illuministi。这些词的基本意思是相通的，都指用“光”来照亮整个世界。当然，这个“光”的来源在不同的时代有着不同的意义。从古希腊的朴素人本主义哲学到中世

---

① ［美］詹姆斯·施密特编：《启蒙运动与现代性——18 世纪与 20 世纪的对话》，徐向东、卢华萍译，上海人民出版社 2005 年版，第 2 页。

纪的基督教神学；从文艺复兴真正的“人本主义”到启蒙理性，这些思想资源都曾经在某种程度上扮演了照亮人类自身局限、使人类走向光明与自由的光源。18 世纪，“在《关于解释自然的思想》中，狄德罗曾经把科学比做广大无边的大地，有的地方是明亮的，有的地方是晦暗的。‘我们工作唯一的目的就是要扩展光明的地带。’可见在狄德罗那里，‘启蒙’起源于‘光明’的隐喻，且具有百科知识的含义。这里最重要的是新的观察知识的角度，有一个启蒙的光源”[①]。另外，从词源学上考察，英文中，lighten 的词根基本含义是“使……明亮”，enlighten 意味着人通过受到启发进而脱离无知、偏见和迷信的境地，也就是后来 18 世纪启蒙运动中常常强调的“祛魅”作用——启蒙者认为，哲学、科学、文艺等各个领域在那个时代所取得的成就代表了“光”，可以用它的光辉去照亮宗教与封建制度加之于人们的蒙昧与迷信，所以以它命名的运动成为全欧洲的思想运动。这一词汇在西方现代语言中使用得非常广泛，说明这一概念的深入人心。“启蒙”在西方不仅是个充满争议的哲学命题，也是一个给文学主题带来了全新变化的文学命题，更是给以欧洲为主的整个西方世界带来了巨大变化的实践命题。

在欧洲“启蒙”概念传入中国之前，中国的传统词汇中也有“启蒙”一词。但由于文化土壤的巨大差异，中国古代对于“启蒙”一词的使用与西方“启蒙”概念的上述两层含义有着一定的差别。在甲骨文中，“启”与“蒙”均为会意字。“启”的甲骨文字形左边是（又），右边是（户，小门），“右手打开门户之形”[②]；而“蒙”的甲骨文字形是上面（将帽子套在头上）加下面（小鸟）组成，本义是“覆也”[③]，也就是以帽子罩住小鸟。在甲骨文中，“启”与

① 尚杰：《西方哲学史——启蒙时代的法国哲学》，江苏人民出版社 2005 年版，第 382 页。

② 邹晓丽编著：《基础汉字形义释源——〈说文〉部首今读本义》（修订本），中华书局 2007 年版，第 59 页。

③ 邹晓丽编著：《基础汉字形义释源——〈说文〉部首今读本义》（修订本），第 111 页。

“蒙”是两个独立的会意字，各自使用，未组合在一起。最早将这两个字组合成词的是汉应劭《风俗通·黄霸·六国》中：“每辄挫衄，亦足以祛蔽启蒙矣。”① 意为从挫折和失败中也能得到启发、教益。这里的启蒙即是启发、开导，指开导蒙昧、使之明白事理的意思。这一启蒙概念强调的是“事理”，亦即中国古代封建社会最为强调的“纲常伦理”，偏重的是社会教化作用。启蒙的第二层意思元朝刘壎《隐居通议·论悟二》中可见：“儿童初学蒙昧未开，故瞢然无知。及既得师启蒙，便能读书认字。”② 这里的“蒙”指的是年幼无知的儿童的童蒙，而“启蒙”在这里意即使初学者学习到基本的入门知识，这一层意思多用于少儿教育方面，后来亦引申为通过宣传使社会能够接受新事物之意。

启蒙的第一层含义蕴含的“启发、开导”之意，在中国近代也经历了一个不断完善和发展的过程。在王夫之的《周易外传》中有对“启蒙”一词的使用，但意思还比较模糊，未对概念进行明确界定。近代明确使用“启蒙”一词较早的是梁启超，他在《清代学术概论》一书中把清代学术分成“启蒙期”“全盛期”“蜕分期”与“衰落期”四个时期来进行研究。他认为启蒙期的特点即在于对旧思潮的反动，并认为启蒙的两大特点为“批判性”与“建设性”。这种概念发展到五四时期，渐渐自五四启蒙先驱的笔下出现，意思却与西方启蒙内涵相去甚远。五四时期，“启蒙”一词最早明确出现是在鲁迅笔下。在《连环图画琐谈》中鲁迅说：“借图画以启蒙”③；《答曹聚仁先生信》中说：“在乡僻处启蒙的大众语，固然应该纯用方言，但一面仍然要改进……”④ 《门外文谈》中又说：“在开首的启蒙时期，各地方各写它的土话……所以，我想，启蒙时候用方言，但一面又要渐渐的加入普通的语法和词汇去。”⑤ 这均是沿用了中

---

① （汉）应劭：《风俗通·皇霸》，王利器校注《风俗通义校注》（上），中华书局1981年版，第49页。

② （元）刘壎：《隐居通议·理学　》卷　，《钦定四库全书》影印本，第11页。

③ 鲁迅：《连环图画琐谈》，《鲁迅全集》第6卷，人民文学出版社2005年版，第28页。

④ 鲁迅：《答曹聚仁先生信》，《鲁迅全集》第6卷，人民文学出版社2005年版，第79页。

⑤ 鲁迅：《门外文谈》，《鲁迅全集》第6卷，人民文学出版社2005年版，第99—100页。

国古代“启蒙”一词的基本含义。到了沈从文，这一概念也未有更多变化，他于1933年讲述一则古代故事，说它的作用是“为后世启蒙发愚之用”①，并将孙俍工编写的《新诗作法》《散文作法》《小说作法》等示范参考的书称为“启蒙书”。上述二人对“启蒙”概念的使用都是基于中国传统的“启蒙”内涵——“启发”“开导”。相对而言，稍有些接近西方启蒙含义的是郁达夫。他曾说：“文艺批评在天才眼里，虽没有什么价值，在庸人的堆里，究竟是启蒙的指针。”② 这里的“启蒙”便有了些“祛魅”的意味。进而，郁达夫在批判文坛上的浅薄风气时又说：“虽是在启蒙时代所难免的，但也须有一个限制才好。”③ 这种“启蒙”的概念，已有接近西方内涵的自觉。真正在西方启蒙内涵的范畴之内使用的，是郁达夫在向中国读者介绍影响赫尔岑思想的人物时，特别提到了“尤以法国启蒙哲学家和百科辞典编纂诸家如提特洛（狄德罗）、达兰倍尔（达朗贝尔）辈的感化为最深”④，且介绍18世纪法国小说家时提到狄德罗与卢梭均以“启蒙哲学者”称之。这虽然只是作为介绍西方文学发展成就时的一种直译，并没有深究其内涵或是真正使用，但毕竟较之鲁迅、沈从文等人已经有所进步。

经过一段时间的发展，五四先驱开始把“启蒙”作为一种文学思潮及主义来使用。最先用到这层含义的是鲁迅——在《我怎么做起小说来》一文中鲁迅说：“说到‘为什么’做小说罢，我仍抱着十多年前的‘启蒙主义’，以为必须是‘为人生’，而且要改良这人生。……所以我的取材，多采自病态社会的不幸的人们中，意思是在揭出病苦，引起疗救的注意。”⑤ 这里鲁迅虽然没有明确地解释“启蒙”的内涵，而其“为人生”“改良人生”的文学主张已经在某种程度上接近18世纪西方启蒙运动的

---

① 沈从文：《知识阶级与进步》，《沈从文全集》第14卷，北岳文艺出版社2002年版，第61页。

② 郁达夫：《艺文私见》，《郁达夫全集》第5卷，浙江文艺出版社1992年版，第25页。

③ 郁达夫：《“女神”之生日》，《郁达夫全集》第5卷，浙江文艺出版社1992年版，第39页。

④ 郁达夫：《赫尔惨》，《郁达夫全集》第5卷，浙江文艺出版社1992年版，第80页。

⑤ 鲁迅：《我怎么做起小说来》，《鲁迅全集》第4卷，人民文学出版社2005年版，第512页。

一些定义，当然与真正的西方启蒙内涵仍有差距。不过，由于当时五四启蒙先驱对于西方启蒙运动的理解与推崇还没有发展到明确与自觉的程度，因而在介绍西方的文艺运动及文学思潮时常常推崇文艺复兴运动及批判现实主义、浪漫主义等，而忽略18世纪启蒙文学思潮，甚至一度认为并不存在启蒙主义文学思潮。这种现象直到“新启蒙运动”① 开始后才发生根本转变，“启蒙”开始成为人们的自觉，这一口号广泛流行起来。

再从中国“启蒙”概念的第二层含义来看。《周易》里有“蒙以养正”的说法，可见启蒙的第二层含义在中国古代文化中得到了充分认识。而蒙学在古代是没有严格的年龄限制的，徐梓在《中国传统蒙学述评》中指出：“二十岁以上的成人在农闲时节，到私塾或村学中接受启蒙教育的极其普遍。”② 这说明除儿童外，蒙昧的成年人也在传统蒙学启蒙之列。因此这里启蒙对象的要件不是“儿童”，而是“蒙昧”，这也在一定程度上说明了启蒙对象之广泛。中国古代的启蒙不仅年龄限制宽泛，内容也颇有不同。在初步形成蒙学规模的明代，蒙学教育的主要内容是《三字经》《百家姓》《千字文》等侧重纲常伦理教化的内容，清代蒙学情况基本与此相同。可见蒙学的主要目的在于文化普及与伦理教化，从这个意义上来说，“启蒙”在中国的两层意义殊途同归，都指向了伦理教化，这是迥异于西方启蒙的基本定义的。

第二节　比较视野中的中西启蒙运动

当“启蒙”与“运动”联系在一起时，它的含义便多为特定意义上的。西方“启蒙运动”特指17世纪末开始，在18世纪达到全盛的资本主义思想革命与思潮运动，直接目标是反宗教神学和反封建专制，建立理想的资产阶级政体；终极目标是打破外在障碍，实现人的理性的自由运用。它的成就是辉煌的，不仅直接导致了法国大革命的发生，还有着

---

① 新启蒙运动又称“新五四运动”“第二次新文化运动”，是由进步文化人士在20世纪30年代中后期发起的、以鲜明的爱国主义和民主主义为特色的思想文化运动。它以“继承五四，超越五四”为主旨，试图突破“五四”启蒙的历史局限。

② 徐梓：《中国传统蒙学述评》，《蒙学须知》，山西教育出版社1991年版，第2页。

卓越的成就：英国的培根及法国的“百科全书派”、德国康德等人的“理性哲学”与批判，还包括了莱辛、赫尔德等文艺批评家文学家的思想成就。这一运动以康德的“要有勇气运用你自己的理智”为座右铭，终极目标指向是自我启蒙。外在的力量只能成为自我启蒙的障碍或是帮助去除挡在其面前的障碍，却不能代替主体自身运用勇气走出“自我招致的不成熟状态”的过程，因此西方启蒙的真正内涵是达到自我启蒙。在福柯看来：“启蒙必须被理解为既是一个人们集体地参与其中的过程，同时也是一个由个人完成的勇敢的行动。”① 意即启蒙既应该是一种群体参与的公众运动，又应该是每个人勇敢的自我参与的行为，最终也必将通过自我来完成。这场轰轰烈烈的思想解放运动在欧洲产生了巨大的影响，并于一百多年之后传到了处于民族危机当中的中国，在被肯定与效仿的同时，也发生了一定的价值流变。在比较的视野中梳理中西方启蒙运动的这种差异，更有助于加深我们对五四文学的理解。

有论者认为五四启蒙是全盘照搬了西方的启蒙运动，认为五四启蒙运动是“将欧洲的启蒙话语在中国做了一个横向的移植”②，这种说法虽然有一部分支持者，但并不完全准确。五四启蒙虽然源于西方启蒙运动，但在具体目标与启蒙的价值指向上并不相同。

在 E. 卡西勒的《启蒙哲学》中对启蒙的性质是这样描述的：“在这种形式中，启蒙思想被归纳为种种特殊的学说、公理和定理。因此，只有着眼于它的发展过程，着眼于它的怀疑和追求、破坏和建设，才能搞清它的真正性质。”③ 根据启蒙的这一性质特征来考察中西方的启蒙运动，会发现出于主观的意图或是客观的文化隔膜，五四启蒙先驱们的启蒙目标指向与西方启蒙运动有着重大差异。

一　西方启蒙的目标——从“理性王国”到“自我启蒙”

西方启蒙运动影响十分广泛，在思想方面批判了宗教神学及蒙昧主

---

① ［法］米歇尔·福柯：《什么是启蒙》，汪晖、陈燕谷主编《文化与公共性》，生活·读书·新知三联书店 1998 年版，第 425 页。

② 张宽：《文化新殖民的可能》，《天涯》1996 年第 2 期。

③ ［德］E. 卡西勒：《启蒙哲学》，顾伟铭等译，山东人民出版社 1988 年版，第 5 页。

义，并在政治方面批判封建专制的国家制度，目标直指资产阶级宏伟的政治蓝图，推动着西方政治文明的发展，努力构建“理性王国”。“这不仅标志为‘理性’被作为了准则，而且体现为资产阶级被认命为新生力量与社会主流。最终应该得以确定的是，诸种状况均预示着欧洲社会对合理的国家政治结构的呼唤成为必然。”① “他们共同的事业——创建一个人道、世俗、自由、开明、公民有权进行质询与批评，并且不受政府和教会的干涉与威胁的‘新的世界’。”② 而作为这一蓝图的基本构架的则是启蒙运动中宣扬的自由、平等、人权、民主及法制。

其一，自由。对于启蒙家来说，自由不仅指“发现人”，更意味着“发现个人”，自由是人与生俱来的天赋人权，被载入《人权宣言》中，成为个性解放、自我价值实现的基本前提。启蒙家都是自由的捍卫者。洛克认为自由是人的自然权利，人人享有法律约束下的自由。这种自由观为启蒙家推崇自由意识提供了依据：“自由思想正是从英国输入到法国的。洛克是这种自由思想的始祖。”③ 其后，孟德斯鸠特别论述了政治自由——“一个人能够做他应该做的事情，而不被强迫去做他不应该做的事情”。卢梭论述了自由发展的辩证历程，将自由提高到了道德价值层面——“放弃自己的自由，就是放弃自己做人的资格，放弃人的权利，甚至于是放弃自己的义务。……使自己的意志失去全部自由，就等于使自己的行为失去全部道德价值。”④ 狄德罗重视国家赋予人民的自由：“如果人们是自由的，那就会有勤劳的人。”伏尔泰则呼吁人们为自由而斗争，在《萨姆逊》中他写道：“人民啊，醒来，挣断自己的枷锁，自由在向你召唤。”“自由”是启蒙运动最初设定的目标，但这一观点在福柯那里被视为一种实践形式，只有不断地进行超越自由界限的实践，不断进

---

① 刘聪：《通往“蓝花”深处——马克思与德国浪漫派研究》，中央编译出版社 2013 年版，第 30 页。

② ［英］阿伦·布洛克：《西方人文主义传统》，董乐山译，群言出版社 2012 年版，第 51—52 页。

③ 《马克思恩格斯全集》第 7 卷，人民出版社 1995 年版，第 249 页。

④ 北京大学哲学系外国哲学考研室编译：《十八世纪法国哲学》，商务印书馆 1963 年版，第 168 页。

行解放，自由才是可能的，启蒙才是可以实现的。

其二，平等。欧洲 17 世纪起流行一种“自然法权论”，针对的是宗教神权的历史观。许多启蒙家从这一观点出发来揭露封建等级制度及贵族特权的不合理性，论述平等的政治理想，其中最为深刻的是卢梭。在《论人类不平等的起源和基础》中，探寻了人类社会不平等的起源和基础，批判了私有制的罪恶。虽然他的观点招致了以伏尔泰为首的一部分启蒙思想家的非议与诟病，却因其包含的辩证法思想而得到了后人的很高评价。卢梭认为私有制是导致社会不平等的唯一根源：“谁第一个把一块土地圈起来，硬说：‘这块土地是我的’并找到一些头脑十分简单的人相信他所说的话，这个人就是文明社会的真正的缔造者。”① 卢梭是辩证地看待不平等之于人类社会的作用的，他认为不平等促使人类进入文明社会，是一种进步；但同时它毁了人类自然状态下的自由与平等，又是一种退步。因此，卢梭平等观的核心便是缩小贫富差距，不要有巨富也不要有赤贫。

其三，人权。人权是资产阶级政治制度的理论基础，是资产阶级反对封建制度和封建特权的产物，这一观念自文艺复兴运动起得到提倡，至启蒙运动时已得到普遍的肯定和确认。最早提出这一概念的是但丁，经人文主义者发展为反对神权的有力武器。启蒙思想家在此基础上经格老秀斯及霍布斯、洛克等人的论证，再经伏尔泰等人的进一步丰富，提出了“天赋人权”论：“在权利方面，人们生来是而且始终是自由平等的。”② 这种权利是不可剥夺和不可动摇的，国家和法律应该保护这种权利的实现，这成为启蒙家的共识。这样，“人权把人的自由、平等本性提升到人所共有的、不可剥夺和转让的‘自然权利’的高度，并扩展为以自由平等权利为主的蕴含丰富内容的权利体系”③。

其四，民主。启蒙家认为，国家的主权应该属于人民，国家应以人民的意志为基础。在启蒙思想家中，卢梭的“主权在民”说被写进了

---

① ［法］卢梭：《论人与人之间不平等的起因和基础》，《卢梭全集》第 4 卷，商务印书馆 2012 年版，第 269 页。

② 转引自高九江《启蒙推动下的欧洲文明》，华夏出版社 2000 年版，第 276 页。

③ 高九江：《启蒙推动下的欧洲文明》，华夏出版社 2000 年版，第 277 页。

《人权宣言》，在当时产生了极大的进步性和革命性。作为“主权在民”的民主说的代表，卢梭认为国家的真正主权理应属于人民，并且既不能转让也不能假借各种名义进行分割。同时，民众的主权是不能加以限制和侵犯的，是神圣而至高无上的。因此，民众还拥有立法权，政府与官员是民众选举出来执行民众意见的，是从属于民众主权的。从这样的民主思想出发，卢梭坚决反对封建专制及君主制政体，推崇民主共和制，并认为国家是由众人约定而产生的，所以民众有权利解除与执行者订立的契约，完全掌握主权。卢梭的这种民主观在当时的启蒙思想家中带有一定的代表性与领先性，构成了资产阶级民主政治的重要一环。同时，在狄德罗编纂的《百科全书》中也对此有如下的论述：“没有一个人从自然得到了支配别人的权利。自由是天赐的东西，每一个同类的个体，只要有理性，就有享受自由的权利。……其他任何权威，全都来自一种异于自然的来源。只要仔细考察，总归会给任何一种权威追溯到两个来源之一：或者是出于垄断权威的人的实力和暴力，或者是由于服从权威的人们根据他们与被他们授予权威的人之间所订立或假定的一种契约而表示同意。”所以，“不是国家属于君主，而是君主属于国家”①。狄德罗将“政治权威”进行了如此定义，民主便合乎了自然法则，成为人民的重要权利。

其五，法制。当自由成为个人解放与自我价值实现的前提后，法制的要求便是解决人与人之间的关系，以保证自由而不至于使自由受到限制。启蒙泰斗伏尔泰将“自由”定义为：“除了法律之外，不依赖于任何的东西，这就是自由。”启蒙家以理性为依据制定法律原则作为人们行为的规范，并以此来批判封建专制制度。洛克与孟德斯鸠都是自然法（理性）学派的重要代表人物。此外，启蒙家还讴歌了与民主制度紧密联系的法制，把法律的作用推到了极高的位置。孟德斯鸠在《论法的精神》中批判了封建专制，呼吁以资产阶级法制取而代之；卢梭将立法权明确划归给人民；狄德罗阐释立法的目的在于保障人民的权利……在这一基础上，启蒙家均主张法治反对人治，这构成了他们法律思想的一个重要的内容。卢梭说：“法律的效力和护法者的权威消失了的地方，任何人都

① 转引自肖雪慧《理性人格——伏尔泰》，长江文艺出版社 1996 年版，第 62—63 页。

得不到安全和自由。”① 这些思想原则固然是为资产阶级的政治主张服务的，但同时也成为资产阶级民主制度建立的有力武器，对现代法制文明建设仍然起着一定的作用。

需要注意的是，启蒙运动主要不是一场政治运动，而是一场思想运动；它所寻求的是改革，而不是革命。但是，尽管启蒙者们本身对革命意见并不一致，有启蒙者认为理想之路应靠理性通达，不应该存在暴力革命的可能，但在启蒙运动对于完美的立法的无限追求中，革命渐渐成为它的主题之一。对于革命，亚当·贝克描述为：“在一个宪法的基本原则上的剧烈的、全盘的变化。”② 最后，启蒙运动对于政治国家的构想、政治体制的理念在法国大革命运动中得到了充分体现。应该说，法国大革命的初衷是理性的：“法国人有一个更崇高的使命：使理性成为社会和思维的指导原则，在某种程度上，使世界‘理性化’。”③ 然而，当革命恐怖不断出现时，人们的“理性王国”破灭了，革命建立的准确说来只是资产阶级的家园。此时，“启蒙”被推到了风口浪尖，承受着人们的质疑，人们不禁要问：究竟什么是启蒙？启蒙的真正内涵是什么？在康德时代，康德做出了让绝大多数人都认可的回答：“启蒙就是人类脱离自我招致的不成熟。不成熟就是不经别人的引导就不能运用自己的理智。如果不成熟的原因不在于缺乏理智，而在于不经别人的引导就缺乏运用自己理智的决心和勇气，那么这种不成熟就是自我招致的。Sapereaude（敢于知道）！要有勇气运用你自己的理智！这就是启蒙运动的座右铭。”④ 这个答案是从启蒙本体论上进行阐述的，在这样一个表达了启蒙真正内涵

① ［法］卢梭：《论人与人之间不平等的起因和基础》，《卢梭全集》第4卷，商务印书馆1962年版，第56—57页。

② ［德］约翰·亚当·贝克：《启蒙导致革命吗?》，［美］詹姆斯·施密特编《启蒙运动与现代性——18世纪与20世纪的对话》，徐向东、卢华萍译，上海人民出版社2005年版，第234页。

③ ［美］格特鲁德·希梅尔法布：《现代性之路：英法美启蒙运动之比较》，齐安儒译，复旦大学出版社2011年版，第13页。

④ ［德］伊曼纽尔·康德：《对这个问题的一个回答：什么是启蒙?》，［美］詹姆斯·施密特编《启蒙运动与现代性——18世纪与20世纪的对话》，徐向东、卢华萍译，上海人民出版社2005年版，第61页。

的表述中有几个要点值得我们注意：勇气、公开地运用理性、自我启蒙。

（一）勇气

康德认为，很多人由于懒惰和怯弱，出于天性与习性的顽固，在大自然已经将其从不成熟的、需要别人引导的状态中解脱出来之后，依然对于被监护有着依恋，把进入成熟状态看得既困难又危险，因而不能运用自己的理智。此时，勇气就变得异常重要了。这种勇气，不仅表现于迈出尝试单独行走的第一步，更表现在遇到一点事故时坚持继续下去的毅力。康德告诉我们，公众要启蒙自己是完全可能的，只是人们为成见（规则和公式）所囿，不敢进行自由跳跃，所以只有少数人才能通过自己的精神奋斗实现启蒙。所以，在追求启蒙终极目标的道路上，第一个需要准备的就是勇气。同时，由于启蒙究其本质是一种自我的行为，那势必会遭到外来势力的阻挠："他们首先使自己驯养的牲口变得愚蠢，并且小心地避免这些温驯的畜生不要竟敢冒险从拴住它们的缰绳中迈出一步，然后向它们显示它们一旦试图单独行走就会碰到的那种危险。"① 这种外来的阻挠可能会使启蒙者在达到启蒙的过程中的某个环节上退缩而中止，因此勇气显得越发重要。是以霍克海默与阿道尔诺认为："启蒙的根本目标就是要使人们摆脱恐惧，树立自主。"②

（二）公开地运用理性

"理性"毫无疑问是启蒙运动的重心，卡西勒明确指出："'理性'成了18世纪的汇聚点和中心，它表达了该世纪所追求并为之奋斗的一切，表达了该世纪所取得的一切成就。"③ 18世纪的理性内涵是非常丰富的。"一般而言，理性除了指认识过程中与感性相对应的另一个认识阶段，即'理性的坩埚'外，主要是指与宗教信仰相对立的人的全部理智

---

① ［德］伊曼纽尔·康德：《对这个问题的一个回答：什么是启蒙?》，［美］詹姆斯·施密特编《启蒙运动与现代性——18世纪与20世纪的对话》，徐向东、卢华萍译，上海人民出版社2005年版，第61页。

② ［德］马克斯·霍克海默、西奥多·阿道尔诺：《启蒙辩证法》，渠敬东、曹卫东译，上海人民出版社2006年版，第1页。

③ ［德］E. 卡西勒：《启蒙哲学》，顾伟铭等译，山东人民出版社1988年版，第3—4页。

能力。”① 康德认为，只有理性的公开运用才能为人类带来启蒙，而对理性私人运用的限制则是不妨碍启蒙的。他进一步对理性的公开运用与私人运用进行了区分：“按照我的理解，理性的公共使用就是任何人作为一个学者在整个阅读世界的公众面前对理性的运用。所谓私人的运用，我指的则是一个人在委托给他的公民岗位或职务上对其理性的运用。”② 自由是人的天赋，因而只要允许他们自由，公众要启蒙自己在康德眼里是可能的。但是正如卢梭所说：“人是生而自由的，却无往而不在枷锁之中。”这样处处受限的自由使得公开地运用理性成为难题，因此，西方启蒙运动的终极目标就包括要使自由地运用理性成为可能这一方面的目标。而妨碍理性的自由公开运用的因素，除了外在的不自由的限制外，还有来自人自身的愚昧与偏见。在这种情况下，一个学者通过自己的著作公开向自己的公众发表见解，便成为公开运用理性的人，这种公开运用的理性是人类走向自我完善的前提，也使全体人类摆脱愚昧状态向启蒙迈进成为可能。

（三）自我启蒙

从康德对启蒙的定义来看，启蒙的终极目标最终是指向启蒙主体自身的，是启蒙主体脱离“自我招致”的不成熟状态的过程。这样，启蒙实质就是一种自我启蒙，如无主观努力则不能借助外力实现。事实上，由于人天生是自由的，所以启蒙是不可避免的；也由于18世纪自然科学与社会科学的发达，康德认为18世纪妨碍人实现自我启蒙的因素与障碍越来越少了，所以大自然已经把人类从其他人的引导中解放出来了很久。但是，许多人依然愿意终身处于“不经别人引导就不能运用理智”的不成熟状态，使得有意妨碍启蒙的人能以保护者的身份消杀了人类实现自我启蒙的可能性。这是一种犯罪，是一种抹杀了人的要求进步的天性的犯罪。并且我们应该注意到的是，康德认为启蒙是一个过程，而并非是个简单的结果。这是启蒙性质的一个非常重要的方面。很多人对于启蒙

① 赵立坤：《卢梭浪漫主义思想研究》，中国社会科学出版社2008年版，第17页。

② ［美］詹姆斯·施密特编：《启蒙运动与现代性——18世纪与20世纪的对话》，徐向东、卢华萍译，上海人民出版社2005年版，第62页。

性质的质疑，包括霍克海默与阿道尔诺对启蒙蜕变为神话的质疑，都在某种程度上忽略了启蒙的这一运动性特质。自我启蒙不是结果，而是一个过程，这就注定了人类对自身的启蒙永远处在进程当中，在 18 世纪及其之前，自我启蒙去除的是外在因素对于启蒙的干扰与妨碍；而在 18 世纪之后，自我启蒙仍未停止，应去除的是启蒙成为自明真理之后对于人的个性与自由的意识形态性的压抑。从启蒙的本质来看，它是在信仰主义时代的语言霸权中不断进行文化反省的运动。这样充满批判性的启蒙运动，应是随着人类的历史发展一直持续下去的，尽管很多时候它是以别的面目出现的。

在西方启蒙运动中，“康德确立了以理性为根据的主体性，即人具有主体的思的能力，可以为自然立法（科学）；人具有自由的意志能力，可以为道德立法（伦理）；人具有主观的、现实的和目的性的能力，可以为趣味立法（艺术）。黑格尔以理念作为历史的本质，而理念不过是自由精神和自我意识的觉醒。在社会学领域，启蒙主义确立了人的权利，卢梭提出了平等的理念，柏克和约翰·密尔父子提出了自由的理念。理性精神推动了社会的现代化，科学精神与人文精神的双翼带动了人类的历史”①。这些都是西方启蒙运动的成就，它们对于西方而言，绝不仅是一场席卷各个领域的运动，更是一场思维的革命，至今余波未息。

二　五四启蒙的目标——“立人”与“救亡”

启蒙运动在中国也经历了动态的发展过程。鲁迅创作的目的已经明确被他归纳为“为人生”，“改良人生”。由是观之，五四启蒙者的目标之一即为“立人”，这一目标是在三个层次上展开的。

其一，呼吁人的觉醒，发现底层民众。五四启蒙者发现，“灵肉一致”才是正常人的生活，作为“兽性遗传”的“肉”与作为“神性发端”的“灵”合起来才是完整的人性。而中国传统的伦理道德却用“存天理灭人欲”的方式扼杀了人性中的重要一环，因此鲁迅以揭示传统礼教“吃人”的方式来唤醒民众，认为我们是一个吃人的民族：“所谓中国

---

① 杨春时：《中国现代文学思潮史》（上），南京大学出版社 2011 年版，第 3—4 页。

者，其实不过是安排这人肉的筵宴的厨房。”① 此外，与此相联系的，是以妇女、儿童以及农民为主体的下层人民的被发现。要确立女子的独立性并肯定女性特质：“因为女子有了为人或为女的两重的自觉，所以才有这个解放的运动。”② 在肯定儿童的独立地位与价值的同时与成人进行区别，提倡“平民主义”。这使得五四启蒙的目标受众由青年知识分子扩大到了底层群众。

其二，尊重独立人格，批判奴隶道德。五四启蒙先驱陈独秀号召青年：“尊重个人独立自主之人格，勿为他人之附属品”③，并进而宣称：“盖自认为独立自主之人格以上，一切操行，一切权利，一切信仰，唯有听命各自固有之智能，断无盲从隶属他人之理。非然者，忠孝节义，奴隶之道德也。”④ 为健全国民独立自主人格，除了对此大加呼吁之外，五四启蒙先驱还展开了对“三纲”的批判（鉴于封建王权秩序的解体，“君为臣纲”已失去现实意义），集中批判了传统的贞操观念及孝道。1918 年《新青年》设“贞操问题”专栏，启蒙先驱纷纷撰文批判传统的畸形道德。胡适发表《贞操问题》、鲁迅发表《我之节烈观》，同时周作人还翻译了一位日本女作家的《贞操论》，在批判之余更进一步指出广大妇女对这种畸形道德的自觉接受，让人看到个人自主意识觉醒与建立独立人格的重要性与迫切性。而五四启蒙先驱对于传统“孝道”的批判却引起了诸多争议与误解（虽然这种批判在五四启蒙先驱那里只体现在理论上，而未能践行）。五四启蒙者认为儒家的“孝道”是维护传统家庭制度的基础，体现了不平等的身份与片面义务，并剥夺了子女的独立人格，将其作为自己的附属物而扼杀了人性。于是郁达夫慨叹：“五四运动的最大成功，第一要算‘个人’的发见。从前的人，是为君而存在，为道而存在，

---

① 鲁迅：《灯下漫笔》，《鲁迅全集》第 1 卷，人民文学出版社 2005 年版，第 228 页。

② 周作人：《妇女运动与常识》，《谈虎集》，河北教育出版社 2002 年版，第 261 页。

③ 陈独秀：《一九一六年》，任建树等编《陈独秀著作选》第 1 卷，上海人民出版社 1993 年版，第 172 页。

④ 陈独秀：《敬告青年》，任建树等编《陈独秀著作选》第 1 卷，上海人民出版社 1993 年版，第 130—131 页。

为父母而存在的，现在的人才晓得为自我而存在了。”①

其三，崇尚个人主义，提倡人权。在中国历次变革失败后，五四启蒙先驱总结失败原因在于国民程度不足，应向西方学习提高。相比于传统文化中的集体主义，五四启蒙者与以个体为本位的西方“个人主义”进行比较，结论是：“西洋民族，自古迄今，彻头彻尾，个人主义之民族也。……举一切伦理、道德、政治、法律、社会之所向往，国家之所祈求，拥护个人自由权利与幸福而已。个人之自由权利，载诸宪章，国法不得而剥夺之，所谓人权是也。”② 这种个体本位论是西方资产阶级反对封建主义和蒙昧主义的有力思想武器，这也是与中国传统的群体本位价值观截然对立的。虽然在当时的西方个体本位的个人主义价值观已经显露出了自身的弊端，遭到了现代主义的诸多批判，但在当时的中国由于没有更先进的思想体系传播到足以对抗传统群体本位价值观的程度，且相对于中国当时的现实情况而言，个人主义在社会与个人进步方面具有相当的推动力，因此被五四启蒙先驱当作思想武器直接使用。周作人对推崇个人主义的理由阐述了两点：“第一，人在人类中，正如森林中的一株树木。森林盛了，各树也都茂盛。但要森林盛，却仍非靠各树各自茂盛不可。第二，个人爱人类，就只为人类中有了我，与我相关的缘故。”③ 在这样旗帜鲜明的主张下，《新青年》对传统的家族本位、社会本位、国家本位的观点进行了广泛的批判，沉重打击了封建伦理道德。但需要注意的是，与西方真正以个人为指归的个人主义不同，作为五四启蒙目标重要一环的“立人”所诉求的“个人主义”是与群体主义呈对立统一之势的。高一涵描述为：“社会为小己所群集，故不谋一己之利益，即无由致社会之发达”④ 由是观之，五四启蒙者提倡的个人主义是不排

---

① 郁达夫：《现代散文导论》（下），蔡元培等《中国新文学大系导论集》，上海书店 1928 年影印版，第 205 页。

② 陈独秀：《东西民族根本思想之差异》，任建树等编《陈独秀著作选》第 1 卷，上海人民出版社 1993 年版，第 166 页。

③ 周作人：《人的文学》，胡适编《中国新文学大系・建设理论集》，上海文艺出版社 1935 年版，第 195 页。

④ 高一涵：《共和国家与青年之自觉》，《青年杂志》第 1 卷第 1 号，1915 年 10 月。

斥群体主义的，只是把被传统群体本位论否定的个人提高到使二者对立统一的地位，并一再排斥那种排斥群体、自私自利的完全“为我主义”，这就把个人主义纳入了理性的轨道，避免其走向西方式的极端个人主义。

五四启蒙先驱以“立人”为目标，建立了具有现代意味的“人学”，这是启蒙运动实绩之一，而在当时国家危亡的现实条件下，五四启蒙运动还有着另一个坚定的目标——救亡。

《新青年》创办之初，陈独秀即申明，办刊宗旨是要改造国民思想，而不是批评时政，并与友人约定十年不谈政治。但是在亡国灭种危机的重重压迫之下，这一远离政治目标的初衷依然流产于时效要求之下。由《新青年》主导的五四启蒙运动虽然自身的定位不是政治的，而是文化的，目标直指国人的思想改造——立人，但是这场运动从开始起便明确包含着或是暗中潜藏着有关政治的诸多要素。在陈独秀《最后觉悟之觉悟》一文中所希冀的终极目标，依然是指向国家、种族的改造与前进，希望改变当时中国落后的面貌与挨打的局面。这种文化与政治的吊诡，使得以西方个体主义为基础的启蒙运动东渡到中国之后，遭遇了中国传统士大夫的“以天下为己任”的集体无意识，最终目标指向仍然变成了群体主义的“救亡”。

（一）亡国危机压迫下的启蒙选择

五四时期的启蒙运动，发生的背景是辛亥革命遭遇失败，在总结这一失败的原因的基础上，为了拯救中国的亡国灭种危机，先进知识分子提出的救亡课题，因此这一运动是知识分子的文化救国方案。这种选择首先来自对辛亥革命失败教训的反省与体察。辛亥革命给人们带来了关于民主政治的美好愿景，却在失败的结果中凸显了国民素质程度不足的严峻现实。因此，启蒙成了当时历史条件下实现救亡目标的一种实际选择。美国华裔学者林毓生对此有着不同看法，他认为五四启蒙选择在于中国传统的文化固有的一种思维模式：“借思想文化以解决问题的途径，是受根深蒂固的、其形态为一元论和唯智论思想模式的中国传统文化倾向的影响。”① 这一观点无视五四启蒙运动对辛亥革命失败教训的总结，

---

① 林毓生：《中国意识的危机——“五四”时期激烈的反传统主义》，贵州人民出版社1986年版，第45—46页。

也无视五四启蒙运动中先驱们对西方文化与政治的学习借鉴，是值得商榷的。正如暨爱民所指出的："启蒙所呈现出的基于民族与时代的'功利性'，并不是民族主义抽象的理论修辞的结果，而是中国近代以来历史情境的具体赋予。"① 在亡国危机压迫下，知识分子所做的这种选择自是情有可原的。

（二）启蒙对象定位体现出的终极目标指向

五四启蒙运动的直接目标是"立人"，主要针对的是国民文化素质程度和思想觉悟程度。经过改造国民性的种种尝试之后，五四启蒙先驱意识到，让绝大多数的国民提高文化素质与思想觉悟程度，是不可能一蹴而就的，只能选择重点目标进行突破，进而带动其他国民。这种对重点目标的选择，其实也是对新的社会变革力量的寻求，是对完成新的时代使命的承担者的寻求。出于对达尔文社会进化论的迷信，启蒙先驱认为"将来必胜于过去，青年必胜于老人"② 因此，启蒙先驱毅然选择了青年来担负起这一历史重任。《新青年》的创刊号封面印着法语"青年"（La Jeunesse），下面则是一排坐着受教的学生打扮的青年的图案，这充分体现了启蒙先驱将"青年"作为启蒙对象的自觉选择。李大钊在1916年9月发表《青春》一文写道："凡以冲决历史之桎梏，涤荡历史之积秽，新造民族之生命，挽回民族之青春者，固莫不惟其青年是望矣。"③ 于是，被启蒙的青年的敏于自觉勇于奋斗的品性终于在"五四反帝爱国运动"中集中爆发，取得政治上的空前胜利。五四启蒙先驱的这种启蒙对象定位体现出了启蒙的终极目标——救亡，在"少年强则中国强"的理念驱使下，启蒙先驱借鉴西方"青年德意志运动"的历史经验，试图通过对青年的启蒙来完成国家民族的年轻化，促进反帝救亡与强国大业。这是受中国传统文化心理的影响，启蒙先驱都有着"修身齐家治国平天下"的入世情怀，是以虽认同个人的独立性，但同时也认为个人从属于国家，

---

① 暨爱民：《五四新知识分子的民族——国家想象》，中国社会科学院近代史研究所编《纪念五四运动九十周年国际学术研讨会论文集》，社会科学文献出版社2012年版，第303页。

② 鲁迅：《三闲集·序言》，《鲁迅全集》第4卷，人民文学出版社2005年版，第5页。

③ 李大钊：《青春》，《李大钊文集》第5卷，辽宁电子图书有限责任公司2003年版，第8页。

"立人"即是为了强国。

（三）人格分裂心理结构模式导致的救亡与启蒙的人为对立

五四启蒙运动中的启蒙先驱们的话语形式建立在一种特定的心理结构模式之上。由于中国的士大夫传统，知识者在历史发展进程中扮演的角色总是导师和医生。而当五四这一代知识者面向西方学习了先进的启蒙理念之后，在严重滞后的中国社会现实中找不到具体可行的前进方向，所以先进理念与落后的社会现实之间的重重矛盾让他们在某种程度上产生了人格分裂，进而将自己在西方个体本位文化中学习到的个性意识湮灭，依旧在传统文化思维的惯性指引之下将理想融入中国社会的现实需求之中。"现代知识者习惯于将精神与现实的存在分裂为截然对立的两大块（A/B，启蒙/救亡，自由/责任，个体/群体，近代人道主义/传统人道主义），并将其理解为一个'压倒'另一个，一个为另一个'牺牲'的模式。"[①] 当启蒙与救亡被启蒙先驱以这样的二元对立的分裂人格人为地对立起来之后，"救亡压倒启蒙"说便依稀找到了合理的依据。李泽厚认为："救亡的局势、国家的利益、人民的饥饿痛苦，压倒了一切，压倒了知识者或知识群对自由、平等、民主、民权和各种美妙理想的追求和需要，压倒了对个体尊严、个人权利的注视和尊重。"[②] 然而，启蒙与救亡原是启蒙先驱关于民族独立、国家富强的构想的一体两面，启蒙是达到救亡效果的有效途径，救亡是五四启蒙的终极目标，救亡也是在与启蒙相互纠缠中一步步返归自身的，所以不能简单地将二者对立起来判定一方压倒另一方，而应看到二者统一的一面，看到二者在不同外界环境压力下此消彼长进而合二为一的特性。

此外还需要特别注意的是，在欧洲，启蒙运动的对象主要是知识分子精英阶层，而不是更底层的人民群众——除了卢梭以外，这场运动对群众持一种蔑视而不信任的态度。[③] 这与中国五四启蒙运动中一直存在的"大众化"与"化大众"倾向有着极大的不同。而由于遭遇的客观现实不

---

① 韩毓海：《锁链上的花环——启蒙主义文学在中国》，时代文艺出版社 1993 年版，第 3 页。

② 李泽厚：《中国现代思想史论》，生活·读书·新知三联书店 2008 年版，第 29—30 页。

③ ［英］阿伦·布洛克：《西方人文主义传统》，董乐山译，群言出版社 2012 年版，第 89 页。

同，西方启蒙的乐观的优越感并没有在五四启蒙运动中得到继承或发扬，代替它的是五四启蒙的浓重的忧患意识。因此，五四启蒙中没有西方启蒙运动中浓墨重彩的对于启蒙精神的颂扬，而一直是侧重于对苦难的描写与国民性的揭露，试图以此唤醒民众。

正视中西方启蒙运动的差异，在中西方启蒙的视域下观照五四小说，能够让我们在发现它的不足的同时，找到五四启蒙小说的独特价值。

第三节　国内外研究综述与研究设想

在柳鸣九先生之前，我国的主流文学研究理论不承认存在一个启蒙主义文学思潮。从 2001 年俞兆平在《写实与浪漫》一书中对于五四文学的“浪漫主义”性质提出了质疑，其后杨春时、洪峻峰等人都从这个问题延伸开去，对于五四文学的启蒙思潮性质做出了认定。对于这个曾经备受争议的问题，杨春时先生的答案是确定的：“中国启蒙主义文学思潮在辛亥革命前后滥觞，而在五四时期形成高潮。鲁迅、茅盾、文学研究会以及郭沫若、郁达夫、创造社等都属于启蒙主义文学思潮。”① 在五四文学的这一性质被确定后，有关启蒙的研究又一次掀起了高潮。事实上，启蒙的重要性是毫无疑问的，福柯说：“一个人能在任何一个历史时刻都提出这个启蒙问题，提出权力、真理和主体的关系问题。”② 因此有关启蒙的研究，在国内国外成果都非常丰富。

代表五四启蒙思潮成就之一的五四文学创作中，“五四小说”的成就无疑是极为突出的。无论是国内学界还是海外汉学界，对于五四小说的研究都极为重视，很多相关著作都成为文学史上的经典之作。本书采用分类处理的方法，对相关的研究成果进行梳理与概括。

一　国外研究现状

现代启蒙运动与思潮发端于西方，经历了一个从发端到发展再到高

---

① 杨春时：《中国现代文学思潮史》，南京大学出版社 2011 年版，第 25—26 页。

② ［法］米歇尔·福柯：《什么是批判》，［美］詹姆斯·施密特编《启蒙运动与现代性——18 世纪与 20 世纪的对话》，徐向东、卢华萍译，上海人民出版社 2005 年版，第 396 页。

潮与低谷的过程，因此国外学者从哲学、思想、历史、社会文化思潮、文学等各个方面对启蒙进行了持续研究；同时，海外的学者对于中国的五四小说也进行了深入研究，分类归纳如下。

第一类是确立启蒙为一种进步性的价值观念。卡西勒《启蒙哲学》、汉普生《启蒙运动》、卡尔·贝克尔《启蒙时代哲学家的天城》、柏林《启蒙的时代——十八世纪哲学家》、康德《历史理性批判文集》、詹姆斯·施密特编《启蒙运动与现代性——18 世纪与 20 世纪的对话》、福柯《什么是启蒙》等许多著作中对西方启蒙运动及思潮进行了抽丝剥茧般的细致研究。这些研究成果中，有一部分是对启蒙运动本身的概念与特征的研究，这些研究不仅揭示了启蒙的方法论特征——分析还原与理智重建，还对启蒙概念进行了深入辨析，如康德关于"启蒙是什么"的经典回答，不仅解决了时代困惑，还为后人研究启蒙提供了基础与依据。及至福柯对于启蒙性质进行重新界定时，不仅让启蒙的概念与作用越辩越明，还为启蒙研究提供了新的话题与方向。上述著作从正面对启蒙进行了研究与阐述，将启蒙确立为一种进步性的价值观念，为后人认知启蒙提供了理论与方法论的依据。

第二类是反思启蒙的"绝对价值"，分析启蒙的局限性。君特·格拉斯《启蒙的冒险》、霍克海默与阿道尔诺《启蒙辩证法》及哈佛燕京学社的《启蒙的反思》等，都在反思启蒙的"绝对价值"的基础上对于启蒙自身的局限进行了深入探讨。《启蒙辩证法》的分析是："启蒙的根本目标就是要使人们摆脱恐惧，树立自主。但是被彻底启蒙的世界却笼罩在一片因胜利而招致的灾难之中。"① 所以《启蒙辩证法》断定启蒙带有极权主义特征，启蒙最后走向了自身的反面，蜕变成了神话。而哈佛燕京学社主编《启蒙的反思》更为全面地肯定了启蒙的成就与意义，在此基础上分析了启蒙本身的缺失，批判了启蒙关于人的能力的无限可能的自大狂妄，更令人信服地揭示了启蒙的局限，探讨了当今世界发展中的困境与启蒙的关系及可能的化解之道，包括启蒙拥有的资源与未来的发展

① ［德］马克斯·霍克海默、西奥多·阿道尔诺：《启蒙辩证法》，渠敬东、曹卫东译，上海人民出版社 2006 年版，第 1 页。

方向等。这些著作都为全面认识启蒙提供了崭新的角度。

第三类是国外学者对于西方启蒙文学的研究。在西方，启蒙主义文学思潮也有一个从被忽视到被肯定的过程。国外学者对于西方启蒙文学的主要代表——哲理小说的整体评价不高，因此国外学者对于启蒙主义文学思潮的整体研究较少，而对于启蒙运动中出现的启蒙哲学家、思想家、文学家的全面研究较多。像阿伦·布洛克《西方人文主义传统》这类的著作是把启蒙运动与思潮的研究重点放在人文主义思想发展历程上，对于主流现代性进行揭示的过程中，又用“反现代”思潮的线索显示了现代性内部的矛盾与张力，对其文化层面着墨较多，而对于该思潮的文学性质研究较少。但是，围绕着伏尔泰、歌德、狄德罗、卢梭等人，都形成了相当丰富的系列研究成果。值得注意的是，由于启蒙运动在欧洲的影响遍布各个领域，其中当然包括文学，所以外国学者对于欧洲启蒙文学的深入研究也多与启蒙哲学、思想、历史、社会思潮的研究等杂糅在一起，使得这些研究成果不仅体现出了启蒙文学家的文学特色，还显露了启蒙自身的特点与局限，对卢梭的研究更让我们看到了启蒙运动中的另一个方向。

第四类是从反思启蒙到反思五四的相关研究。国外学者对于五四有着与国内主流思想界略显不同的声音，其中以美国和日本成就最为显著。其成果在国内影响较广泛如微拉·施瓦支《中国的启蒙运动——知识分子与五四遗产》。在这本著作中，这位美国汉学家把中国五四新文化运动称为“不完善的启蒙运动”，并重点考察了这一运动对20世纪的中国历史产生的重大影响，揭示了五四时期救亡与启蒙的紧张关系、现代中国的命运与知识分子的命运与启蒙的紧密联系，最后还指出了启蒙运动的“不完善”——未能根除中国旧的封建文化和封建思想。同时，不少旅居海外学者对于五四运动有很多精彩的论著。自称“五四之子”的殷海光的弟子林毓生与张灏的许多论著都引起了国内学界的广泛注意，引发了持久争论。如林毓生的《中国意识的危机——“五四”时期激烈的反传统主义》一书，作者试图证明：中国传统思想的固有特点便是——“以思想文化解决现实问题”，因此五四时期“激烈的反传统主义”究其根底，恰恰是传统文化对五四启蒙先驱影响至深的结果。并且，作者还指出了五四启蒙先驱鲁迅、陈独秀及胡适等人对于传统的暧昧态度——一方面主张全面反传统，另一方面又从知识和道德的立场献身于传统的价值，形成“历史的吊诡”。另外还有旅居海外的周策纵等人，都在拉开了时空距离后对于五四启蒙文学及五四启蒙运动进行了有价值的研究，其成果被国内学界多方引用。

第五类是海外学者对于五四小说的研究，这些研究提供了新的五四小说研究的视野，成为国内学者五四小说研究的有效补充。国外汉学界对于20世纪中国文学整体关注较多，代表著作如顾彬的《二十世纪中国文学史》和剑桥大学出版社出版的《剑桥中国文学史》等都从整体上观照了中国文学的相关发展，但对于五四小说只有泛泛研究，并没有特别突出的成果。关于五四文学的研究，在国外执教的李欧梵、王德威、刘禾等人都成果丰富。但是对于五四小说的专门研究，最引人注目的当属夏志清的《中国现代小说史》。作为西方汉学界研究中国现代文学的权威，夏志清在这部小说中探讨了中国新文学中的小说发展的方向，并给予前人研究中重视不足的作家如张爱玲、钱锺书、沈从文等人以足够的注意。夏志清的学术背景使他能够站在世界文学的高度上，以相对客观公正视角评价中国现代小说，其成果值得借鉴。

二　国内研究现状

国内学者对五四的研究成果是非常丰富的，其中对五四文学的研究更是成果丰硕，可分为如下几类：

第一类是有关五四运动本身及其价值的专题研究。自1979年以来，几乎每隔十年都会有专门纪念五四的研讨会，也都在会后出版了论文集，这些资料对于五四的研究不仅提供了丰富的资料，也让后来的研究者在历次研讨重点的变化中感受到了对于五四研究的发展。而彭明的《五四运动史》被认为是关于五四运动史料最为丰富、翔实，论述最为系统的一部。在汗牛充栋的著作中尤其值得一提的是，陈平原《触摸历史与进入五四》一书从政治、思想、文学三个层面解读了五四，力图重返五四“现场”，丰富了五四的历史进程，以期实现对五四的正确评价；罗志田《激变时代的文化与政治》对五四知识分子的社会地位、政治诉求、文化关怀与心态变化等方面进行了探讨，从另一个角度对于五四进行了深入研究。

第二类是对于五四启蒙文学思潮的研究。杨春时《中国现代文学思潮史》可谓是这类研究中的代表作。在这部著作中，杨先生对于中国的启蒙文学思潮、革命古典主义文学思潮、浪漫主义文学思潮、现实主义文学思潮、现代主义文学思潮及后现代主义文学思潮都进行了细致研究，不仅资料翔实，且论述细致。他认为："文学历史不是作家作品的排列，而是由文学思潮构成的。"① 这部著作不仅让中国启蒙主义文学思潮的存在不言自明，而且又全面、深入、细致地剖析了五四启蒙文学思潮，具有较高的学术价值。同时，中国现当代的许多著名学者都对五四文学有过深入研究，是以成果相当之丰富。而这些成果之中，年青一代的学人的研究成果也十分引人注目。如王桂妹《文学与启蒙——〈新青年〉与新文学研究》以《新青年》杂志为切入点，在当时的历史语境下探讨了中国新文学与思想启蒙的关系，在"思想"与"审美"的文本中剖析了启蒙的二元对立思维模式及启蒙的内在精神结构，还站在时代高度捕捉了启蒙话语的洞察与不见，对后来的研究者有很大的启发。而姜异新《互为方法的启蒙与文学》以20世纪中国文学史上的三次启蒙高潮为例探讨了启蒙与文学的关系，这种全新角度的尝试也丰富了对于五四启蒙文学思潮的研究。此外，近年来引人注目的是许多知名专家学者对于五四时期几成定论的问题的重新探讨，这为五四研究的常新提供了精神资源。如孔范今《五四启蒙运动与文学变革关系新论》（论文）等都有启发作用。

第三类是对五四文学启蒙的局限的研究。如韩毓海《锁链上的花环——启蒙主义思潮在中国》、姜义华《理性缺位的启蒙》、萧延中与朱艺编《启蒙的价值与局限——台港学者论五四》、顾昕《中国启蒙运动的历史图景——五四反思与当代中国的意识形态之争》、张宝明《启蒙与革命——"五四"激进派的两难》《自由神话的终结——20世纪启蒙阙失探解》等著作，以及汪晖《预言与危机——中国现代历史中的"五四"

① 杨春时：《中国现代文学思潮史》（上），南京大学出版社2011年版，第1页。

启蒙运动》、高力克的《五四启蒙的困境——在历史与价值之间》等论文中，均从不同角度阐述了五四启蒙的局限性。韩毓海探讨的是知识者的心理结构的形成与特定的社会历史状况的密切关系；姜义华论证的是五四启蒙的理性缺失；而台湾学者对于五四启蒙价值与局限的探讨让我们听到了另一种声音……这些著作与论文从各种角度进行的对于五四自身局限的研究，为全面评判五四启蒙提供了丰富的资料及角度，也让后来的研究者能够在前人研究的基础上继续前行。

第四类是对于五四启蒙与其源头西方启蒙的差异的比较研究。这类研究目前形成重要而成体系的研究成果较少，苏冰在《欧洲启蒙思潮的哲学依据——兼及中西启蒙的比较》一文中，通过寻找西方启蒙思潮的哲学依据的途径来对比中西启蒙运动的不同；何晓明通过《中国文化与欧洲启蒙运动——兼论东西方文化交流的若干通则》一文比较了欧洲启蒙运动中的理性与中国传统理学中的理性之异同；另外在一些学者研究五四的著作中对于这方面的内容也有所涉及，但成果远不及其他几个方面的五四研究丰富，尚有待于后来的研究者继续深入。

第五类是对于五四小说的研究。这一类的研究成果在许多前辈撰写的文学史中都有所体现，杨义先生《中国现代小说史》中将五四小说划分成人生派、乡土写实派、浪漫抒情派，并对其流派特色及作家创作进行了详细分析。同时，许多对五四小说及其相关的要素的研究也较多。如叶立文《五四小说的伦理叙事》阐述了五四小说中伦理叙事的历史流变；季进《论五四小说中的生与死》辨析了五四小说中生与死的辩证关系；林荣松《五四小说综论》立足于五四小说的整体观，从价值取向、生命世界、叙事策略、艺术风貌等多个方面对五四小说进行了整体研究，但没有兼顾到五四小说的启蒙特色；何玲华研究的是五四小说的悲剧倾向及其成因，陈卫平探讨的是五四小说理论和科学精神之间的关系。

三　研究思路

综合以上关于启蒙及启蒙文学中西学界的研究成果，众多的著述已经为我们清晰描述了西方启蒙及文学的特质，也为我们指出了中国启蒙及文学自身的特色，但在启蒙文学这片广袤的学术土壤上仍然有可以继续开垦之地。以启蒙为视域背景，本书试图展开对五四小说的研究，具体思路如下。

第一，典型体裁与文本选择。启蒙思潮是一个复杂的综合体，包括社会生活的各个领域，同时也涉及哲学、人文社会科学、自然科学等各个学术领域；而文学，作为社会生活全景式的艺术表现方式，在看似“表层”的文本下隐藏了人类深层的历史文化积淀及对人生、社会的深层思考。在各类文学体裁中，最能全景式表现社会生活的莫过于小说。在世界学界各位前贤已对启蒙思潮和启蒙文学做出全景式、深入探讨的基础上，本书选取五四小说这一典型体裁，用启蒙的视域做背景，以五四小说为线索，转向文本中具体问题的分析比照，以加深对五四小说的理解。

第二，历时、共时的全面比较。中国的五四启蒙文学与西方启蒙思潮及文学的发展不是同步的，甚至可以说有源流的关系，因此在横向共时的比较后，还必须将其放在各自不同的时间坐标上进行历时性的研究。如“文学研究会”小说，本书关注的是它对新文化运动启蒙传统的传承，同时又在代表了“文学研究会”的创作实绩的“问题小说”的研究中运用了共时的比较方式，把“问题小说”与法国启蒙文学的卓越代表“哲理小说”进行了对比，以求展现中西启蒙不同的思想内涵，得窥“文学研究会”小说的特点。另外，在对“浪漫抒情小说”的研究中，先是运用历时的研究方式将浪漫主义与启蒙主义之间错综复杂的关系进行了研究梳理，并横向比较了西方浪漫主义与五四浪漫主义的某些特征，以求看到五四浪漫主义与西方浪漫主义的渊源与流变。

第三，以审美为核心的评价。五四是一个特殊的时期。对于五四小说及其他新文学运动的文学样式来说，五四所处的特殊历史文化环境与背景，既是其能够发展的前提，也是它偏离纯文学审美特质的诱因。要想对五四启蒙文学有一个客观公正的评价，就必须看到这一点。以往的许多研究成果多将关注点放在历史的、哲学的、社会的角度，因此看到的更多的是启蒙文学在中国革命和社会转型过程中起到的促进作用，并进而对它的正面价值给予肯定。但当我们把目光聚焦于作家、作品的时候，就一定还要以文学的、审美的标尺来重新衡量五四启蒙文学。一种文学形态，当太多的审美之外的因素参与其中时，它的审美性必然受到影响。因此五四启蒙文学无论是从作家创作的动机、创作手法，还是从作品的题材和表现方式而言都还有很多与“美”发生偏差的地方，这些是需要我们正视和纠偏的。本书最后对五四启蒙之殇的研究，只是为客观全面认识、评价五四文学提供一个角度。

第四，多维度的知识背景。中国的乡土写实小说创作是在鲁迅的影响下开创的，将这一五四小说类型放置在西方启蒙的视域中进行观照，找寻这一小说的启蒙视角，并将西方启蒙运动中的“民主”“科学”理念影响下的乡土写实小说创作中的启蒙策略的得与失进行分析与研究，能够更全面地考察乡土写实小说在五四新文学运动中地位与作用。另外，在考察浪漫抒情作家的创作时，流浪型知识分子的启蒙书写也是以西方启蒙为精神资源的，他们的启蒙与反启蒙特质，对个人的解放，都为五四小说取得独特的价值提供了基础。

第一章

“文学研究会”小说与启蒙

第一节　“文学研究会”的启蒙特质

1921年前后，文坛上出现了几十个文艺社团，其中影响最大的是以“为人生”为创作宗旨的文学研究会，以及有着鲜明浪漫倾向的创造社。在这些文艺社团的倡导与作家自觉的启蒙追求影响下，五四小说创作取得了令人瞩目的成绩。

文学研究会是五四新文学史上的第一个纯文学社团，由于其“为人生”的创作主张，被冠以“人生派”的称号。事实上，“文学研究会”的小说创作流派意识并不强，作家的风格有着很大差异，创作个性也并不统一，很大程度上更像是它在成立宣言中所宣称的“著作的同业工会”。但是，在思想倾向上，“文学研究会”是比较一致的以“文化启蒙”为根本宗旨的。

一　对新文化运动启蒙传统的呼应

“文学研究会”成立之初，就有着明确的启蒙立场，这可以追溯到它成立之前。“文学研究会最初的发生原因之一，可以追溯到1919年郑振铎等在北京基督教青年协会负责创办的《新社会》旬刊和之后的《人道月刊》。”①《新社会》发刊词中即声明，刊物的宗旨是“想尽力于社会改

① 石曙萍：《知识分子的岗位与追求——文学研究会研究》，中国出版集团东方出版中心2006年版，第1页。

造的事业”，“考察旧社会的坏处，以和平的、实践的方法，从事于改造的运动，以期实现德谟克拉西的新社会”[①]。发刊词中提到的“社会改造”带有鲜明的五四启蒙的目的性，而“实现德谟克拉西的新社会”更是五四启蒙的主要目标之一。所以，《新社会》的办刊宗旨带着鲜明的启蒙特色。在《新社会》被北洋军阀查封之后，郑振铎又创办的一期《人道月刊》，继续着《新社会》的启蒙宗旨。

与五四运动中出现的许多刊物不同的是，《新社会》的目的虽是“社会改造”，但并不倡导通过革命和学生游行、工人罢工等激烈的方式来实现目标，而是采用温和的改良主义的方式——鼓励学生走到普通民众中间，去唤醒大众。

这一点与康德的想法不谋而合。康德并不认为革命是实现真正的思想启蒙的途径：“通过一场革命或许很可以实现推翻个人专制以及贪婪心和权势欲的压迫，但却绝不可能实现思想方式的真正改革；而新的偏见也正如旧的一样，将会成为驾驭缺少思想的广大人群的圈套。”[②]《新社会》的这些举措，更加接近了欧洲启蒙的某些特质，也坚定了自身的启蒙立场。但是，尽管《新社会》有着坚定的启蒙立场，却对中国启蒙的未来缺少信心。在1919年11月11日的《新社会》第2号刊载了郑振铎的《灯光》，塑造了一个他意识深处的启蒙者的形象，其中的一些感受恰是当时五四启蒙者的切身体会。一个人提着灯在荒野中寻路，“灯光四射，融和光朗；照着前途明白。但他总觉得孤孤单单的；有无限的凄凉、感伤，无限的恐慌”[③]。欧洲启蒙运动的成果让五四启蒙者们似乎看到了光明的未来，然而五四启蒙运动所面临的困窘却让启蒙者孤单、凄凉且恐慌；被同路人的误解与拒绝更加深了启蒙者的这种凄凉与感伤，让我们看到了启蒙者内心深处的悲观情绪。这种情绪，自五四启蒙之初，便一直伴随着启蒙者，以至于我们在其后的鲁迅与文学研究会的许多作家的创作中都可以经常得见，可见文学研究会受《新社会》影响程度之深。

---

① 郑振铎：《发刊词》，《新社会》第1号，1919年11月1日。

② ［德］康德：《历史理性批判文集》，何兆武译，商务印书馆2010年版，第25页。

③ 郑振铎：《灯光》，《新社会》第2号，1919年11月11日。

此外，负责《新社会》编辑与集稿的瞿秋白、郑振铎、许地山、耿济之、瞿世英等人后来都成了文学研究会的主要成员，因此《新社会》这种启蒙宗旨与倾向被直接带到了文学研究会中。另外，文学研究会的成员又是《新青年》的核心成员。他们大都是文化批判者，茅盾认为："他们的文学理论的出发点是'新旧思想的冲突'，他们是站在反封建的自觉上去攻击封建制度的形象的作物——旧文艺。"① 《新青年》的新文学主张使文学研究会自觉地担当了区分中国传统旧文学与新文学的使命，这都使得文学研究会成立之初，启蒙倾向便十分鲜明，呼应了启蒙传统，带有鲜明启蒙特色。

二 "文学研究会"的小说观念变革

五四时期，小说观念发生了很多重要的变革，严家炎先生将这种变革总结为两个方面："一是不再视小说为史传的附庸，把小说从历史中真正拉了出来；二是不再视小说为载道的工具，肯定了小说具有独立的艺术价值。"② 在这第二个方面的变革中，"文学研究会"立下了汗马功劳。传统文学观念一直以"载道"作为文学价值衡量的唯一标准，因此小说因"载道"价值的缺失，便一直被视为"闲书"，用以消遣或游戏，被视为"末技""小道"而难登大雅之堂。到了梁启超等人提倡的"小说界革命"之时，为了维新变法的需要，又强行将小说作为"载道"的工具，以小说来教化民众，将小说置入另一个极端，成了"载道"的工具，从属于政治需要。尽管这种做法大大提高了小说的地位，但仍然没有赋予小说以独立的存在价值，小说仍为政治的附庸，未能从根本上进行观念的变革。而清末民初的"鸳鸯蝴蝶派"或是它的分支"黑幕派"等，或将小说视为达到卑劣目的——泼秽水，或是将小说视为游戏消遣品，更将小说拉出了正统文学殿堂之外。而其形式上对于古代白话小说传统的沿袭，长篇章回体小说的特色，更是让其与"新小说"形成对立态势。

---

① 茅盾：《〈中国新文学大系·小说一集〉导言》，上海文艺出版社 2003 年影印版，第 2 页。

② 严家炎编：《二十世纪中国小说理论资料》第二卷，北京大学出版社 1997 年版，第 3 页。

“文学研究会”将小说从传统“载道”观的桎梏中解放出来，赋予了它以全新的地位与价值，这在“文学研究会”的成立宣言中即可得见。“文学研究会”在成立宣言中宣称：“将文艺当作高兴时的游戏或失意时的消遣的时候，现在已经过去了。”这一宣言直接否定了小说的“闲书”的游戏与消遣性质，接着又宣称：“我们相信文学是一种工作，而且又是于人生很切要的一种工作；”这种主张肯定了文学的地位与独立价值，茅盾也曾明确表示：小说“思想固然要紧，艺术更不容忽视。”[①] 这样的主张将小说思想与艺术置于同等重要的地位，使得小说能够摆脱“工具论”；“文学研究会”还在宣言中称：“治文学的人也当以这事为他的终身职业，正同务农一样。”在当时，由于科举制度的取消，为文不再与仕途相关联，而是被逐渐推向市场。“文学研究会”将文学作为终身职业的理念的提倡，加之现代出版业的发达，催生了中国现代文学史上的职业作家，为小说创作的繁荣与发展提供了重要的前提条件。

“文学研究会”的成立宣言虽然简短，却包含了许多文学观念变革的重要信息，为“五四”小说的观念变革提供了重要的依据与条件。尽管从实际情况看，“文学研究会”其后也让“五四”小说承载了“启蒙”的使命，但它仍然实现了小说观念的变革，促进了“五四”小说的繁荣与发展。

三 “为人生”主张的启蒙追求

“文学研究会”的成员对于“为人生”的理论主张表述并非完全准确或整齐划一，却都统一在这一理论旗帜之下。“为人生”这一文学主张是“文学研究会”对于五四以来的启蒙传统的呼应。在文学研究会成立之时，周作人在“人的文学”的基础上提出了“为人生的艺术”的主张，指出文学除了“独立的艺术美”之外，还要有“无形的功利”，也即康德的“无用之用”，其中有着鲜明的启蒙要求。“文学研究会”的另一重要人物郑振铎的观点与周作人类似，认为文学“不是以传道为目的，更不

① 茅盾：《小说新潮栏宣言》，《小说月报》第11卷第1期，1920年1月。

是以娱乐为目的；而是以真挚的情感来引起读者的同情的”①。这种文学主张到了沈雁冰那里，因着沈雁冰革命者身份的影响，渐渐被转化成了具有革命倾向的“表现人生、指导人生”的文学观，并通过他的文学批评及《小说月报》这一平台展现出来，影响了“文学研究会”作家的创作。冰心、叶圣陶、杨振声、庐隐、许地山等人尽管个人风格有着许多差异，在“为人生”这一思想倾向上却是保持着一致。

“文学研究会‘为人生’的主张是典型的启蒙文学观念的折射。”②这种文学创作主张如实反映社会人生，目的是指导人生并最终改造人生。这种文学观把社会与思想文化启蒙的任务赋予文学，将文学放在了启蒙大众的第一线，使文学成为启蒙的思想工具。这种以文学为启蒙工具的观念从晚清的维新运动开始，直到小说界革命，一直延续到五四新文化运动。尽管在不同的时代启蒙的主题有所变化，出现了多重性，但文学的工具性质没有变化。

文学作为启蒙的思想工具在西方启蒙运动中就屡见不鲜：“在理性与迷信、偏见的斗争中，在人权与暴政的斗争中，文学是伏尔泰手中最自由、最得心应手的工具。”③ 五四文学革命是五四启蒙先驱总结辛亥革命失败教训后，为促成国人的思想革命，响应启蒙运动的呼唤、作为思想启蒙的一种重要手段而发生和发展的，因此思想性成了它的最大特征，五四文学即是从思想革命的角度进入文学革命的。因此，“文学研究会”的这一文学主张是有迹可循的。但是，这种文学主张过分注重了文学的思想性与工具性，却轻视了有关文学本身的艺术研究。

“文学研究会”的一些作家对于文学创作态度并非严谨，沈雁冰提倡的“思想与艺术同样重要”的理念并没有贯彻到底。最初俞平伯在《〈冬夜〉自序》中所说的“随随便便”的创作方法遭到了闻一多直率的批评，却并没有引起更多“文学研究会”作者的重视。王统照回忆当时的小说创作时说：“那时并不以写小说等文字为十分苦闷的事。捉到浮泛的人生

---

① 郑振铎：《新文学观的建设》，《文学旬刊》第37期，1922年5月。

② 李秀萍：《文学研究会与中国现代文学制度》，中国传媒大学出版社2010年版，第188页。

③ 肖雪慧：《理性人格——伏尔泰》，长江文艺出版社1996年版，第169页。

的一片段便以为很容易地写出来。”① 对于这种“即兴”而作的创作过程，冰心表述为：“只听凭着此时此地的思潮，自由奔放，从脑中流到指上，从指上落到笔尖。微笑也好，深愁也好，洒洒落落自自然然的画在纸上。”② 由于“文学研究会”作家更重视作品的思想性，所以对文学问题本身研究重视不够，以至于很多作品文学性不足，为后人或论敌所诟病。

尽管如此，“文学研究会”小说创作在中国的新文学历史上依然取得了不俗的成就。虽然题材广泛，但几乎都在“为人生”观念的指导下对社会问题进行了广泛关注，通过文学表现为社会问题寻找答案，由此形成问题小说创作的热潮，也在问题小说的创作中体现出了“文学研究会”“为人生”主张的鲜明的启蒙特色。问题小说的题材触及了社会问题的各个角落，在问题的探讨与尝试解决过程中闪现出了耀眼的理性光彩，表现出了鲜明的启蒙特点。与西方启蒙运动中出现的哲理小说相比，虽然问题小说艺术上还不成熟，思想深度不够，眼界不足，解决问题的方式也过于肤浅与稚嫩，过于主观化与理想化，却以自己的创作实绩表现出了“五四”这个特殊时代的风貌。

第二节　“文学研究会”小说创作的启蒙特色

前文曾经指出中国传统词汇中“启蒙”一词的两层含义：一为开导蒙昧，使之明白事理；二为使初学者得到基本的入门知识。这两种含义与西方启蒙运动中的“以理性祛除巫魅”与“理性主导下的自我启蒙”的真谛相去甚远。在五四小说中，“文学研究会”的创作一直自觉努力向西方启蒙运动趋近，因此启蒙特色十分鲜明。以《中国新文学大系·小说一集》中茅盾编选的“文学研究会”的第一个十年的作家作品来看，启蒙特色分别表现如下。

---

① 王统照：《霜痕·叙言》，商务印书馆 1933 年版，第 2 页。

② 冰心：《文艺丛谈》，范伯群编《冰心研究资料》，知识产权出版社 2009 年版，第 154 页。

一　祛魅——揭示底层人民生活的蒙昧状态

从启蒙的英文词源上来看，enlighten 意味着人们通过受到启发而脱离愚昧无知的境地，这就是 18 世纪西方启蒙运动中常常强调的“祛魅”作用。启蒙者通常认为，只有将被启蒙者的蒙昧状态揭示出来，才有可能实现启蒙的“祛魅”作用。因此，“文学研究会”的作家们对于当时底层人民生活的苦难与蒙昧状态进行了广泛的揭露，这是以理性的目光审视人们的生活后发出的呐喊。

利民的《三天劳工底自述》与王思玷的《偏枯》是“文学研究会”小说中直面底层人民苦难生活的代表作。《三天劳工底自述》以一个念过两年多书的十几岁孩子的视角展现了当时的学徒生活，叙述语气虽然平淡，却字字血泪。一开头，母亲想让孩子去做学徒时，那断断续续的哽咽语气似乎就暗示了孩子将来的苦难生活：“不然……但盼你将来，手……艺学……了，……可……自立……了，……还……可以……”① 随着孩子学徒生活的开始，他看到了同为学徒的“定儿”那接踵而来的苦难，不仅生活环境艰苦，还有着非人的折磨——掌柜输牌心情不好对学徒的无由打骂、超出体力极限的劳动、被剥夺的尊严、同为底层劳动者的欺凌以及炸酱拌面的意外“恩宠”，都控诉着底层人民生活的苦难。作者的叙述角度是独具匠心的，因为身处苦难当中的劳工对于这种苦难的根源并不自知，他们身处于这苦难当中，甚至已经认为这种苦难就是生活的全部。于是作者让一个念过书的、眼界开阔一些的孩子来看劳工们的生活，才能于劳工们日常的麻木中看出这苦难的不合理及劳工的蒙昧来。结尾处提到的那句“劳工神圣”更是对于这种学徒的生活强烈的反讽，唯有以理性来审视底层人民的生活，才能看出苦难背后的蒙昧，才能显示出启蒙的必要性。主人公的三天劳工生涯结束了，可底层人民的苦难却是无尽无休的，因此启蒙就显得无比重要与迫切。

同样揭示底层人民生活的作品还有王思玷的《偏枯》。在一个充满希

---

① 利民：《三天劳工底自述》，《中国新文学大系·小说一集》，上海文艺出版社 2003 年影印本，第 252 页。

望的春天里，一个叫刘四的人却得了偏枯病，一家人的生活陷入了绝境，妻子与三个孩子都生活无着。为了不至于一起饿死，邻居张奶奶帮这一家人安排了出路：把老大卖到庙里当和尚，让老二随着刘四的妻了一起去给地主当奶妈，尚未断奶的老三被她抱去抚养，而生病的刘四的去路没有提及，结果却是可想而知。就此，这一家妻离子散，为了能够活下去，明知道老大去当和尚会遭人虐打却别无选择，当母亲的还得舍弃自己未断奶的亲生孩子去给地主家做奶妈，那卖儿卖女的悲痛于平淡叙述之中跃然纸上，刘四那句："不要顾惜我了，你们想法活命去吧！"[①] 更让我们体会到了贫农的苦难、无奈与悲惨。不管他们怎样努力，却依然不能保证自己拥有生存的权利，任何天灾人祸都会将他们的生活连根拔起。人在这样的社会中，卑微到了尘土之中。即便这样，这些生活在苦难中的人却从未想过这苦难缘何而来，他们最常挂在嘴边印在脑海的都是那句："唉，这也是命定下的。"[②] 即便困惑，他们的思维也只停留在"我从来没做过坏事，难道教我就这样子了吗？"[③] 几千年封建文化的遮蔽，让底层人民将生活中所有的不公平与不幸福都归结为命运，自然也没有了反抗的意识。同时，对因果关系的笃信，让他们也丧失了独立思考的能力。封建文化没有随着封建政权的倒台而消失，反而以更隐蔽的方式根深蒂固地存在于底层人民的脑海中，被封建文化遮蔽了理性的贫苦百姓，就以这样蒙昧的状态生存着。

孙俍工的《隔绝的世界》也用对比的手法展现了"马夫"一家的贫苦生活，生活在社会底层的人，不仅被剥夺了亲情，甚至于连生命都被完全漠视。"文学研究会"作家对底层人民蒙昧的生活状态的揭示，鲜明地树立了反封建的启蒙大旗，也形成了特有的"苦难叙事"。

苦难一直是全人类面临的共同困境，因此有关苦难的叙事也一直在文学传统中绵延不绝。但中国传统文学的"苦难叙事"与五四"文学研究会"小说中的"苦难叙事"有着本质的不同。传统"苦难叙事"侧重

---

① 王思玷：《偏枯》，《中国新文学大系·小说一集》，上海文艺出版社 2003 年影印本，第 275 页。

② 王思玷：《偏枯》，《中国新文学大系·小说一集》，第 274 页。

③ 王思玷：《偏枯》，《中国新文学大系·小说一集》，第 276 页。

于对“苦难”本身的描述，而缺少对苦难根源的深入挖掘。“文学研究会”的“苦难叙事”则是建立在启蒙的理性思考基础上的，直指苦难背后的社会根源，以期唤醒人们的理性与反抗。“文学研究会”这种对于底层人民苦难生活的描写，实际上也是一种“祛魅”——当然这是扩大化了的“祛魅”概念——它揭去了传统“苦难叙事”那温情脉脉的面纱，用理性的目光审视这种苦难，将底层人民的蒙昧状态展示在人前，而这种揭示恰是启蒙的重要前提与条件。

不过，“文学研究会”小说创作虽然以“启蒙”为宗旨，其“苦难叙事”与西方文学传统中的“苦难叙事”却并不相同。西方文学传统中的苦难意识是与宗教精神息息相关的，不仅包括了身体要经受的苦难，还有精神的苦难。这种苦难意识因为《圣经》“原罪说”的影响而深入人心，更由此形成了西方文学特有的精神忏悔传统，而这一直是中国文学所缺少的。

“文学研究会”小说对于底层人民蒙昧状态的揭示，不仅体现在对于底层人民苦难生活的直接揭露上，还体现在对于底层人民异化状态的描写上。在这方面成就最为突出的是叶绍钧，他对于小知识分子的“灰色人生”之卑琐、庸俗的描写，直接将这种异化展现在人前。

《饭》的主人公吴先生本是位教师，身上担负着教书育人的重任。然而为了生存，他的生活始终与“饭”息息相关，并随时承受着打碎饭碗的威胁，因此不得不受到学务委员的敲诈勒索，以至于不仅丧失了师者尊严，处处显露出封建文化极力塑造的“奴性”，还须用“失神的目光时时瞪视着他的前途”。这种威胁到生存的物质匮乏直接导致了吴先生精神的麻木，将他异化为谋“饭”的工具，也将他异化为官僚权威的奴隶。不仅吴先生如此，就连他的学生和家长也是一样，由于水淹稻田带来的绝收威胁，整个村庄笼罩在一片饥饿的绝望中，就连天真烂漫的孩子，也因此感到了死亡的重压。“饭”这个标题紧紧抓住了作品中所有人物的命运，我们看不到师道尊严与理性的力量，甚至于看不到正常的人性，这一切都被生存的压力异化了，以至于卑琐得可悲。而更具启蒙色彩的，是这位本该因拥有知识而获得尊严与独立思想的知识分子对官僚权威的屈从，这更从反面显示出启蒙理性的缺乏与重要性。与这个人物命运相似的还有《前途》中的穷教师惠之。他本将教师这一职业视为终身的崇高事业，然后由于军阀对于教育经费的侵占，他的薪水长期被扣发以至于生活困顿绝望。在生存的压力与妻子的怂恿下，他不得不放弃自己高尚的情操而厚颜托旧友的同学去混浊的官场谋求职位。然而，即便他如此卑微，却依然落得走投无路的下场。《潘先生在难中》的潘先生更是将小知识分子的卑琐展现得淋漓尽致。黑暗的社会用生存异化了人类，却没有为这样的"被侮辱与被损害者"留下生存的空间，这背后的原因不得不引起人们的深思。

除了生存压力对人的异化，叶绍钧还为我们揭示了没有生存压力情况下理性缺失造成的人们个性泯灭的另一种异化。《一个朋友》以一位参加朋友儿子婚礼的宾客似醉非醉的视角展开了对普通人生活的审视。十三四年前，这位叙述者曾经参加朋友的婚礼。当初的这一场封建包办婚姻在叙述者眼中也许是理应不幸福的，可当事人也就是他的朋友却说："我吃，喝，玩耍，都依旧；快意的地方依旧，不如意的地方也依旧，只有卧榻上多了一个人，是我新鲜的境遇。"① 并且，夫妻二人有了孩子后便欢喜异常，却又说不出为什么欢喜。这些都让叙述者在用带有启蒙理性的目光去审视朋友的生活的时候，不得不感到了一种个性泯灭、陷入庸常生活的悲叹。然而当事人并不自知，反而兴高采烈地"把儿子按在自己的模型里"②。这样的自我蒙昧状态，其实是人类的一种更深层次的异化。这种异化让人处在蒙昧状态而不自知，在个性泯灭的庸常中丧失自我，即便接受启蒙，也难以达到自我启蒙的境界而实现真正的启蒙，这让叙述者感到了启蒙的可能性的渺茫，所以在结尾处才感叹："原来我喝的醉了……"③

此外，"文学研究会"作家还在底层人民身上发现了被封建思想荼毒后形成的偏见。朴园的《两孝子》是个非常简单轻松的小故事，可其中显现出的思想偏见却叫人倍感沉重。这篇小说讲的是两个儿子孝顺父母

---

① 叶绍钧：《一个朋友》，《潘先生在难中》，江苏文艺出版社 2008 年版，第 15 页。
② 叶绍钧：《一个朋友》，《潘先生在难中》，第 16 页。
③ 叶绍钧：《一个朋友》，《潘先生在难中》，第 16 页。

的故事，显然这些故事发生在五四父子决裂之前。第一个主人公由于接受了新思想的熏陶，对待父母真诚关爱多于封建礼节，用心体贴大于愚听愚信，在父母日常生活包括就医方面都很理性，可这理性却引起了人们的非议：“也不知安的什么心眼儿!”这种非议多了，连他的父亲也对他产生了怀疑，疑他“未免没有良心”；妻子本来爱护他，却也难以理解他的行为，可见这封建偏见对人们影响至深。反观另一个“孝子”刘文，时时处处以封建礼节为准则，对父母处处有礼，事事恭听，连是非大事都听信父亲的一己之见，这种“孝”的狭隘可见到了何种地步！可是这样的人却是大家公认的“孝子”！由这样一件小事可以显现出当时底层人民思想的偏见何等严重。根据康德的分析，偏见永远站在理性的对立面，它的存在会使人处于蒙昧状态而不自知，偏见不消除，人便永远为成见所囿，不能自由地运用理性实现自我启蒙。因此“文学研究会”的小说对于人们的思想偏见的揭示，更能启发人们进行理性思考，推动五四思想启蒙。

二　理性——对于启蒙的自觉追求

“理性”是西方 18 世纪启蒙运动的工具，更成为西方启蒙运动中衡量一切的准则。“理性”地位的提高，促使人们开始思考社会人生的相关问题，从鲁迅发出那句伟大的问询“从来如此，便对么?”起，五四启蒙文学的理性时代便开启了。所以，代表“文学研究会”创作实绩之一的问题小说应运而生，既是启蒙的需要，也是启蒙促成的结果。

“文学研究会”小说的理性色彩，首先表现在对于问题的发现上。出于“文学研究会”的“为人生”的文艺观要求，“文学研究会”的作家广泛思索有关社会与人生的相关问题，开始重新思索世界与人生，尽管他们当时对于社会与人生问题并没有统一而明确的答案，却并不妨碍他们发现社会当中广泛存在的问题，因为问题的发现在当时就是理性的一大进步。这种“发现问题”的风潮就在当时的文坛引发了多个领域的“题材热”，也促使了“问题小说”的产生与繁荣。冰心的《斯人独憔悴》关注的父子两代新旧观念的冲突，庐隐《海滨故人》中对五四后觉醒的新女性从追求到幻灭的心路历程的展示，朱自清《别》中所写的生活重压下夫妻分离的凄楚，孙俍工《隔绝的世界》对于生活在最底层的车夫一家悲惨生活的描写……当时广泛引发关注的有社会问题、家庭问题、婚姻问题、儿童问题、劳工问题等，这其实是五四的启蒙精神高扬的理性与作家积极的“为人生”的文艺观结合的产物，尽管其思考并不成熟，很多地方还留着思考的过程的轨迹，但其中理性主导下的批判精神仍令人瞩目。

“文学研究会”小说的理性色彩，还体现在作品对于人生的理性思考上。许地山的作品一向被认为具有浓厚的“宗教色彩”，而事实上，他的创作仍然是带有顿悟的人生观的表达。《中国新文学大系·小说一集》中收录的他的《缀网劳蛛》与一般问题小说描写的社会与生活的苦难不同，他写的是“人生之苦”——就像蜘蛛一样，不停地织着命运之网，可却总被外力破坏而不得不周而复始这种劳动，这才构成了完整的人生。这种思考让我们想起了希腊神话中的西绪福斯，许地山用这样的理性思考诠释了自己的人生观，尽管外面罩着“宗教”的光环，却依旧难掩理性的独特价值所在。而另一位积极探索、深入思考人生的当属孙俍工。《前途》中写了一趟列车上各类乘客的不同心态，在表象的驳杂后有着对于人生的理性思考。尤其是他的《命运》，更是以理性的姿态思考社会人生，并宣扬了他所信奉的“安那其”思想。这些“文学研究会”作家的独立思考，不追随社会潮流，不屈从外界压力，这恰是理性的风采。

“文学研究会”小说的理性色彩，还体现在作家们对于哲学的迷恋上。理性引导人们走出蒙昧的迷雾，同时也点燃了人们对于思索的热情，作家们开始在创作中探索自己的哲学信仰，瞿世英明确表示：“一个人的哲学若是没有确定，朝信夕更，茫无所适，便也不能有好创作。”① “文学研究会”的作家们试图从哲学的高度来把握人生，如冰心宣扬的“爱”的哲学，叶圣陶前期的“爱”与“美”的哲学，庐隐追求的叔本华的“悲”的哲学，王统照的“美”的哲学，许地山的“宗教”哲学等，每个人都试图通过理性分析来把握人生的意义，人的存在价值，来寻找解决当下社会与人生问题的出路。尽管这些哲学观念在某种程度上看来非

---

① 瞿世英：《创作与哲学》，《小说月报》第12卷第7号，1921年7月。

常肤浅，甚至于为图解哲学观念而导致了文学文本的质量下降，但是，这些作品的价值不在于是否为读者提供了准确的、可供参考的答案，而在于理性思考的过程与思考空间的开辟。

需要注意的是，尽管“文学研究会”的小说创作具有鲜明的理性色彩，却并不意味着其作品是成熟理性的。相反，由于缺乏总体把握能力，“文学研究会”小说无论是在艺术水平还是思想深度上都是有所欠缺的，以至于人物往往成了作者观念的载体，而缺少内在的品格与外在的个性，这不能不说是“文学研究会”小说的一点缺憾。

第三节 启蒙哲理小说与五四问题小说

在18世纪欧洲启蒙运动中，启蒙者们不仅在政治领域、思想领域、哲学领域、自然科学领域取得了重要的成就，在文学领域也成就斐然。而18世纪最引人注目的国家是法国。“十八世纪，在法国非常有力地、完全地、彻底革命地展开了启蒙运动，这一运动使世界具有了启蒙文艺的最典型的范例。”① 与英国的启蒙文学成就体现为笛福、菲尔丁等人为代表的现实主义小说，德国启蒙主义文学成就体现为歌德、席勒的诗剧等不同，法国的启蒙主义文学成就体现为哲理小说的创作。这是启蒙者独创的一种文艺政论性的小说体裁，在这方面他们的创作取得了无与伦比的成就。

法国本是欧洲封建制度的中心所在，却又是最先彻底实现资产阶级革命的国家。18世纪，启蒙运动又完全彻底地在法国展开了，这一运动也使世界具有了启蒙文艺的最典型的范例。18世纪的法国启蒙文学所受到的社会思想的鼓舞比以前来得更为强大，同人民的社会生活的联系也更为密切。

18世纪的法国启蒙者主张在广大的人民群众中发展科学和教育，借助“百科全书”，他们将那个时代人对于革命的模糊渴望用严谨的理论表

---

① ［苏］阿尔泰莫诺夫等：《十八世纪外国文学史》，方闻等译，上海文艺出版社1959年版，第211页。

达出来，使启蒙运动在法国成长并巩固，向封建主义发起了冲击："宗教、自然观、社会、国家制度，一切都受到了最无情的批判；一切都必须在理性的法庭面前为自己的存在作辩护或者放弃存在的权利。"① 启蒙者据此在法国思想领域创造了一个新纪元。

在启蒙运动之前，占据法国文坛的一直是17世纪的古典主义文学。古典主义文学在法国极为繁荣，产生了莫里哀、高乃依、拉辛等一些伟大的戏剧家、美学家。古典主义文学成就最高、最为推崇的都是戏剧，并且对此有一套严格的"三一律"作为创作的标准与典范。在这样的文学观主导下，小说通常被作为低级的体裁，像布瓦洛在《诗的艺术》中轻视的那样："开玩笑的小说里一切还情有可原，它不过供人浏览，用虚构使人消遣。"② 这种充满偏见的看法在狄德罗看到理查逊的小说时得到了改变："直到现在，一部小说就是指一连串虚幻、轻薄的故事，对读者的趣味和品行很有害。我很想给理查逊的作品寻得另一个名称，这些作品提高人的精神境界、扣人心弦，处处流露着对善良的爱，它们也被称为小说。"③ 当理查逊以及英国其他的现实主义作家如笛福、斯特恩、菲尔丁等人的著作都陆续被介绍到了法国时，法国的启蒙者大受震动，开始重视小说这种文学体裁，借助文艺复兴时代的人道主义者的文化遗产，他们为解放人的肉体与精神而大声疾呼，进而创作了哲理小说来实现这种思想解放的目的。

因而，不论哲理小说采用议论还是抒情的方式，最终目的都是以哲理警喻世人。这是法国启蒙运动的独特产儿，法国的启蒙者们在这方面取得了极高的成就，出现了孟德斯鸠的《波斯人信札》，伏尔泰的《老实人》《天真汉》《查第格》，狄德罗的《宿命论者雅克和他的主人》，卢梭的《新爱洛伊丝》等一系列优秀的作品。这些哲理小说作品有一些虽然只是启蒙者们自己也并不重视的"儿戏之作"，但由于将文学审美与理性

---

① 恩格斯：《反杜林论》，人民出版社1993年版，第15页。

② ［法］布瓦洛：《诗的艺术》，伍蠡甫、胡经之主编《西方文艺理论名著选编》，北京大学出版社1985年版，第199页。

③ ［法］狄德罗：《理查逊赞》，《狄德罗美学论文集》，陈占元译，人民文学出版社1984年版，第248页。

思辨很好地结合在一起，因而经受住了时间的考验，成为世界文学宝库中不可缺少的一部分，成为人类宝贵的精神财富。特里·伊格尔顿认为：“文学形式的重大发展产生于意识形态发生重大变化的时候。它们体现感知社会现实的新方式以及（我们后面将谈到）艺术家与读者之间的新关系。”① 法国哲理小说不像19世纪现实主义小说那样热衷于客观描写历史环境和人物性格及事件，而是创造性地以具有鲜明的倾向性、哲理性、教谕性的形式使读者能够从作品中读到作者的哲学思想，创作的目的便是使这些哲学思想变得鲜明、通俗而且易懂。卡冈阐释为：“风格的结构直接取决于时代的处世态度、时代社会意识的深刻需求，从而成为该文化精神内容的符号。”② 孟德斯鸠的《波斯人信札》是法国哲理小说甚至法国启蒙文学的奠基作，其中体现的法国哲理小说的创作方法与特点是相当具有代表性的。不仅如此，在法国启蒙作家那里，哲理小说还是有着特殊的作用的。法国浪漫主义文学的代表之一斯达尔夫人对于18世纪文学的论断是：“文学已经不仅仅是一门艺术，而也是一种工具；它成了人类思想的一种战斗武器，而它过去一直是满足于教育人们和娱乐人们的作用的。”③ 的确，以哲理小说为主的法国启蒙文学揭露了当时法国黑暗的社会现实，对社会风俗、政治道德、精神信仰等各个领域均有涉猎，使哲理小说不仅反映了当时的社会现实，还以其耀眼的理性之光推动了启蒙运动在法国的发展，成为启蒙运动的重要组成部分及启蒙思想传播的有效手段，成为欧洲启蒙运动的典范之作。

当欧洲启蒙运动思潮传入中国时，从清末民初起便带来了小说观念的革新。但是，中国小说现代意识的真正觉醒，还是在五四启蒙运动时期。五四运动闪耀的思想解放之光，以其巨大的力量在思想文化领域里进行了“除旧布新”，引出了一批“问题小说”的创作，成为中国现代小说流派的序曲。关于五四“问题小说”产生的必然性，杨义先生分析为：

---

① ［英］特里·伊格尔顿：《马克思主义与文学批评》，文宝译，人民文学出版社1986年版，第28页。

② ［苏］M. C. 卡冈：《文化系统中的艺术》，中国艺术研究院外国文艺研究所《世界艺术与美学》编委会编《世界艺术与美学》第6辑，1985年，第146页。

③ ［法］斯达尔夫人：《论文学》，徐继增译，人民文学出版社1986年版，第229页。

“‘五四’时期是一个启蒙主义思潮高涨的时期，受这股思潮鼓舞和裹挟的青年，热心于探究人生真谛，思考社会哲理。这种青年社会的意识与初步觉醒的小说意识相结合，就要求小说以哲学为其本质，跟着哲学走，就必然产生反映这种思潮的‘问题小说’。”[①] “以哲学为其本质”，恰与西方启蒙运动中盛行一时的哲理小说有重要的相似之处，这种相似让哲理小说与问题小说的比较成为可能。通过二者的比较，我们可以从另一个角度对五四小说观察，进而进行价值判断。

中国五四时期的“问题小说”这个概念，最早来自周作人。周作人在日本留学期间感受到明治维新时期日本小说所起的重要作用，开始关注“小说与社会”关系的考察，在《日本近三十年小说之发达》的报告中，认为日本小说“描写社会上矛盾冲突种种悲剧，却含有一个解决的方法，就是一种附有答案的问题小说。”[②] 这是“问题小说”第一次在周作人笔下出现。而他正式提出这一概念则是在其后发表的《中国小说里的男女问题》中。在这篇文章里，周作人将“问题小说”的概念定义为：“问题小说，是近代平民文学的出产物。这种著作，照名目所表示，就是论及人生诸问题的小说。”这个概念将“问题小说”看作是平民文学的出产物，所以严家炎先生断定：“‘问题小说’是中国过去所没有而到五四时期才产生的。”[③] 为了对“问题小说”这一概念进行准确界定，周作人还在《中国小说里的男女问题》中将“问题小说”与教训小说进行了区分比较：

> 凡标榜一种教训，借小说来宣传他，教人遵行的，是教训小说。提出一种问题，借小说来研究他，求人解决的，是问题小说。……教训小说所宣传的，必是已经成立的、过去的道德。问题小说所提倡的，必尚未成立，却不可不有的将来的道德。一个是重申旧说，

---

① 杨义：《中国现代小说史》（上），《杨义文存》第2卷，人民出版社1998年版，第125页。

② 周作人：《日本近三十年小说之发达》，《新青年》1918年第5卷第1号。

③ 严家炎：《五四时期的“问题小说”——中国现代小说流派论之一》，《小说界》1984年第2期。

一个是特创新例，大不相同。

在这样的概念引导下，五四启蒙先驱们将小说作为宣传启蒙思想的重要工具，开始了“问题小说”的写作尝试，进而形成风潮。胡适、鲁迅等都对这一问题进行了关注，问题小说的代表作家之一冰心也说：“我只想把我所看到听到的种种问题，用小说的形式写了出来。”① 事实上，其后“问题小说”的概念又进一步被阐释。杨义在他的重要著作《中国现代小说史》（第 1 卷）中对问题小说进行了阐释：“问题小说是一个宽泛的概念。……广义地说，思想性和社会针对性强的小说，都可以归入问题小说。”并且，他认为当时社会矛盾突出，呈现出许多问题，所以：“出现于 1918 年至 1921 年之间的新小说家，几乎都是问题小说家。”②

“问题小说”在这一时期兴起是有着深刻的社会背景的。作为思想启蒙运动的五四，以它的理性思考之光带来了中国现代小说意识的觉醒。民主与科学的旗帜不仅让越来越多的知识分子开始关心民族国家的前途命运，还促使他们开始思考人生与个人的社会价值，开始探讨社会上普遍存在的社会问题。同时，作为现代小说意识觉醒的一个重要特征的是：“以民主和科学的精神，使一向处于被压制和歧视的堪称文学中民主派的小说艺术，获得了一种前所未有的科学的尊严。这种‘科学的尊严’包含两层意思：一是‘尊严的’，再不像封建时代那样被斥为‘名不列四部，言不齿于缙绅’的妾小艺术；二是‘科学的’，而不像清朝末年只被视为通俗的宣传工具。”③ 在这样的社会背景影响下，主张“为人生”的问题小说应运而生，成为文坛上的一种流行风气。“问题小说”被许多人诟病为“只问病源，不开药方”，这与当时社会的思想文化背景有关。尽管当时人们在新文化运动的启蒙大方向上是一致的，但是由于运动参加者分属于不同的社会阶层，在关于“未来如何”的设想上并未取得一致

① 冰心：《从“五四”到“四五”》，范伯群编《冰心研究资料》，北京出版社 1984 年版，第 80 页。

② 杨义：《中国现代小说史》（上），《杨义文存》第 2 卷，人民出版社 1998 年版，第 237 页。

③ 杨义：《中国现代小说史》（上），《杨义文存》第 2 卷，第 89 页。

意见，也很难有人关于未来的设想能够得到一致拥护。因此“问题小说”这种没有正面回答问题的态度，反而成了比较容易被接受的一种意见。五四启蒙运动先驱试图通过“问题小说”提出当时觉醒的人们所关心的社会或是人生的问题，揭露现实世界中束缚人的解放的制度、风俗、传统文化等，以期引起“疗救的注意”。

此外，问题小说的产生，也如哲理小说一样受到了外国文学思潮及创作的直接刺激。继周作人在理论上倡导之后，1918 年《新青年》的“易卜生专号”也让“社会问题剧”随着这位北欧作家的名字为五四启蒙先驱所熟知。其后，文学研究会还翻译了包括易卜生在内的许多北欧、俄国、法国的“写实主义”作品，这些作品达一千部以上，其中反映的现实与人生问题，在文学研究会的作家群中引起了强烈的反响。事实上，五四是个思想大解放的时代，西方流行的各种文学流派及思潮纷至沓来，从无政府主义到人道主义，从进化论到泛神论……这样无序地引入西方理论及思潮，极大地唤醒了人们的个性意识，使人们对未来充满美好期待。但是，五四运动过后，被唤醒的人们无法找到现实的社会出路，美好的愿景不得不面对黑暗的社会现实，人们开始陷入悲哀与失望的境地。这样的心理造就了那个时代的苦闷气氛，这种气氛也在启蒙先驱的作品中表现了出来。启蒙作家们心情压抑，对未来缺乏信心，又无法解决身边发生的现实问题，因此把这一切都纳入了自身的创作之中。他们对个性解放、封建婚姻束缚、自由恋爱、个人前途、国家命运等都进行了深刻剖析，想要引起人们的关注，进而完成思想启蒙或改进社会的愿望。

由于“问题小说”成为五四启蒙先驱宣传启蒙思想的重要工具，所以王学钧将其归纳为“启蒙主义哲理小说”。只是，在这样的归纳与判断中，我们不仅要看到五四的“问题小说”与法国哲理小说的相似之处，也应看到二者的重要差别。

一 与哲学的密切联系

哲理小说与启蒙哲学的关系是极为密切的。

在文学史上，文学与哲学的结合在 18 世纪前已有先例。但是，法国启蒙哲学家们在哲学与文学之间建立的联系之广泛程度是前无古人的。

可以说，法国的哲理小说是哲学化了的小说，小说中的人物形象就是启蒙哲学家哲学思想的图解。启蒙哲学家为了让启蒙哲学思想具有鲜明的倾向性与教谕性，选取了文学作品中的艺术形象作为哲学思想的象征加以具体体现。这种选择是与启蒙哲学的特点密切相关的。

18 世纪的启蒙哲学与以往的哲学不同，它不像以往的哲学那样热衷于提出新的理论学说或是构建完美的哲学体系，它在于提出的一种全新的思维方法——分析重建法。卡西勒在《启蒙哲学》中描述了这种思维方法带给人们的改变：

> 一种新的哲学思维方式的发现和运用，伴随着这些发现而来的那种激情，以及宇宙的景象使我们的观念发生的某种升华，所有这些原因人们头脑里产生了一种强烈的亢奋。①

启蒙哲学家想把这样的一种思维方法传播给大众，显然并非易事。因此，文学就成了启蒙哲学家手中战斗的武器，是他们战斗精神的体现：“伏尔泰认为必须把新的思想传布到广大的读者中去。这一点，伏尔泰通过显然以虚构出来的人物情节所编成的小说，通过分明是虚构的世界，并且还用完全是明显地暗示现实的讽喻故事，轻而易举地做到了。伏尔泰在这些中篇小说中，没有描写人物的性格和真正的日常生活环境，他采用了虚构的幻想，通过小说把他自己的哲学、社会、政治、道德和美学原则表现出来。”② 哲理小说因而兼具了哲学与文学的双重品格。

《老实人》作为伏尔泰哲理小说的代表作，集中体现了他的哲学观，是他哲理小说中成就最高的一篇。1755 年，里斯本发生了破坏力较强的地震，引发了全世界的关注。在这样的敏感时期，教会的教士们却用“上帝的惩罚”“末日的审判”等危言耸听的言论来恐吓、蒙蔽群众，制造了紧张的气氛，引起了在思想界努力“祛魅”的启蒙人士的强烈不满。

---

① ［德］E. 卡西勒：《启蒙哲学》，顾伟铭等译，山东人民出版社 1988 年版，第 2 页。

② ［苏］阿尔泰莫诺夫等：《十八世纪外国文学史》，方闻等译，上海文艺出版社 1959 年版，第 320—321 页。

启蒙人士用理性分析揭露了这种蒙昧：自然无意识的破坏与人类社会有意识的善恶行为并无直接关系，自然界的灾害固然能给善良的人们带来不幸，却不能视为对人类罪孽的一种惩罚，不能等同于人类因愚蠢、贪婪、迷信、偏执、邪恶而带来的人祸。教会的教士们借助自然灾害宣扬“天命论”，遭到了启蒙人士理性力量的有力反击。除了针对教会宣扬的“天命论”外，伏尔泰还在这部作品中批判了17世纪占统治地位的乐观主义哲学。乐观主义哲学来源于德国哲学家莱布尼茨，“上帝所创造的这一个世界是一切可能的世界中最好的”，这种“一切皆善”的说法成为17世纪统治阶级用来维护自己统治的最好武器，得到博林格勃洛克、舍夫茨别利、蒲柏等人的追随。这种乐观主义哲学是以对政治的消极、回避以及对社会问题的漠不关心为心理基础的，被统治阶级所用后成为蒙昧民众、削弱民众的反抗性与斗争性的最好工具。伏尔泰为首的启蒙思想家要在思想领域“祛魅”，这种哲学首当其冲成了他批判的目标。

在《老实人》中，伏尔泰设置了老实人的老师邦葛罗斯作为乐观主义哲学的践行代表，以揶揄的口吻称其为“省内最伟大的，因此也是全世界最伟大的哲学家”。这位哲学家坚信乐观主义哲学，认为一切都是十全十美，“在这个世界上安排着永恒的谐和”。他常挂在嘴边的就是：“显而易见，事无大小，皆系定数；万物既皆有归宿，此归宿自必为最美满的归宿。”① 邦葛罗斯不仅本人虔信乐观主义哲学，也把这种哲学灌输给了他的学生老实人。

然而，哲学家的遭遇却并不如他想象的尽善尽美。他因为与男爵夫人的女仆私通而染上了花柳病，而这个病是一位芳济会神甫“送”给女仆的，而据神甫考证，他的病是一位伯爵夫人的欢乐赠品，伯爵夫人的病也并非自身所致，而是得自一个骑兵上尉，骑兵上尉呢，得之于另一位美丽的侯爵夫人，侯爵夫人则从侍从身上获赠，侍从又直接取自耶稣会神甫，至此，神甫追踪溯源，考察出来自哥伦布的一个同伴。这病的传播过程让我们看到了法国当时所谓的上流的淫乱，也让哲学家变得奇

---

① ［法］伏尔泰：《老实人》，柳鸣九编《伏尔泰·哲理小说》，上海文艺出版社2012年版，第99页。

丑无比，损失了一只眼睛和一只耳朵才得以保全性命。哲学家“尽善尽美”的命运还不仅如此。在其后他还因里斯本地震遭受了无妄之灾：教会试图用“功德大会”来阻止地震，在仪式上用文火烧死几个活人，哲学家与老实人因为说的话和听的神情表示赞成而被捕。哲学家被罚吊死，老实人被打了屁股后为居内贡小姐所救。因下暴雨而侥幸不死的哲学家没有改变自己的哲学信仰，厄运也一直没有离开他。其后，他变成了奴隶，又被罚到船上做苦役，颠沛流离中受尽折磨却依然不改其志。伏尔泰用他的实际遭遇狠狠打了乐观主义哲学一记响亮的耳光。

嘲讽乐观主义哲学，伏尔泰赞同的哲学观是什么呢？启蒙哲学家用主人公老实人的遭遇给了我们回答。老实人是个正直纯朴的青年人，他涉世未深时相信了邦葛罗斯的看上去无懈可击的理论，把哲学家看成是全球最伟大的人。然而，严峻的现实生活很快粉碎了他对于这个“完美世界”的幻想，他忍受了无数苦难，也成了无数灾难的见证人，最后，他以健全的智能对哲学家说：“邦葛罗斯啊！……算了吧，——我终于抛弃了你的乐观主义。”老实人在流浪过程中一直在寻找结论，其间他遇到了悲观主义哲学家玛丁，这个哲学家认为世界是“极其愚蠢而又恶劣透顶的东西”。但这种哲学观也不能让老实人信服，在经历了无数苦难之后，老实人来到了黄金国。这是个人民普遍幸福的国度：生活自由自在，丰衣足食，没有犯罪也没有牢狱迫害，崇尚科学，最富丽堂皇的建筑不是王宫，而是科学馆。这样的一个以理性治国的国度其实是伏尔泰的一个模糊的幻想和渴望，是他的开明君主制政治理想的一种图解，体现了启蒙哲学家对于解放思想的珍视，以及对于科学与物质文明的追求。老实人没有在这个虚幻的世界中停下探索的脚步，他离开黄金国，最后找到了一个结论：人必须劳动，耕种自己的园地，因为这样可以远离人生的三大不幸：烦恼、纵欲和贫穷。这种观点体现了启蒙思想家倡导的资产阶级的务实与进取的精神，让老实人做生活的积极探索者，通过他的视野批判乐观主义哲学的荒谬，也展现了悲观主义哲学的不合情理，在磨难中显露出人在理性被启蒙后的智慧与才华，与读者一起辨别哲理的真伪。

启蒙哲学家将哲学的精神注入小说创作，使小说这一文学体裁在18

世纪焕发了生机。同时，他们又借助小说的特长来改造哲学理论的抽象与高深，使启蒙哲学思想能够随着哲理小说的流传而深入人心，使深刻的哲理能够借人物形象来鲜明体现。这种图解哲学的工具便利有效，让伏尔泰爱不释手，甚至用到了与卢梭的哲学论战中。而卢梭本人在欧洲一浪又一浪声讨他的思想的热潮中，也写下了《忏悔录》《爱弥儿》等作品来与那些为数众多的论敌论战。18 世纪中，最为激烈的论战当属自然人与文明社会的关系问题了。卢梭虽与百科全书派同为启蒙思想家，但他们的观点却不尽相同。卢梭在他的获奖论文《论科学和艺术》中将社会的恶习归结为科学、艺术与社会文明的进步，他认为人类步入所谓的文明社会，并未如约给人们带来幸福与快乐，反而加深了人的苦难与罪恶，令生命之树枯萎，因此自然人与文明社会是对立的。卢梭一针见血地指出了人类文明的虚伪，认为科学、文学和艺术不仅不利于道德，相反还是伤风败俗的源头。伏尔泰不赞同这种观点，他在信中这样嘲讽卢梭："先生，我收到了你反人类的新书……读完你的书，人不禁萌生用四条腿爬行的愿望。可是很遗憾，我在 60 多年前就已丧失了这种习惯，现已无法返老还童，还是把这种乐趣让给那些比你我更合适的人吧。"这封用来论战的长信让伏尔泰意犹未尽，他又创作了《天真汉》来与卢梭论战。天真汉这一人物形象就接近于卢梭所说的自然人，伏尔泰让他进入了人类的文明社会。最初，天真汉发现标榜文明与进步的人类社会竟有种种习俗与人的天性相违背，觉得荒谬可笑。这样一个处在蒙昧阶段的自然人在人类社会中遭受到了许多不公平的待遇，还蒙冤被关进监狱之中，他发现，教会中那些被人类所尊敬的人，其实是"文明的恶棍"。但是，伏尔泰设置这一人物形象的真正用意在后面——天真汉在接受了启蒙教育后，开始懂得运用理性思维去思索，用科学的知识战胜了以往的蒙昧。伏尔泰用这一人物形象的成功说明人类社会文明战胜蒙昧的重要性，用以修正卢梭对于文明的偏见。

不仅伏尔泰的哲理小说是其哲学观念的图解，狄德罗的《拉摩的侄儿》也是一篇体现了作者的哲学理念的作品。狄德罗把这一单独的人物形象概括到了社会与时代的典型高度，用人物自己的自白来控诉现存制度，因为正是这样的制度产生了这类人物。狄德罗说："拉摩比起别人来不会更糟糕，也不会好一些；他只是更加诚实，更加前后一贯罢了；而且在他的堕落中有时是很有深意的。”① 拉摩是个又聪明又有远见的人，本有可能成为社会上十分有用的人。但是，由于社会的不公平，他选择了做一个寄生虫，这种职业没有让他的观察力减损，他批判财富不平衡导致的社会不公平：“这是何种的鬼制度，有些人吃厌了一切东西，而其他的人也有像他们一样紧急要求的胃口，像他一样不断重来的饥饿，却没有东西放在牙齿底下。”② 这部作品对统治阶级的批判与寄生虫似的生活的揭露，在狄德罗的另一部哲理小说《宿命论者雅克》中仍有延续。

法国启蒙思想家的小说几乎都是哲理小说，连卢梭也说自己最重要的作品《爱弥儿》是借助文学语言的象征性表达来阐明思想的。启蒙哲学为文学带来了新的变化与品格，然而文学之于哲学意义何在呢？托马斯·库克思对此做了精辟的分析：“文学为哲学提供了一种方式去表达那些语言和逻辑无法涉足的东西，去‘言说’那些对语言来说太过深奥的东西。”③ 因此，文学化了的哲学更加耐人寻味。而在米兰·昆德拉对于小说的起源的描述中，当唯一的来自神或者上帝的真理解体之后，就分解为无数个相对的真理，这就产生了多义的现代世界与小说。这样来到世间的小说与探寻人生本体意义的哲学结合，势必为人类带来富有深刻启蒙意义的改变。

再看中国五四时期的问题小说。问题小说是中国现代小说流派的序曲，均是围绕着社会问题展开创作，在抒发作者思想感情的同时也显示了一定的哲理。但是与法国哲理小说相比，问题小说中所揭示的哲理——“爱”与“美”的哲学显得概念化、简单化，也缺乏法国哲理小说的战斗精神。赵遐秋、曾庆瑞在《中国现代小说史》中将冰心、王统照、叶圣陶放在《憧憬“爱”和“美”的理想的天国》里一并讨论，以此为例，可以看出问题小说与哲学的关系。

---

① ［法］狄德罗：《狄德罗哲学选集》，江天骥、陈修斋、王太庆译，商务印书馆 2017 年版，304 页。

② ［法］狄德罗：《狄德罗哲学选集》，第 313—314 页。

③ Tomas L. Cooksey, *Masterpieces of Philosophical Literature*，转引自韩水仙《文学的哲思——论启蒙时代“从哲思到小说”的法国哲理小说》，《广东外语外贸大学学报》2008 年第 1 期。

冰心的问题小说以“爱”为主题。这种哲学观形成的原因有两个。一是冰心看到了五四新青年从封建束缚中解脱出来，却又找不到新的精神出路因而陷入苦闷与彷徨，她试图为这样的人生寻找出路。二是泰戈尔的哲理以及基督教教义的影响。因此，在她的“爱的哲学”中包括了重要的三个方面：母爱、童心与自然。小说《超人》是冰心表现爱的哲学的问题小说的代表作。小说的主人公何彬信奉的是尼采的哲学（后文证明，尽管这部作品想紧靠尼采的哲学，连篇名都叫《超人》，其实质推奉的哲学观并不是尼采哲学），也是一个理想碰壁后想远离现实的超人式的厌世者，他认为世界是空虚的，而人生是无意义的，所以人与人之间与其互相牵连不如互相遗弃。在这样的人生观支配下，何彬以超乎爱与恨的“超人”自居，对周围的一切人与事毫不关心。在一个深夜，何彬被痛苦的呻吟声惊醒，连续几夜因为这同一种声音而无法入睡。在辗转反侧中，他想起了自己童年记忆中慈祥的母亲，美好的花……这些有关母爱与自然的美好回忆温暖着他自认为已经冰冷了的心，让他沉睡着的爱的本性苏醒过来，因此他主动去关心了那个病中的孩子禄儿，并拿钱为他治愈了摔断了的腿。其后在拥有着质朴童心的禄儿不断登门致谢的过程中，在他生病时护士对他的无私照顾中，他原本冰一样的心被温暖了。他领悟道：“世界上的母亲和母亲都是好朋友，世界上的儿子和儿子也都是好朋友。”进而，他开始明白人与人之间应是互相联系而不是毫不相关的。这部作品典型地体现了冰心“爱”的哲学，冰心试图借此说明：只有爱能解除人生的痛苦，只有爱能战胜恨，只有爱能建立理想的社会。但是，这篇小说之所以取得成功，并不在于“爱”的哲学的震撼人心的力量，因为这一哲学理念无论是在当时还是在今日都显得过于浅显与理想化。这部作品的成功很大程度上在于迎合了当时社会境遇中的青年心态。当时的五四青年已经认识到旧社会与传统文化的弊端，可对于“破旧”之后的“立新”感到迷茫与无措，冰心的《春水》就细致描述了当时的青年这种苦闷的心情。“破旧”的高涨热情与“立新”的深度迷茫交织在一起，导致他们无所适从，所以对于冰心提出的这种可能的精神出路抱有极大的热情，因而被作品感动。冰心对于小说中的哲学观念是非常重视的，甚至在具有明确启蒙目的的作品中为了图解哲学理念而让主题先行。如《悟》中，主人公对于世界的态度在“爱”与“憎”之间犹疑，终于在经过七天的内心辨析与自我搏斗后选择了“爱的哲学”，这一心理过程其实是冰心对于自己“爱的哲学”理念的剖析与推崇，更多地是为了图解自己的哲学理念。此外，冰心在创作理念上也是推崇哲学的。她在谈到造就文学家的八个条件中，明确把多读哲学书与社会书列入其中，要求“小说里有哲学”，可见其对小说中的贯穿哲学理念的推崇。

同样赞同这种“爱”与“美”的哲学的问题小说家还有王统照。他歌颂“爱”与“美”，认为这样的哲学观可以令人摆脱烦恼的人生，认为美是人类生活的第二生命，明确主张“人生应该美化，美为人生的必要，美化的人生是精神上的恋爱生活”①。他在作品中描写“爱”与“美”的动机即是凭借理想去提高人类思想，调节感情。《沉思》中，主人公琼逸就是作家理想的“爱”与“美”的化身，她用自己的身体作为画的素材来把“爱”与“美”传递给人们，以此为媒介带给人们幸福与光明。但是，她的美成了人们竞相追逐的焦点，官吏、画家、记者都借封建礼教来干涉她的选择，并想把她据为己有。在争夺的风波中，琼逸没有能力左右自己的命运，于是在冲突中越发感受到了无助与孤寂，最后是这种“爱”与“美”的破灭。同样写“爱”与“美”的哲学，王统照与冰心的不同在于很多时候表现的是这种哲学与现实的不融洽与幻灭。在黑暗的社会现实中，“爱”与“美”是苍白无力的，只能是作者天真的幻想罢了。蹇先艾仍认为这种“爱”与“美”的哲学是王统照作品的一大优点：“漠漠无味的人生里，我们所需要与求企的慰安，便是这个。”② 茅盾评价王统照“在发展过程上与叶绍钧很相近”。但是他们又是有区别的：“叶绍钧较为执着于现实人生的‘爱’、‘生趣’和‘愉快’；王统照则较为追慕‘超越现实世界’的充满光和花的‘世界的花园’。这也隐藏着王统

---

① 石曙萍：《知识分子的岗位与追求——文学研究会研究》，中国出版集团东方出版中心2006年版，第198页。

② 蹇先艾：《〈春雨之夜〉所激动的》，《晨报·文学旬刊》1924年5月21日。

照转向现实不如叶圣陶迅速的某种内在原因。"①

叶圣陶也是崇尚"爱"与"美"的哲学的，在踏入文坛初期，他曾追求"深沉的爱和清丽的美"，因此"爱与自由的理想是他初期小说的两块基石"②。其作品所关注的不仅有下层人民生活的苦难，还包括人的精神层面。在小说《阿凤》中，叶圣陶写了一位童养媳阿凤，在封建宗法制社会里，童养媳毫无地位可言，不仅承担繁重的家务，还要经常挨婆婆的打骂，生活了无生趣。这样的题材直指封建家长制对人的压迫，提出了社会问题。在婆婆出去办事时，阿凤便如出笼鸟儿，与儿童、动物玩耍中享受到了人间之爱、世界之美，让我们看到底层人物的心灵的闪光。叶圣陶与其他问题小说家一样，痛恨封建社会给人带来的经济压迫及礼教的束缚，想借"爱"与"美"来为人间增添一抹亮色。但是，这种爱与美只在儿童、动物身上去发现，未免显得虚幻。尤其与冰心、王统照所不同的是，其后叶圣陶较多地受到了俄罗斯文学的影响，对人道主义更为关注，很快就转向了以人道主义为基础的现实主义文学创作之中。

综观哲理小说与问题小说，在与哲学的关系上，尽管都十分密切，特点却不尽相同。

哲理小说是为图解启蒙哲学思想而创作，文学因此成了哲学的工具。尽管文学以其自身的趣味与想象力感染了哲学，并以其文本固有的隐秘与含混为哲学带来了言说不尽的深刻，唤起了人民进行启蒙革命的热情，但是启蒙思想家创作的初衷却只是因为运用小说这种文学形式能够使哲学理论更加形象化，更容易为广大读者所理解，否则，相信他们更愿意写作的是哲学论文。所以，在18世纪理性主义的统治下，哲理小说也具有了某种唯理论的因素，这是问题小说无法比拟的。孔多塞对哲理小说这种题材多有肯定："不幸，这种体裁看来是容易的，但它却需要罕见的天才，一种善于运用诙谐、想象的特点或长篇小说的本身事件来表达出

① 杨义：《中国现代小说史》（上），《杨义文存》第2卷，人民出版社1998年版，第360页。

② 朱自清：《叶圣陶的短篇小说》，《朱自清全集》第1卷，江苏教育出版社1988年版，第258页。

高深的哲学思想的天才。”[①] 哲理小说的作者基本都是这样的天才，他们不仅在启蒙哲学的领域成就卓越，也把这种卓越带到了文学领域。像《新爱洛伊丝》那种对道德信仰的终极追问，恰似某种哲学本体意义上的思考。由于他们对于启蒙哲学的深刻见解，所以哲理小说中的人物形象是完全体现着启蒙哲学的，但在某种程度上来讲缺少现实生活中的真实性，是作者观念的产物。如卢梭的哲理小说代表作《爱弥儿》中，主人公爱弥儿完全是在叙事者的悉心教育与正确引导下长大的，这一人物就是叙事者哲学理念与教育理念的对象化，完全体现着卢梭本人的启蒙哲学观，至于这种人物在现实中是否存在就未为可知了。伏尔泰的哲理小说也是一样，主人公的流浪历险更像是一种哲学观的旅行，许多细节根本经不住推敲，但这些无损于哲理小说的成就，它以其深刻的哲理经受住了时间的考验，永远是世界文学史上最宝贵的财富之一。

以这样的标准来比照问题小说，会发现尽管问题小说也都体现了作家一定的哲学观念，却要肤浅幼稚得多。正如杨义先生所说，问题小说是“五四启蒙主义精神和初步入世的学生青年的社会热情和人生思考相结合的产物，是流派竞起之前的特殊形式的‘为人生的文学’”[②]，而学生青年多数入世未深，思考也非长期冷静观察后的结果，所以问题小说家的哲学观并非严密的理论体系，而是印象与随感多，很多时候是来自内心的一种良好愿望，想要安慰当时觉醒青年理想失落后的绝望，试图找出治好当时的“时代病”的良方，至于这良方是否经得住推敲，是不在他们考虑的范围之内的。于法国启蒙思想家而言，他们是因为有深刻的哲学观念想要让普通大众了解接受，因此选择用小说来图解哲学观念；而问题小说家提倡的“爱”与“美”的哲学，却是在创作过程中发现了社会问题试图用这种哲学来解决，其中的勉强之处与哲学观的幼稚之处是十分显见的。就如汪卫东先生总结冰心的“爱”的哲学时说的那样：“与其说冰心小说由憎向爱的转折是通过逻辑理路抵达的，不如说是借助

---

① 转引自［苏］阿尔泰莫诺夫等：《十八世纪外国文学史》（上），方闻等译，上海文艺出版社1959年版，第241页。

② 杨义：《中国现代小说史》（上），《杨义文存》第2卷，人民出版社1998年版，第237页。

某个非逻辑契机跳跃过去的。”[①] 汪卫东先生将这种爱的哲学界定为“信仰”，因为用逻辑思考无法抵达。这种界定明显的让我们看到了“爱的哲学”与真正的哲学的不同之处。真正的哲学一直是理性思考的产物，与人的逻辑思考密不可分。同时，这也与创作主体的认知密切相关。哲理小说家是在思维领域进行革命的领导者，他们用理性来重新审视了人类的生活，所以这种哲学观自内而外地改变着他们，他们在哲理小说中的每一个人物形象的塑造包括人物语言的设计，都包含了他们的理性观与思考。而提倡“爱”与“美”的问题小说家的哲学观念通常是来自外国文学作品及理论的影响，如易卜生、托尔斯泰、叶芝等，并非自身对于“爱”或“美”的哲学有过系统或深入的研究，因此其哲理上的深刻性自是不可同日而语。并且，问题小说通常是围绕“问题”而设计人物，由于问题的肤浅与表面，导致人物形象观念化现象严重，不够立体与丰满。并且，问题小说中所现的哲学，不过是一种哲学理念的外化，缺乏哲理小说中启蒙哲学缜密的逻辑性和严密的思辨性，在哲学深度上也有天壤之别。

需要特别提出的是，尽管问题小说在哲理上不够深刻，但是自有其价值。汪晖总结了昆德拉对于小说起源的想象：“小说是上帝退隐后对有问题世界的反映。”[②] 勃兰兑斯也曾阐述过：“在现代，我们晓得文学所以能活着，是在其提供问题之点的。”[③] 这种积极面对人生的态度，恰是问题小说价值所在。是以，尽管问题小学哲理不够深刻，也有着这样或那样的不足，但是当五四启蒙先驱们用自己的方式向社会提问时，它的价值便已然确立了。

二 书信体与叙事结构

托多罗夫认为文学体裁是“实现一项社会功能的历史现象”[④]。书信

---

① 汪卫东：《重读冰心》，《中国现代文学研究丛刊》2003 年第 1 期。

② 汪晖：《我们如何成为“现代的”?》，《中国现代文学研究丛刊》1996 年第 1 期。

③ ［丹麦］勃兰兑斯：《十九世纪文学之主潮・序》，韩侍桁译，商务印书馆 1936 年版，第 6 页。

④ 转引自［法］达维德・方丹：《诗学——文学形式通论》，陈静译，天津人民出版社 2003 年版，第 124 页。

本来是现实生活中实用的私密文体，并非文学。最早的书信体小说据说出自15世纪西班牙人之手；1682年英国女作家阿弗拉·贝恩的《一个贵族与他妹妹之间的情书》成为英国真正的书信体小说的源头。而将它作为一种新的文学体裁，是从18世纪开始的，标志就是英国小说家理查逊发表的三部书信体小说：《帕梅拉》《克拉丽莎》《格兰狄森》，此后，书信体小说成为流行一时的文学体裁。这种体裁借重书信的形式来自由灵活地表达主题与作者的创作目的，感情抒发自如，但却因这种自如而容易导致结构松散，《波斯人信札》即是如此。

1721年，法国启蒙家孟德斯鸠发表书信体小说《波斯人信札》，这部作品是以波斯人郁斯贝克在法国旅行期间与朋友、家奴、妻子间的通信组成的，因为没有统一的结构设计，所以比较松散。但是这种书信体的叙述形式给了作者很大程度上的自由，在涉及敏感或违禁的政治话题时，特别是这样的内容还要骗过出版审查时，作者都把这类东西写进了通信中。这部作品成了作者启蒙思想的政治宣言，尽管人物塑造以及性格描写还浮于表面，但对于启蒙思想的表述是毫不含糊的。郁斯贝克妻子洛克莎娜的信里有这样一段话：“我将你的法律按自然的规律加以改造，而我的精神，一直保持着独立。”① 此外，这本书还批判了封建的法国、天主教会和宗教。尤其值得称道的是，在这部作品里郁斯贝克已经与朋友黎伽展开了关于文明与道德关系问题的论战，这成了卢梭讨论科学与艺术发展是否能净化道德的问题的先声。

卢梭受英国现实主义作家理查逊的影响后，采用并发展了书信这一文体，他的哲理小说名作《新爱洛伊丝》，就全部用书信向读者展示了人物的细致微妙的感情及心理，代表了18世纪哲理小说中书信体的最高成就。这一时期书信体小说的兴盛，绝非偶然。西方经历了文艺复兴运动之后，人类开始在上帝面前拥有了平等的对话权。而经过17世纪理性的发现，再到18世纪理性的高扬，上帝全能地位消隐，人的个体意识、自我意识开始膨胀。这种情况下，主体开始关注人类自身，热衷于自我倾诉与告白，而书信体可以借主人公之口直接抒情或议论，而且收信人便

① ［法］孟德斯鸠：《波斯人信札》，梁守锵译，商务印书馆2006年版，第274页。

是作者虚设的一个倾听者或辩论人，这样随意的表达与交锋，更有利于作者表述自己的哲学理念。

书信体小说在叙事上的特征之一便是角度：以第一人称叙事。在之前的小说创作中，作者几乎都爱使用第三人称叙事，这是一种全知全能的叙事视角，而第一人称则很少用在以虚构见长的小说中。卢梭是个感情丰富细腻的人，自然是写书信的高手。在这部作品中，尽管也是虚构的故事，但卢梭制造了处于真实与虚幻之间的效果，如《堂吉诃德》一样，在序言中对主人公是否确有其人含糊其辞，这给了作者以极大的自由，再加上第一人称叙事的使用，作者可以在真实与想象之间着笔，也可以把个人情感与美德代入，并且可以自如的进行审视与反思自身，这就有效地把传统小说中对于情节的重视拉回到了对于人的内心情感的重视上。这样自由的文体，使作者可以在文本中倾注真实的感情并且为读者所信任，还可以使读者容易进入小说主体，感同身受。在第二封圣普乐对朱莉的表白信中，他直抒胸臆：“小姐，我在第一封信中说的那些话，是完全错了！不仅没有减轻我的痛苦，反而使我遭到你的鄙弃，使我的痛苦愈益增加；而且，我觉得，最糟糕的，是使你心里感到很不愉快。你沉默的表现，你冷冷淡淡的庄重态度，显然表明我即将遇到灾祸。虽说你部分满足了我的请求，但那也只是为了更加严厉地惩罚我。”① 这种表白，让我们看到了圣普乐真诚动人的情感表达，而朱莉的回信更表达出了浓浓深情：“这一极难隐瞒的重大秘密，现在应当坦坦白白地讲出来了。我曾多次发誓，只有在我的生命结束的时候，我才把它从心中吐露出来！由于你的生命已处于危险的境地，所以我不能不讲了；这个秘密一暴露，我的名誉也就毁了……”② 卢梭这样使用第一人称来倾诉人物内心的情感，不仅真实可信，而且这种面对特定对象的表白也更能表达出人物情感的真挚程度，令读者将注意力专注于情感，而非传统小说欣赏中的注重情节。

---

① ［法］卢梭：《新爱洛伊丝》，《卢梭全集》第 8 卷，李平沤、何三雅译，商务印书馆 2012 年版，第 27 页。

② ［法］卢梭：《新爱洛伊丝》，《卢梭全集》第 8 卷，第 32—33 页。

此外，尽管书信体中的第一人称叙事被诟病为小说叙事的初级形态，但事实上，卢梭却在这叙事结构之下赋予了文本以多重的内涵，这更进一步增加了书信体小说的表达能力。勒赛克尔在研究卢梭的生平与创作时分析：“书中的人物是以作者本人为原型创造的，都不乏哲学精神，因此他们在思考情欲时，都能阐明其中有典型意义的普遍特征。……它拥有多重的观念资源，如书中人物在谈论爱情时，时而使用基督教和上流社会的话语，时而使用文雅的话语，时而又使用启蒙思想家恢复情欲价值的话语。”① 卢梭在这部小说中不仅使用了多种观念资源，还加入了多方视角。《新爱洛伊丝》中以第一人称参与写信的主要有 5 人：主人公朱莉、圣普乐；朋友克莱尔、爱德华，朱莉的丈夫沃尔玛。这 5 人不仅以自己作为第一人称的叙述人，还在互相通信的过程中扮演了阅信的读者，而克莱尔与爱德华作为朱莉二人爱情的见证人，又体现了旁观者的声音，尤其是沃尔玛，其后更成了二人爱情的监护人，这就构成了多方的视角。这种多方视角的加入，就使文本在某种程度上存在了多种解读的可能，卢梭让 165 封信的作者每个人都使用了第一人称叙事，以“我”的身份发出了自己的声音，还让很多意见不同、立场不同的人经常插叙，这些人的见解又很可能是与作者本人，包括作品中的主人公意见不一致的；为了随时参与叙事，卢梭在序言中声称“我虽然只挂了个编者的名义，但我自己也参加了本书的写作。”为了随时参与其中，卢梭在文中加了 164 个脚注，随时把自己的见解加入叙述人的主观讲述中，指出主人公对爱情的迷误，或是发表自己对道德等问题的看法。如第 1 卷第 17 封信中有这样一段：“当然，有一些不好的礼物，一个诚实的人是不能接受的，但你要知道，送这类礼物，也是有辱于送礼物的人的，而真心实意送的礼物，理应真心实意地接受。是的，我的心不仅不会责备我送这个礼物，反而会认为这个礼物送的很恰当。”② 对于这个注释，卢梭原注为：

---

① ［法］勒赛克尔：《让-雅克·卢梭：生平与著作》，《论人类不平等的起源和基础》，广西师范大学出版社 2002 年版，第 20 页。

② ［法］卢梭：《新爱洛伊丝》，《卢梭全集》第 8 卷，李平沤、何三雅译，商务印书馆 2012 年版，第 69 页。

> 她说的对，从安排这次旅行的秘密动机来看，我认为，还从来没有任何人这么真诚地使用过金钱。令人十分遗憾的是，这样使用金钱，却很难收到较好的效果。

这样，卢梭在作品人物上发出了自己的声音，而这种以注释发出的声音是否就的确是卢梭本人的真实想法，读者也未为可知。况且，卢梭还曾在作品中使用了戏仿或是反讽等手法，更让其本人的真实意图难以为读者所捕捉。以上的种种方式中隐含着卢梭本人真正的思想与道德观，偏偏这多义的可能又让读者捉摸不定，所以，表面看上去直白透明的书信就不那么单纯了，表达能力因而大大增强，哲理小说的思辨性得以突出，并带着读者一同步入思考，奔向启蒙的总方向。卢梭这部书信体小说的成功，使得这种体裁在其后发展到了巅峰，同为启蒙思想家的狄德罗也创作了《修女》和《私生子》，引发了人们的广泛关注与思考，歌德更以其书信体小说《少年维特之烦恼》享誉欧洲，并影响了中国五四时期作家的创作。

书信体是经由中国近代作家自西方引进的，与日记体一并，最初只是用来证明小说叙事的真实可靠性，与哲理小说对于书信体的使用不可同日而语。其后的才子佳人小说中对这一文体的使用，也没有什么突破。直到五四时代，书信体与日记体小说被用来表达主人公或是创作主体内心隐秘的情感世界，或是传递某种时代信息，如个性解放或婚姻自由的渴望等，才真正成为一种现代的叙事形式，才可能真正被感知和利用。这是在五四时期对“个人”与“自我”的发现的基础上实现的。正如陈平原所说——“‘五四’作家突出小说中的非情节因素，借用容易产生强烈感情色彩的第一人称叙事（包括日记体、书信体），以及根据人物内心感受重新剪辑情节时间，这一切当然都是为了突出作家的主观感受和艺术个性。”①。正如冯沅君所说：五四作家选择这种文体，是因为“较其他体裁的作品更多含点作者个性的色彩”②，并且她在《淘沙》的第三部分

① 陈平原：《中国小说叙事模式的转变》，北京大学出版社2003年版，第15页。

② 冯沅君：《淘沙》，《晨报副刊》1924年7月29日。

《朱谦之杨没累两君的荷心》中，分析了书信体在展现作者个性及抒情方面的优势，其后也在自己的创作中多有实践。而书信体小说这个概念，最早是出现在清华小说研究社同人合著的《短篇小说作法》中，被称为是“书札体”：“它由一人通信中铺叙全事，或者由数人函牍之资料，集为一篇。不适于状物写情，而且也太笨重而不自然。其最大的用处，不过泄露述者的品格之一斑而已。”① 这种概念中描述的书信体小说功能与西方书信体小说相去甚远。其后的孙俍工又在《小说作法讲义》中把这一概念发展为“书简式小说”，把它的功能与特点描述为：“一种包含主观和客观的，一面抒发主观，一面叙述客观的小说。”② 这种定义虽然看到了书信体小说在叙述角度上的特点，却仍旧没有把这种真正吸收了西方元素的体裁的独特之处概括出来。发展到当代，有学者将书信体小说概括为：“是以书信为叙事模式，以特定收信人为倾诉告白对象的第一人称小说。”③ 这种定义虽较之以前更为科学，但从中仍能看出与西方书信体小说的异质之处，也能从这一概念中看出五四时期书信体小说对于叙事方式的侧重。

中国书信体小说使用的第一人称叙事，是从近代中国文学受翻译外国小说影响后开始出现。此时第一人称的作用，陈平原在《中国小说叙事模式的转变》中认为是配角的作用，是故事的讲述人和见证人。而到了问题小说的书信体作品中，这种第一人称叙事则变成了以叙述人为主要人物的形态。不过与卢梭多声部的第一人称叙述不同的是，五四问题小说中的书信体创作，基本都是只有一个写信人的特定叙述视角，非常固定。

庐隐对于书信体或日记体小说是情有独钟的。据统计，庐隐共有近 29 篇小说全篇或是部分地使用了书信体或日记体，并且也喜欢使用第一人称来直接抒情，把小说的抒情功能发挥到了极致。杨春时评价庐隐：“她的小说写作渗透着披肝沥胆的勇气，表现之真切、书写之坦诚，可与

---

① 清华小说研究社：《短篇小说作法》，共和印刷局 1921 年版，第 134 页。

② 孙俍工：《小说作法讲义》，中华书局 1923 年版，第 206 页。

③ 韩蕊：《从文学的书信到书信的文学——中国现代书信体小说研究》，博士学位论文，吉林大学，2007 年。

卢梭的《新爱洛伊思》相媲美。”[1] 但是，庐隐小说只是抒发了那个时代青年的苦闷，却没有卢梭对于小说整体结构的匠心独运以及多声部话语世界带来的文本多义性与深刻主题，以至于通篇抒情反倒使小说显得结构零乱。

五四时期书信体与日记体小说的流行，不仅是启蒙先驱出于文学启蒙的需要而向西方自觉学习的结果，还是那个个性解放时代的产物。郑伯奇这样描述过那个时代的感受：“我们现在要毫不客气地把我们胸中所有思想情感等等一切都叫喊出来。这是一句很重要的话，很富于暗示时代特性的话。是的，现在还是呐喊的时代，我们应该大家一齐站起来，狂人一般地喊叫!”[2] 当被封建文化压抑了几千年的情感喷薄而出时，通过书信体与日记体来直抒胸臆，更能引起共鸣。

西方书信体小说为了增强小说的可信性，常用“装匣式”结构，在序言或引文中交代书信的由来，多是某人发现一批信件之类，而其后正文中便将信件进行展示，《波斯人信札》便是如此。孟德斯鸠在序言中提道：“在这本书中提到的那几个写信的波斯人，曾经和我住在一起，朝夕相共。由于他们把我当作另一世界的人看待，他们什么都不瞒着我……他们将大部分的信札给我看，我抄了下来。甚至趁他们不注意，我看了几封别的信，而那些信他们本来决不会向我公开的。”[3] 这样的方式，让书信体小说增加了故事的真实性与可信性。与之类似，五四问题小说的书信体创作也大都虚设了一个故事框架，如冰心经常在作品中设置一位精神上的朋友——宛因，其书信体小说《遗书》更是假借这位朋友寄给冰心的十六封信来设置了这样的故事框架，用以表达冰心本人的一些文学、社会问题见解及五四觉醒青年们理想失落的普遍苦闷心情。在这篇小说中，冰心弱化了传统小说中的情节因素，而是将大量的笔墨用在了叙述人宛因的意识流动与情感变化上，个别地方还有对于哲学的探讨。由于自知病体将逝，宛因充满了对于亲人、朋友的不舍，更为死后母亲

① 杨春时：《中国现代文学思潮史》（上），南京大学出版社 2011 年版，第 215 页。

② 郑伯奇：《〈寒灰集〉批评》，《洪水》第 3 卷第 33 期，1927 年 5 月 16 日。

③ ［法］孟德斯鸠：《波斯人信札》，罗大冈译，人民文学出版社 1958 年版，第 23 页。

的伤心而愁肠百转，对好友再三托付。然而，在这眷恋之间，宛因似乎又看开了生死：“在广漠的宇宙里，生一个人，死一个人，只是在灵魂海里起了一朵浪花，这也是无限的自然。”“生和死只是如同醒梦和入梦一般，不是什么很重大很悲哀的事。”在越过这样的生死之线后，人与人之间的精神联系便只剩下爱了。

如是对比便知，虽然哲理小说的书信体创作与问题小说的书信体创作都是在第一人称叙事框架之下，但二者的侧重是不同的。卢梭是以哲理思辨为中心的，尽管165封信皆围绕朱莉与圣普乐二人的恋情而来，但其侧重点却是放在这段爱情背后的情感道德与文明社会律令的冲突上，借这样的一个爱情悲剧，卢梭想要证明的是文明社会扼杀自然情感的不合理之处，想要告诉人们美德的重要性，主张天赋人权、回归自然，而这是暗合卢梭在其名作《论科学与艺术》中对于现代所谓的“文明社会”的指控。而问题小说的书信体创作（以冰心为例），则是将人物的心理与情感作为文本结构的中心的。在两部小说中都有着对于景物的描写，而《新爱洛伊丝》中，对于景物的描写一方面是映衬主人公的爱情的，寄托了对于个性自由与解放情感、张扬个性的追求；另一方面是为了说明美德的。如圣普乐与朋友爱德华通信时对于朱莉乡间居所的描绘，侧重的是表达朱莉自然质朴的天性和与自然的和谐相处：“在那里，没有任何自然形成的或人工造成的东西使人感到不安，人们到处都可看到大地的巧妙布置。我的朋友，在那里，我们可以得到它的保护，听从它的安排。”① 而《遗书》中宛因对于景物的描写，都是将个人情感及心绪的波动寄予景中，仍是以心理情感为中心的。如引黄仲则的词写景：“晚霞一抹影池塘，那有者般颜色作衣裳？”再有写那欲折花赠友而不能的孤寂凄楚的情感：“一枝折得，想寄与你，奈无人可作使者。”景中所含，满满皆是情。杨春时分析了五四时期书信体与日记体小说风行的原因：“五四反传统带来中国文化的巨大反弹，此前备受压抑的个体理性开始冲决集体理性的束缚，寻求发泄口，于是促成了文学上普遍的抒情主义。作家渴望借文

① ［法］卢梭：《新爱洛伊丝》，《卢梭全集》第8卷，李平沤、何三雅译，商务印书馆2012年版，第126页。

学来抒写胸中的块垒，而日记体和书信体又是随意性、抒情性很强的文体，正好吻合作家的需求，于是便有了日记体、书信体的畅行。"① 使用这种来自西方影响的书信体作为文体来创作小说，在技巧上问题小说家是无法与哲理小说家相比的。卢梭在第一人称叙事之下制造的那个多声部世界与多义难解的文本，是简单叙事靠情感取胜的冰心无法比拟的。

此外，狄德罗哲理小说中使用的对话体、伏尔泰作品中多见的主人公的游历结构与寓言式的表现方式等都是哲理小说在文体方面所做出的突出贡献，但因为这种文体结构没有对五四时期的问题小说产生明显而直接的影响，因此不再一一赘述。

三　题材领域的差异

法国的启蒙哲理小说与五四的问题小说一样，都以启蒙的"祛魅"为创作目的，但由于文化历史传统与社会现实情况的差异，两者在选取的题材领域方面也有较大差异，与现实生活的关系更是截然不同。

伊恩·瓦特在《小说的兴起》中，指出了法国18世纪小说的非现实主义倾向，并引用乔治·塞恩兹伯里的观点作为支持："在法国，在虚构故事中，文学和生活的关系在整个18世纪依然是非常疏远的。"② 当时法国经过路易十四、路易十五以及路易十六的统治，出现了严重的政治与财政危机，社会风俗也日渐腐化。在这种情况下，"由于来自英国的典范效应，也基于对旧制度积弊的认识，作为旧制度根基的'君权神授'等基本原则首先遭到质疑，旧制度下代表等级观念和特权利益的法团体制被视为政治公正和进步的障碍而遭到彻底批判。启蒙运动的思想家们着手提出并传播宗教宽容、政教分离、平等观念、有限君主制、代议制、税制改革、出版自由等主张"③。但是，这些内容是体现在启蒙思想家的哲学观念中，体现在对蒙昧状态的批判中，而不是体现在具体社会现实

---

① 杨春时：《中国现代文学思潮史》（上），南京大学出版社2011年版，第274页。

② ［美］伊恩·瓦特：《小说的兴起》，高原、董红钧译，生活·读书·新知三联书店1992年版，第345页。

③ 韩水仙：《小说与启蒙——1750～1789法国小说研究》，博士学位论文，广东外语外贸大学，2009年。

状况的摹写与具体人物形象的塑造上，也没有体现在生活场景描写与道德水平判断上。

法国启蒙哲理小说题材领域的选择导致了哲理小说的非现实性。尽管启蒙思想家是受英国具有现实主义倾向的理查逊等人影响而进行小说创作的，但英国小说中令人瞩目的现实风格并没有在法国哲理小说中表现出来。如卢梭，在自己的《忏悔录》中对受理查逊影响而创作的书信体小说《新爱洛伊丝》赞许有加，理由之一便是题材的纯粹。他认为自己的这部作品没有插叙，没有浪漫奇遇，而且无论在人物或情节方面，都没有任何邪恶。这让他认为自己的作品即便别的地方与理查逊都相同，但在题材上也会胜他一筹。事实上，对这种“纯粹”题材的推崇，恰恰体现了哲理小说的非现实主义倾向。这部作品中，有着高贵理性与挚热情感的朱莉，至情至性的圣普乐，理智宽容的沃尔玛，都有着脱离现实的纯粹。而且为了表现作者本人的哲学理念，卢梭让笔下的人物都热衷于议论，在互相的讨论中将启蒙思想传达给读者。对于这一点，卢梭也自动在作品中以虚拟对话的方式指了出来，说信中的二十岁的男子和两位十八岁的姑娘尽管都受过教育，也不应该满口哲学家的语气，更不应该自诩为哲学家。尽管这样的情况不符合生活的真实，但作者依然在作品中如此安排，由此可以看出作者是用主观的方式写作，而不是像现实主义作家那样摹写现实。不仅如此，人物之间的关系与情节的设置，都远远脱离了现实生活——事实上，在当时法国那样腐化堕落的贵族阶层里，是不大可能出现朱莉夫妇这样的人物的，主人公对于内心真实情感的克制与对道德的尊崇，都是没有现实基础的。而且，卢梭还给自己的理想化人物以理想的生活环境，这些导致了这一题材的非现实性。这样的一种倾向，在《爱弥儿》中也有所体现，卢梭对他所赞许的主人公的自然人性的界定是来自观念上的假设的，而不是来自现实生活。主人公一直在卢梭假想的理想主义环境中验证卢梭的理论，这种人物是作为现实的对立面而存在的，因此仍然是非现实性的。

不仅卢梭如此，对理查逊作品的现实主义风格推崇备至的狄德罗，尽管曾专门撰文盛赞理查逊，但在其作品中却找不到现实主义的影子。在《修女》中，一个如“天真汉”般的自然人苏珊，却被人们不顾她本人意愿而送进了修道院。这里不仅有病态的自我虐待，还有丧失人性的修女帮凶。这样极端的环境与极度质朴的“自然人”视角的对比，是现实生活中难以见到的。虽然这部作品本身是恶作剧的产物，并且是一部虚构的书信集，却与现实主义的创作准则相去甚远。不仅如此，狄德罗还在《拉摩的侄儿》中塑造了一个形象鲜明、离经叛道到像哲学的“辩证法”一样的人物，这一人物形象充满了矛盾，其性质反差之大，现实生活中难以得寻；在《宿命论者雅克》中，狄德罗设置了许多荒诞不经、曲折离奇的情节，如小说开头，便交代了两个“在路上”的主人公，没有人知道他们从哪里来，当然作者也没有告诉读者他们要到哪里去。与现实主义文学题材试图让读者相信其真实的努力不同，狄德罗的主人公所处的时间与空间都是不确定的，我们只能看出这是发生在欧洲的故事，除此之外，包括主人公所处的时间等信息都让我们无从知晓，包括主人公行为与生活际遇的偶然性等，都让狄德罗与现实主义渐行渐远。

在小说题材的非现实性倾向这方面，伏尔泰与上述两位哲学家保持着难得的一致。伏尔泰的作品也缺乏现实主义因素，现实的时间和空间并未出现，日常现实生活细节也未出现，连作品主人公的名字“老实人”“天真汉”等，都是没有现实感的。《老实人》中老实人自己及周围人的一系列遭遇，包括非主人公的老妇人的遭遇——老妇人本是教皇与公主的女儿，刚与王子订婚进入人生巅峰，未婚夫却被离奇毒死，她又落难被海盗强奸，卖为奴隶，经历瘟疫，又被割去半边屁股等，都与当时法国现实相去甚远，似乎是用集中描绘世界苦难的方式来体现蒙昧世界的荒诞，体现出了伏尔泰随手成文的那种夸张与怪诞的风格。而其中对于人人安乐的“黄金国”的想象，如遍地宝石却视金银如粪土，没有教派斗争和宗教压迫，甚至于没有代表国家统治机器的监狱、议会和法院等，连酒店的招待饭菜里的数字都夸张得惊人。这一切都是远离现实的，也是某种程度上对现实的否定。此外，伏尔泰在作品中使用的语言也是非现实生活化的，《老实人》中的各个人物，包括在第 26 章出现的那六个分别来自不同国家的国王，在语言风格上都惊人的相似，每个人讲起自己的苦难经历来都是相似的腔调，那六个国家的国王还均以“我来威尼斯过狂欢节”来结束自己的讲述。这种作者有意为之的相似，一方面体现了作者的讽刺揶揄，另一方面也离现实的生活细节真实越来越远。因此在题材领域方面，法国哲理小说均有着浓厚的非现实倾向的。

哲理小说中的这种非现实主义倾向，一方面与法国当时处在封建社会有关，还没有为占据重要历史舞台的资产阶级的提供人物形象与生活素材；另一方面与法国人的民族性格有关。托克维尔准确概括了启蒙时代法国人的思想特征：“人们对现实状况毫无兴趣，他们想的是将来可能如何，他们终于在精神上生活在作家建造起来的那个理想国里了。”① 法国的启蒙思想家扮演的是觉醒的新人的角色，试图引领人们去实现现代个体在精神领域的探索，去憧憬启蒙的未来，因此对于当时实际的法国社会现实生活，反而描写较少。

与之不同的是，“问题小说”作为中国现代小说的“序曲”，其文学地位由边缘到中心的转变，其实就是受了西方近代文学的影响，因而改变了中国传统文学中一直由诗文占据中心的局面，完成了文学体裁的更新。五四启蒙思想先驱受西方启蒙运动鼓舞，以启蒙思想来反对中国传统文化，以个性解放来承载时代精神，以文化启蒙作为自己的社会使命，因而“人的观念”开始注入文学之中。在这样的背景下，“问题小说”开始关注人的情感与生活状态，提出的社会与人生问题是非常广泛的，如家庭礼教对青年的束缚，婚姻恋爱的不自由状态，妇女的贞操问题以及时事所及的各种战争、时局，知识分子觉醒的苦闷，甚至是劳工问题等都成了热点问题被提出，五四问题小说借此引发了人们对上述问题的广泛关注，同时这也彰显了五四问题小说的现实主义品格。因此在题材领域这一点上，问题小说与启蒙哲理小说是不同的。

问题小说自早期开始，题材领域便切近现实生活，表达出了那个时代青年人的呼声。胡适的《终身大事》率先将封建传统观念对青年人的束缚披露出来。在易卜生《玩偶之家》的直接影响下，他塑造了一位像娜拉一样勇敢冲破封建观念的五四女青年，男女主人公对于自由爱情的追求，道出了当时无数青年男女的心声。这部小说虽然情节简单，但是对于看似新派的家庭中的封建礼教要求描写十分典型，如婚姻中的

① ［法］托克维尔：《旧制度与大革命》，冯棠译，商务印书馆2017年版，第186页。

门当户对要求，旧礼教中的同姓不婚的封建陋习等。这样的与现实生活密切相关的题材写出了当时青年受封建束缚的苦闷，也在第一时间内引发了读者对此问题的极大关注，而这也正是问题小说家们创作的初衷。

无独有偶，问题小说家冰心也发表了《斯人独憔悴》。这部作品同样关怀的是受封建家庭压迫的青年。这部作品的题材与现实的关系更为密切，是冰心切身经历过的学生运动。这部作品中的主人公颖铭、颖石两兄弟出身于军国要员的家庭之中，父辈的身份与地位无不彰显着家庭中封建势力的强大。然而就是在这样的绝对封建的家庭里出现了叛逆者，两兄弟参加了当时声势高涨的学生运动，成为新生青年力量的代表。当这两种力量发生冲突时，代表封建势力的父辈将兄弟二人禁锢在了家中。这不仅写出了两种势力的对立，也写出了那个时代父与子冲突的普遍性，更让我们看到了轰轰烈烈的学生运动背后潜藏的困难与危机。这样与现实密切相关的题材，一经发表便引发了青年学生的强烈兴趣，被搬上了戏剧舞台。

五四的问题小说中不仅有上述的反封建的主题一直贯穿，还因为其对各种时事问题的关注与切近引发了各种题材热，婚恋题材便是其中之一。据朗损（茅盾）当时的统计，“描写男女恋爱的小说占了全数百分之九十八”①，五四问题小说中婚恋题材的集中可见一斑。

五四问题小说的婚恋题材热，一方面是因为五四启蒙运动反封建的时代要求，另一方面也是因为五四青年个性解放的呼声太高所致。传统的“载道”文学背负的是家国命运，湮没了对于个体的情感与命运的关怀，即使有对于个人的关照，也是多用“曲笔”。到了五四时期，“人的文学”的观念盛行，使得个性话语盛行，开始打破传统文学的禁忌，真实表露青年人的情感与欲望，而直接受到封建思想束缚的传统婚姻自然成了众矢之的，于是，对于封建婚姻不合理性的揭露与对新式恋爱婚姻的向往便成为问题小说家们竞相表现的主题。这一题材的流行还有更深层次的原因：家庭是封建主义制度的一个统治基础，封建的家长式权威

---

① 朗损：《评四五六月的创作》，《小说月报》第12卷第8期，1921年8月。

的一个重要体现即是对青年婚姻的包办，因此发生在家庭之中的有关婚恋的斗争其实就是反封建斗争的一个侧影。为了将这一问题突出以引起全社会的注意，问题小说家多以现实的悲剧方式来表现，如冰心的《两个家庭》、罗家伦的《是爱情还是苦痛?》、杨振声的《贞女》等，尽管这些小说在艺术上稍显稚嫩，但是由于切近现实，且情感描写真实，所以更能引发读者的共鸣。但是，与启蒙哲理小说相同的一点是，五四问题小说家处理婚恋题材也一样是站在知识分子精英立场来写作，与礼拜六小说有着本质区别。

四　人物形象的差异

启蒙哲理小说的创作主旨是借文学形象来阐明启蒙哲学思想，因此人物成了哲学思想的象征性的载体，其本身的真实性与可信度不被关注。此外，“启蒙主义文学常常为主人公设置一个美好的结局，张扬个体的自由奋斗、勇于开拓、自尊自爱甚至是桀骜不驯的叛逆精神”①。而问题小说的创作主旨是提出问题，以引起社会关注，进而推动启蒙，是以人物形象的典型性与代表性就成了现实的要求。由于创作主旨的不同，导致了作品中的人物形象也形成了巨大的差异。

在启蒙小说中，对于人物性格的塑造和推动情节的事件的描写都是其次的，伏尔泰公开宣称自己不在意细节的真实，因而伏尔泰在人物形象的塑造上，没有我们通常意义上的“真实”，而是洋溢着一种“乐观”的精神——出于对理性的崇拜，启蒙哲理小说中的人物都坚定地相信人类的理性力量与智慧，尽管启蒙哲理小说中的主人公大多都经历了非人的苦难，但这种遭遇下的乐观更为光彩夺目。而这一乐观的态度，使得启蒙哲理小说中的人物与五四问题小说的主人公大为不同。

在伏尔泰的《老实人》中，老实人心思无比单纯又率真，他虔诚地信奉着邦葛罗斯的乐观哲学。如前所述，主人公老实人与他身边的亲友、恋人等都遭遇了一系列常人无法想象的磨难（这种情节是否真实可信并不是启蒙作家所在意的），以至于他们感叹：“地球满目疮痍，到处都是

① 林朝霞：《现代性与中国启蒙主义文学思潮》，博士学位论文，厦门大学，2007 年。

灾难”，可这样的遭遇并没有让主人公灰心失望，主人公在经历中成长，他和伏尔泰一样相信人类是完美的，因而历史必将是进步的。为了验证主人公这一乐观态度，伏尔泰在这部作品中设计了一个“黄金国”的情节，这个乌托邦式的国家完全不符合人们想象中的真实，可这却是伏尔泰政治理想的体现。老实人没有止步于这样完美的幻境，反而促使他继续探索，最后终于找到了生活的真谛：劳动，因为劳动可以免除人类的三大问题——烦恼、纵欲和饥寒。这虽然谈不上什么救世良方，却显示了老实人对于人类未来的信心，这种乐观，使得这一人物形象具有了“祛魅”的力量。不只是老实人，伏尔泰笔下的其他主人公如天真汉、查第格等都有着和老实人相似的性格，他们与现实相比都是“傻瓜”型的人物，由于过分纯粹，因此这类人物的现实性与真实性是令人质疑的。但是，伏尔泰正是通过这样的人物形象认知与经历的巨大反差来揭示现实世界的荒谬性，由于“过分纯粹”，人物才能对来自外界的蒙昧欣然接受，这样的人物在成长过程中也会因其朴素的本性而接受理性对自身的改造，进而实现启蒙；而启蒙思想家内心的真正期待则是：让读者也随着作品中的人物一起成长，像这一人物一样成为独立思考的有理性的人进一步祛除欺骗，从而实现启蒙的广泛与深入。人物在这里成了启蒙思想家哲学观念的具象化，只具有哲学意义上的真实而没有现实意义上的真实。

伏尔泰笔下的哲理小说中，除了主人公具备传奇的身世与离奇的遭遇之外，其他人物的经历也缺乏现实感，不仅没有日常生活的体验，也缺少对于人物性格与内心的刻画。在人物讲起自己的离奇遭遇时，不仅没有细腻的情感描写与心理活动描写，甚至于感情基调都是冷淡夸张的。当中有一段这样的描写：

> 听到这老夫人说自己的命更苦，居内贡达差点笑出声来。“哎呀，”她说，“我的老妈，我可不信您比我更不幸，除非您遭到过两个保加利亚兵的强奸，您的肚子上挨过两刀，您的城堡被毁过两次，您亲眼目睹双亲被人砍头，您见过两个情人在大刑仪式上被鞭打。

此外我是世袭七十二代的男爵小姐，可却一度沦为厨娘。”①

这段描写中的人物，让我们看不到情感的起伏与内在的心理，更无从知晓其内在人格。而这类人物形象在伏尔泰的作品中比比皆是，没有任何对命运的慨叹与哀怨，只有面对生活的乐观。

启蒙哲理小说中除了伏尔泰笔下的不具备日常生活体验和内在人格的人物形象外，还有一类完全理念化的假想型人物，代表便是卢梭笔下以热爱美德的天性作为爱情向导的朱莉与完全符合自然教育理想的爱弥儿。

在《新爱洛伊丝》中，朱莉一直为热爱美德的天性所驱使，先是追求以爱情为基础的婚姻（这是卢梭认为的“真正道德的婚姻”），而在婚后又选择用美德战胜爱情的激情，以维护家庭的神圣责任。这样的人物形象是缺乏现实感的，她其实是卢梭关于道德、责任与激情的理想信念的产物。在卢梭的那个时代，人们根据阶级地位与利益关系来缔结婚姻，这样的婚姻的基础本就是世俗，与爱情无关，因此更容易制造私情破坏神圣的家庭。而卢梭理想中的人物不是最符合当时的社会道德准则的，却是最符合他关于自然人性的设想的，能够为社会带来良好秩序，从而使人的美好天性更能自然流露的。卢梭的这部作品匠心独运地用了书信体，一封封袒露人物内心真实世界的信件让我们看到了主人公的“美好灵魂”，并且他们都生活在作家专门打造的理想环境之中，这里没有任何充满欺骗、阴谋的人际关系，每个人都美好得让人不敢置信，爱情、友情、亲情都和谐地融合在一起，让主人公朱莉成了美德的代表。然而这种人物形象最缺乏真实性、完全属于理念化的假想人物的一个说明就是，朱莉一直被道德责任与爱情冲动的冲突所折磨，以至于不得不以死亡终结了这种冲突。

与朱莉相比，卢梭的另一部重要作品《爱弥儿》中的主人公的形象更具理念化特征。这部作品承载的是卢梭对于爱情、人性、道德、责任

---

① ［法］伏尔泰：《老实人》，柳鸣九编《伏尔泰·哲理小说》，上海文艺出版社2012年版，第121页。

等问题的具体思考，主人公爱弥儿是作者理念中的理想人性的外化，现实中不能实现的美好方案都被作者放到了这一人物形象中来实现。卢梭设想的爱弥儿除了接受其导师的教育外，不受任何书本知识及社会偏见的影响。作品中有一段卢梭对于“德行”的理想表述：没有勇气就得不到幸福，不经过斗争就不能完成德行。“德行”这个词就是从“力量”这个词产生出来的，力量是一切德行的基础。一个有德行的人是能够克制他的感情的。[①]《爱弥儿》是卢梭散步时独思的产物，它并不注重情节，而是以宣扬卢梭本人的教育理念为主，因此严格说来这是一部教育哲理小说，全篇充满了上面引文这类的真理化表述。这样的创作主旨决定了小说主人公的形象不求生活化的真实与生动感人，而是充满理念化痕迹。

与非真实、理念化的启蒙哲理小说人物形象相比，五四问题小说的主人公形象更具有时代感与真实生活体验，更接近读者生活的真实，因而更能引起读者对于问题小说中提出的社会问题产生共鸣。

问题小说家积极在作品中探讨社会与人生的问题，使得作品中的主人公形象在当时社会具有相当的代表性。罗家伦的《是爱情还是苦痛》中就写了那个时代中最常见的一种青年形象：一方面青年本人接受了新的思想，向往自由恋爱与婚姻，而另一方面他们又接受了人道主义思想，如果与家庭包办婚姻抗争，便会牺牲与自己有婚约的旧式女子。这样，在牺牲自己与牺牲另一个无辜的弱女子的矛盾纠结中，青年陷入两难。这种人物境遇是当时真实社会情况的一种写照，因此处于这样的两难境地中的青年人形象没有了启蒙哲理小说主人公的乐观与豁达，而是在痛苦挣扎中表现了时代的阵痛。这种处于痛苦中的青年形象不仅在罗家伦创作的问题小说中有，在冰心、庐隐、王统照等人的作品中都随处可见。

除了青年的婚姻问题，问题小说还涉及了当时的很多题材领域，而塑造的人物形象无一不是带着苦痛的特征。这种苦痛给青年带来的忧郁被冰心准确地描述出来：“世界上一切的问题，都是相连的。要解决个人的问题，连带着要研究家庭的各问题，社会的各问题。要解决眼前的问题，连带着要考察过去的事实，要想象将来的状况……再一说，精神方

① ［法］卢梭：《爱弥儿》，李平沤译，商务印书馆 1978 年版，第 679—680 页。

面，自己的思想，够不够解决这些问题是一件事；物质方面，自己现在的地位，力量，学问，能不能解决这些问题，又是一件事。反复深思，怎能叫人不忧郁！”① 庐隐的《灵魂可以卖吗》写的是资本家不仅压榨了女工的剩余劳动，榨干了她们的血泪，甚至剥夺了她们的灵魂，使她们成为行尸走肉一样的工具；《一封信》中写到了农村姑娘在走投无路之下选择出卖自己来抵偿债务，最后被虐待致死的人间惨剧。庐隐甚至写到了学生运动的题材，《两个小学生》写的是军警对于学生的镇压……问题小说的题材均来自现实生活，因而没有启蒙哲理小说中理念外化的概念式人物，主人公形象更接近真实的生活，更具现实感，自然也与启蒙哲理小说人物形象差异巨大。

为了引起社会对于所写问题的关注，问题小说家将作品中人物的苦痛铺陈出来，尽管人物或因作家信奉的“爱与美的哲学”而可能获得希望，因而能够引起读者更广泛的共鸣，却缺少了启蒙哲理小说中人物对于个体精神困境与社会发展困境的探索，对于人物的生存背景的描写也显得简单，不能表现出生活的丰富与复杂程度，也相应地失去了那类哲学概念化的人物形象的厚重感，使得人物形象缺乏生命力，以至于问题小说仅作为中国现代小说形式的开端存在，却未能在这条路上走得更远。

① 冰心：《一个忧郁的青年》，《冰心全集》第1卷，海峡文艺出版社1994年版，第182页。

第二章

乡土写实小说的启蒙视角与策略

乡土小说的出现是一种世界性的文学现象。当资本主义工业文明冲击传统的农业文明时，乡土小说就成了两种文明冲突表现的载体。五四小说在鲁迅的影响下形成了一个具有鲜明特色的乡土写实作家群。陈平原先生在《论乡土文学》一文中将乡土文学的特征概括为三点：第一是“伤感的故乡风”；第二是“近乎无事的悲剧”；第三是“国人沉默的灵魂”。[①] 这三个特征的概括是非常准确、深刻的，但除此之外，启蒙也是这一群作家创作的一个重要的视角。

第一节　乡土写实小说的启蒙视角

“伦理道德是文化的核心价值……所以，谈挽救文化的人，常从挽救伦理道德开始。”[②] 五四启蒙先驱在新文化运动开始之初，就把批判的焦点对准了孔教。《新青年》创刊不久，陈独秀就在《一九一六年》一文中质疑了“三纲说”：

> 儒者三纲之说，为一切道德政治之大原。君为臣纲，则民于君为附属品，而无独立自主之人格矣。父为子纲，则子于父为附属品，而无独立自主之人格矣。夫为妻纲，则妻于夫为附属品，而无独立

① 陈平原：《论“乡土文学”》，《在东西方文化的碰撞中》，华东师范大学出版社 2014 年版，第 180—181 页。

② 殷海光：《中国文化的展望》，中国和平出版社 1988 年版，第 94 页。

自主之人格矣。[1]

这标志着思想史上一个新的时代的开始。中国的宗法式的家族制度是君主专制社会的根本基础，这种受了儒家思想很大影响的制度实质是男权制的扩大和系统化。这种家族制度在中国历史发展中曾起过积极的促进作用，有着自己的巨大贡献，但到了这一时期，却暴露了它的严重问题。乡土作家敏锐地捕捉到了封建文化在这个除旧布新的时代的变化，在乡土书写中开始对沉滞闭塞的封建文化进行批判。

一　用启蒙立场审视封建婚俗

农耕经济是中国封建社会的经济基础，在乡土世界中，为了维护封建宗法制，血缘与子嗣传承成了最重要的伦理要求，男尊女卑成了社会最基本的心理要求。因此，与之相关的婚姻风俗备受重视。在乡土写实作家的作品中，关于婚姻习俗的描写十分丰富。从冥婚、荒婚到转房婚、望门婚，再到指腹婚和招养夫婚等，在这形形色色的婚姻背后，无不体现着封建社会特有的婚姻观、节烈观、生育观等对人的压迫。乡土写实小说的作家们在这样的描写中为读者展示了当时乡村从物质到精神上的贫瘠，也以启蒙主义的立场对其中的封建伦理展开了强烈的批判。

冥婚是中国早已有之的婚姻陋习，在《大唐吉凶书仪》中就记载了“会婚”名之的冥婚，另如《周礼》《元史》及明代的一些典籍中均有相关记载。王鲁彦的《菊英的出嫁》写的是冥婚的一种，即已经去世的两个不相识的人经媒人撮合移棺合葬；还有已经定亲的男女中一方去世也要冥婚的——如果女方去世，男方冥婚可再娶叫“填房”，而如果男方去世，女方在冥婚后需为牌位守寡，由此可见男女地位之不同。

王鲁彦的《菊英的出嫁》虽篇幅不长，但对于菊英娘为菊英操办的冥婚却写得十分详细。从菊英娘选女婿到办嫁妆，从嫁妆详单到菊英娘的心理活动，从出门前对女儿的叮嘱到婚礼场面及看客的评价……虽是为死者操办的冥婚，可是从小说中描写的场景与细节来看，实在不亚于

---

① 陈独秀：《一九一六年》，《青年杂志》第1卷第5号，1916年1月15日。

生者的婚礼。小说充斥着母亲对女儿的爱与思念，深情处令人动容，加之对整个冥婚过程中母亲心理的详细描写，更让人看到了冥婚家长的责任心。但是，如果用启蒙理性来审视，会发现在这浓浓亲情背后的愚昧、落后与荒唐。从深层次的文化心理方面看，冥婚受原始观念影响，认为人的灵魂是不死的，因此生命可以轮回。这样迷信的说法使得中国传统社会中的丧葬一直都备受重视，而冥婚也是在这样的集体认知下产生的。就社会原因来看，冥婚的盛行还因中国传统的“传宗接代”观念，且一直体现着男尊女卑的传统。在小说中，菊英娘教导菊英到丈夫家里去做“他的人”，这种观念使“妻子”成为丈夫的私有物品，完全抹杀了五四启蒙要求的人权；菊英娘还要求女儿顺从丈夫，听公婆的话等，更是让启蒙理性要求的人的个性完全泯灭。而最为可怕的不在于这种封建压迫本身，而是菊英娘对于这种压迫的认同与维护，与那些对她倾其所有操办冥婚大加赞赏的乡民一起，在乡土作家启蒙视角下，共同成为启蒙对象。

在乡土作家笔下，不仅死者逃不了封建文化的压迫，生者更是无法逃脱这种封建桎梏。在完全蔑视人权的文化中，人或婚姻都是工具而已。中国历来有“冲喜”的传统，被称为“荒婚”。也即已有婚约的双方中，如果是男方本人或其至亲重病，便会要求将女方提前娶进门，以此来达到祛病消灾的目的。台静农的《烛焰》与许杰的《出嫁的前夜》都描写了这种“冲喜”的恶俗，当女性与婚姻都成为工具的时候，其前途与命运可想而知。《烛焰》中“伊”嫁给吴家少年，非关爱情，无关婚姻，只是简单地成了“冲喜”的工具，无视妇女的婚姻幸福的权利。但事与愿违，刚嫁过门的新妇便成了寡妇，那萦绕在母亲耳边的出嫁上轿时的哭声，仿佛是未来命运的征兆，带给人无尽凄苦之感。这样陈腐的习俗展示了乡土中国的闭塞与愚昧，引发了乡土作家的启蒙与批判。

最能体现这种封建婚姻对人的压迫的是买卖婚姻与包办婚姻。五四启蒙先驱中有不少人都是封建包办婚姻的受害者，如鲁迅、胡适等人，这种无爱的婚姻也是中国的家族制度带来的，是启蒙先驱内心深处的伤痛。鲁迅曾在《随感录四十》中说：“爱情是什么东西？我也不知道。中国的男女大抵是一对或一群——一男多女——的住着，不知道有谁知道。”尽管深刻意识到无爱婚姻的恶果，启蒙先驱却也无法改变：“然而无爱情结婚的恶结果，却连续不断地进行。形式上的夫妇，既然都全不相关，少的另去姘人宿娼，老的再来买妾：麻痹了的良心，各有妙法。”这样的婚姻，启蒙先驱却又出于道德的顾虑而无法终止，因为从被包办的女性的角度来看，也只是旧制度旧道德文化的牺牲品而已。这深重的封建束缚之下，启蒙先驱只能是：“我们还要叫出没有爱的悲哀，叫出无所可爱的悲哀。”① 这种源于启蒙先驱们亲身经历的血泪控诉，深刻指出了包办婚姻对于青年男女的摧残，也是五四时期青年男女离家潮出现的重要原因。而彭家煌的《活鬼》则是批判买卖婚姻与子嗣传承的陈腐观念最有力的一部乡土写实小说。荷生的爷爷为家中男丁兴旺，纵容家中的几代女人偷情，从妻子到儿媳到孙女，却都没有为家中多添男丁。于是无奈下为荷生娶了“小丈夫大媳妇”的童养媳。却不料，这样畸形的婚姻带来的只是夜夜“闹鬼”。这种封建婚姻观念的不合理处对于社会道德与伦理的破坏，便暴露在了启蒙理性之下。

此外，传统的婚俗陋习还有“抢婚”、转房婚、望门婚、招养夫婚等，无一不因其中展现出的愚昧与陈腐而被乡土作家以启蒙姿态大加批判。除了这种婚俗观外，最让乡土作家集中力量批判的，就是封建的“节烈观”。中国的家族制度核心是男权制，因此完全剥夺了妇女的权利。孔教不仅规定了“夫为妻纲”，而且规定妇女在丈夫死后必须守节。妇女生活的这种全无地位的状况，被鲁迅在《我之节烈观》一文中尖锐的揭露了出来。他严厉谴责了畸形的旧道德——“妇者服也；饿死事小，失节事大；男子可以多妻，妇女必须守节”，更为深刻的是，鲁迅指出了所谓“节烈”的实质——“无主名无意识的杀人团”，“这一类无主名无意识的杀人团里，古来不晓得死了多少人物”，并且庄严宣告：“节烈这事是：极难、极苦，不愿身受，然而不利自他，无益社会国家，于人生将来又毫无意义的行为，现在已经失去了存在的生命和价值。”② 通过上述

① 鲁迅：《随感录四十》，《鲁迅全集》第 1 卷，人民文学出版社 2005 年版，第 338—339 页。

② 鲁迅：《我之节烈观》，《鲁迅全集》第 1 卷，人民文学出版社 2005 年版，第 129—130 页。

对封建夫权的揭露与批判，五四启蒙先驱鞭挞了封建纲常制度传统礼教的罪恶。

二 以理性主义立场批判落后的文化观念

经历过五四新文化运动后，在城市中的市民与知识青年已经因新思潮的影响而或多或少发生了思想变化，然而在遥远的乡村，还保留着顽固的封建落后观念，力量十分强大。乡土作家从乡村来到城市，经过启蒙理性的熏陶，有感于这种思想上的差距，对故土的思想陋习与落后的封建观念愈感痛心，因此"期望以一种对野蛮的农村风习和社会悲剧的平正而客观的描写，在那种令人窒息的气氛中，激起人们的愤怒与哀怜"[①]。乡土写实作家就这样以理性主义的立场开始对包括祭祀、宗族观念以及封建顽固、落后的观念进行全面的批判。

祭祀文化起源于商朝，在官方与民间均得到广泛认可。古代曾有"国之大事，在祀与戎"[②] 的说法。在五四乡土小说中，也多次出现了民间祭祀仪式，展现了不同的祭祀文化。如王鲁彦的《黄金》中，关于主人公如史伯伯在远祖忌日做羹饭的窘境描写从侧面展示了当地的祭祖礼仪，《岔路》中展现的是关帝出巡仪式；鲁迅的《社戏》中展现的是土地神的祭祀，《药》里写到了对死去的亲人的祭祀；蹇光艾的《水葬》中对向河神献祭活人习俗的沿袭……而乡土作家这种祭祀描写的深意，却是对渗入乡民骨髓中的封建文化的陋俗进行展示而后加以批判。

祭祀最初起源于古人的泛神论，他们把自然界中所有不能人为掌控的现象都视为有神灵的存在，又认为人死后灵魂不灭以"鬼"的身份生存在另一个世界——冥界，认为鬼与神有着同样的权威，可以决定人类的死生与祸福，是以对鬼神分为天神、地祇、人鬼进行祭拜，其中又以人鬼（即祖先）的祭拜为主："秦汉以来，神仙之说盛行，

---

① 杨义：《中国现代小说史》（上），《杨义文存》第2卷，人民出版社1998年版，第495页。

② （清）阮元校刻：《十三经注疏》，中华书局1980年版，第1911页。

汉末又大畅巫风，而鬼道愈炽。”① 在五四乡土小说中，分别展现了不同的祭祀仪式，其背后的文化心态也各不相同。

在祭祀活动中，人们的普遍心态是寻求自然界诸神的理解与支持。由于泛神论的影响，人们通常把不可掌控的自然视作神灵的存在，所以想从自然界有所收获或改变自然时，均力图争取神灵的支持，如《长明灯》中导致“他”发疯的那个情节是因为祖父带“他”去社王庙拜祭社王爷、瘟将军、王灵官老爷，希望“他”能像先人一样按神的旨意行事，以得到神的庇佑。在这样的目的驱使下，祭祀就变成了人与神之间的沟通手段，由于人生怕自身的一举一动惹怒神灵，所以在祭祀过程中一方面感到行为的崇高与神圣，另一方面心理上又有着恐惧与审慎。所以才会有人们连出行都要看皇历是否写着“不宜出行”，婚丧嫁娶一律选“黄道吉日”，所以捐过门槛的“祥林嫂”在听到鲁四婶那句“你放着罢”时才会真正呈现出了一种穷途末路的状态：“不但眼睛窈陷下去，连精神也更不济了。而且很胆怯，不独怕暗夜，怕黑影，即使看见人，虽是自己的主人，也总惴惴的，有如在白天出穴游行的小鼠；否则呆坐着，直是一个木偶人。”② 那是因为祥林嫂感到了彻骨的绝望——连请求神灵庇佑的资格都已经失去，在无边黑暗的现实苦难中，她又能期待谁来救赎自己呢？这种对于神灵的敬畏给了人们以无形的威慑，某种程度上规范了人的一些行为，同时祭祀又作为人与神灵沟通的方式，给了人们一定的慰藉，让人与自然有机地联系在一起。在王鲁彦的《愤怒的乡村》中所描写的傅家桥人求雨的行为即是如此。由于长时间干旱，傅家桥人的生活陷入了困境，于是人们决定通过祭祀神灵的方式求雨。一时间，各方人马悉数登场，十八庙的菩萨，各村的组织，大量的童男童女，浩浩荡荡的大队伍经过二十五村九十多里路，以盛大的场面背着红布做成的龙虔诚的祈雨。人们普遍相信降雨是由龙神一手掌握的，所以通过这种祭祀方式请龙神降雨。事实上，从古至今，由东方到西方，这种祈雨术

---

① 鲁迅：《六朝之鬼神志怪书》，《鲁迅全集》第9卷，人民文学出版社2005年版，第45页。

② 鲁迅：《祝福》，《鲁迅全集》第2卷，人民文学出版社2005年版，第20—21页。

都很常见。不论是东方的日本人还是美洲的印第安人，还有澳大利亚土著，都有着形式多样的祈雨术，很多一直流传到了今天。在中国，这种通过向龙神祭祀的方式求雨的习俗也十分常见，至今浙东沿海地区还保留着“请龙”求雨等习俗，这都是人们想寻求自然诸神支持的一种美好愿望的表达。

随着人们对自然界规律的认知不断加强，对于泛神的崇拜逐渐减少；尤其是进入阶级社会之后，儒家文化规定只有天子能祭天神与地祇，诸侯大夫祭山川，士庶等普通人只能祭奠自己的先祖与灶神，所以祭祀活动更加严格与规范。同时，由于儒家文化如丁兰祭母等孝举的影响，民间更为广泛地开始了对“先”与“圣”的祭拜。尽管对象发生了变化，但是人们祭祀的心理内容与目的却大同小异，依然是寻求庇佑与福祉。在中国传统文化中，“鬼”与“神”的界限并不十分严格，古人认为人死后其灵魂不灭，并且这灵魂拥有超自然与生者的能力，可以与生者通过梦来交流，也可以作用于生者，使其生病或遭难。这样的“鬼”成为“神”的途径有两种：一是成为“圣”，如孔子、关公等人，对于民族或国家做出了较大的贡献，受万人追思，死后可直接成神，有能力庇佑众人，接受大家的祭拜；二是香火旺盛。一般认为子孙众多，可享受很多后人祭祀的普通人死后也可由“鬼”成神，具有庇佑子孙的能力，因此在中国文化一直有“慎终追远”的传统，祭祖文化源远流长。

“圣”对中国人的影响极深，在中国文化中，与“神”的语义非常接近。孟子曾说：“大而化之之谓圣，圣而不可知之之谓神。”[①] 孔子自不待言，就是关公也是极为受人崇敬的。王鲁彦的《岔路》中描写了普通民众受鼠疫威胁时心中关公的地位：“没有谁有这样的权威，能够驱散可恶的魔鬼，把袁家村和吴家村救出来，除了他。”[②] 当鼠疫威胁人们的生命，各种办法都宣告无效时，“求神”就成了人们最后一点心理慰藉。作为生死关头的救命稻草，“圣”进而为“神”带给人们的精神力量是极为强大

① 十三经辞典编纂委员会：《十三经辞典·孝经卷》，陕西人民出版社 2002 年版，第 134 页。

② 王鲁彦：《岔路》，《屋顶下》，现代书局 1934 年版，第 2 页。

的，人们相信这些为国家民族做出贡献的人能够通过祭祀这种沟通方式保佑自身，所以如何取悦于神就成了人们的头等大事。古有河伯娶妻的仪式就是这种心理的一种外现。而在乡土作家笔下，理应进入文明时代的人们却还在为“关帝出巡”先抬到哪个村而大打出手，进而发展为械斗，这种文明与野蛮的对比更为深刻地体现了作者对此的批判。

由于人们深信祖先寿终正寝之后有了子孙后代的祭拜便可升天为神，所以某种程度上他们对“祖先”与“神”祭拜区别并不特别明显。由于祭祀文化的影响，祭拜死去的亲人也形成了中国传统文化的特色，与之相应的，还有中国人希望死后有人祭拜的生活理想。由于生命的短暂，人们试图通过一定的努力来延续生命：“对不死的信仰（在死亡之后将有另一个生命的意义上）是所有道德的关键。如果这一生命的结束就意味着一切事情的终结，德性将是一个空洞的梦。”① 埃及人通过《亡灵书》指引灵魂的回家之路，通过对太阳的崇拜表达对周而复始的生命的向往。与之不同的是，中国人用子孙后代的传承来实现生命的延续。尽管如此，人们对于人生的最后归宿——冥界也有着无穷的想象与深沉的恐惧。连孤家寡人的阿Q都害怕“死后没人供一碗饭”而考虑到了子嗣问题，菊英的母亲担心早夭的女儿在地下生活无着而呕心沥血地操办冥婚，可见“死”与“生”对于中国人来讲同样重要。

综合来看，祭祀在中国人的生活中有着极为重要的意义与作用：“与神圣沟通的祭祀仪式乃至俗世与人沟通的日常礼仪和庆典，实质上也是一种维持或者恢复社会井然秩序权力和能量的交换。”② 而这种交换是以索取为最终目的的，希图以此来得到自身能力之外的力量与福祉。但是，五四运动引入西方的科学观念之后，乡土作家在看过西方科技文明的成就之后反观故乡的这些封建陋俗，便会在这样巨大的文化反差中体会出中国的落后与愚蛮，因此这种对祭祀文化的展示便直接显示了乡土作家对乡土中国落后文化的批判。

---

① ［德］弗里德里希·包尔生：《伦理学体系》，何怀宏、廖申白译，中国社会科学出版社1988年版，第375页。

② 叶舒宪、唐启翠：《儒家神话》，南方日报出版社2011年版，第172页。

除了祭祀文化外，五四乡土小说家还集中批判了封建的“宗族”观念与现代社会的格格不入。

自西周时代始，中国逐渐形成了以血缘关系为主的宗族制度。由于中国封建社会农耕为主的经济方式造成的闭塞与保守，至五四时期，中国仍然处于农耕文明的阶段，封建的宗族文化依旧深入人心，在统治者的有意文化引导与刻意维护下，这种文化支配着乡民们的思想，阻碍着社会的进步，成为乡土作家着力批判的对象。而这种文化背后隐藏的民族文化心理，有着丰富的文化人类学价值。

在五四乡土小说中，最为引人注目的宗族文化描写首先是宗族族规的威慑力与约束力。作为这种力量的具象化的代表的“祠堂”，则是古老的“祖先崇拜”的产物。除了用来供奉和祭祀祖先外，它还被用来作为族内大事聚议以及宗族成员联络感情与庆典活动的场所，更是宗族首领行使权力的地方。凡是族人违反宗族规约，往往在这里被审判或是惩罚，直至最为严重的“扫地出门”，赶出宗族。因此，这里往往成为封建的文化与道德的法庭，对于乡民有着无上的威慑力。

在乡土小说中，对于“械斗”的描写展现了宗族文化的残酷一面。宗族本就是进入父系氏族社会之后以父系血缘为基础建立起来的，因此对于本族本宗的名与利都有着自觉的认同与维护的义务，这往往是宗族间“械斗”的真正思想根源。此外，许多宗族的族规强制要求青壮年必须参加宗族的械斗行动，由宗族首领发起的械斗也往往要求族人必须参加，所以械斗直接与宗族观念相关，而祠堂也成了乡民们的精神信仰。许杰的《惨雾》描写了浙东近山农村一水之隔的玉湖庄与环溪村因一片河水冲出的沙渚的开垦权之争而引发的两村“械斗”。在这场惨烈的斗争中，“宗族”一直扮演着决定性的角色。为唤醒宗族凝聚力，“械斗”的动员大会是在祠堂前面召开的，这时，祠堂已经不光代表宗族祭祀的圣地，还代表着宗族的团结，成了宗族成员们联络感情的重要场所。在宗族义务面前，本不愿参战的人也被战斗的情绪所鼓舞，被宗族的义务所绑架，加入了械斗的队伍当中，而祠堂此时又成了藏兵器的最佳地点。当战斗的规模越来越大，双方均已无法控制局面时，两村开始借助宗族的力量：“自然，借兵只有向同姓的村庄去借，因为我们都是同一个祠堂，或者祠堂里都同一个字的。”① 不唯如此，两村的祠堂里也都住满了借来的同宗。出于宗族利益的考量，这些本与此械斗没有直接关系的乡民也积极加入了械斗，在生死较量面前毫不退缩。就连不能参加战斗的女人们的祈祷也是面向本族的祖宗的：“天呀！有灵有姓的祖宗呀！你们帮助着我们得到胜利吧！少数的死亡归诸我，多数的受伤归诸那环溪人吧！”② 这场械斗以宗族的名义将两个村的全村男女都绑上了战车，甚至别村的同宗也一并加入了进来，最终以惨烈的结局收场，初嫁的新妇死了丈夫，却欲哭而不能，带给人的是彻骨的悲哀。这种野蛮的宗族文化在其他乡土作家笔下也时有体现，如《岔路》中因“关帝出巡”的路线先后而引发的械斗等，都揭示了宗族文化固有的弊端。

在中国几千年的农业文化形态中，宗族秩序已经覆盖了农民生活的各个方面，形成了严格的族规与族风，在民间往往已经代替了法律，并被乡民们视为理所当然。在蹇先艾的《水葬》中，便写了残酷的族规——对小偷的“水葬”之刑。“水葬”这种刑罚起源于古老的河神祭祀。由于远古时代洪水泛滥给人类带来的心理恐慌，加之中国进入阶级社会以来一直以农业生产的形态为主，水又是农业生产的命脉，所以中华民族形成了对水的恐惧与依赖，仰韶文化出土的陶器上所带的有关水的纹饰即是这种对水的信仰的明证。其后这种信仰逐渐具象化，出现了“河神崇拜”，人们借此祈望风调雨顺与自身的生殖繁衍。早期人与神的交流方式即是祭祀，而最初的祭品往往是人，所以这一习俗在不同地区以不同形式沿袭下来，西门豹制止“河伯娶亲”的故事即是发生在这一背景下。这种用“人”当祭品祭河神的方式与西方的“替罪羊仪式”非常接近，都是将人对神的不敬与罪过转移到祭品身上，以表示对神的虔诚，达到祈愿的目的。进入文明社会之后，用“人”做祭品的行为逐步消失，取而代之的是替罪羊等牺牲。然而在20世纪“文明”的桐村，竟然还保留着对小偷处以“水葬”的私刑，这不禁让人感到“文明”外衣

① 许杰：《惨雾》，《中国新文学大系・小说一集》，上海文艺出版社1935年影印版，第380页。

② 许杰：《惨雾》，《中国新文学大系・小说一集》，第382页。

遮盖下的野蛮，乡土小说的批判意义得到了鲜明体现。

由于宗族文化重视传承，所以封建家庭对于后继的香火极为看重，这也是基于父系血缘基础上的男权主义心态所导致的。中国传统文化有“敬天法祖”的追求，子嗣延续了先祖的生命，他们对于先祖的祭祀，又会使阴间的祖先安息，血脉由此世代相连，成为宗族传承下去的基础。为了宗族的延续与兴旺，五四乡土小说中描述了许多为求子嗣不择手段的家庭，如《活鬼》中的荷生家，《老泪》中的黄老太太家。《活鬼》中荷生的祖父为了宗族后继有人，不惜怂恿自己的妻子和寡妇儿媳与人通奸，这种行为本身有悖于封建伦理，但也不得不为宗族传承让步。即便如此，人丁兴旺的愿望依然没有实现，不得已，荷生的祖父为荷生娶了大他十多岁的老婆。种种有悖于常理的行为背后，都有着宗族传承使命的驱使。与之稍有不同的是，《老泪》尽管也写了封建家庭对于子嗣的重视，但采用的是另一种方式——入赘。入赘是母系氏族社会的一种婚姻方式——“从妻居”发展演变而来，最初在母系氏族社会繁荣时期非常盛行。“从妻居”这种婚制中，男子来到女方居处居住，但仍不是现代意义上的婚姻，这种婚姻以女方或女方成员意愿为主，只是短暂结合，只要女方或女方成员不满意，就可令男方离去。这种以女性为主导的婚俗世界各地都曾出现过，米南卡保人、易洛魁人和查科印第安人等还将这种婚制保留到了近代。而在中国，当母系氏族社会向父系氏族社会过渡时，这种婚制便渐渐被“服役婚”所取代。“服役婚”指的是男方在婚前或婚后到女方家中充作劳动力一段时间，作为将女方娶到本族中的代价。这个服役期，一般为三四年，也有时间长的达到十年。而进入父系氏族社会以后，上述婚制逐渐被封建社会的男婚女嫁所替代，只在情况特殊的家庭中以“入赘”的方式保留了下来。需要“入赘”的家庭一般有两种：一种是女方家无子嗣，需要男方入赘以随女方姓，为女方家继承香火；另一种是男子家无娶妻的经济能力，只能以入赘的方式成为女方家人，入女方宗族。在男权社会，“入赘”这种方式是受到歧视的，尤其是入赘的男子，要承受很多婚姻之外的压力与偏见。婚俗的演变也能从一个侧面看出社会的变迁。母系氏族社会的“从妻居”明显是以女性为主导的婚制，子女为母系继承；而到了“服役婚”，尽管妇女的地位没有完全丧失，但已经失去了社会的主导地位，子女为父系继承；再到“入赘”，这种名称已经带有贬义，男子入住女家已经被社会偏见所耻。这是男权社会剥夺了妇女地位的一种表现，女方已经完全沦为男子的附属，没有子嗣的家庭因不能为宗族继承香火，不能让宗族人丁兴旺，所以渐渐会失去在宗族中的地位，所以不得已用招上门女婿的“入赘”方式来进行宗族的传承。

宗族文化作为封建制度统治文化的重要组成部分，几千年来利用它特有的地缘与血缘纽带成功地将乡民们绑在封建制度之中，渗入文化血液中，以至于形成了文化深处的集体无意识，成了国民向现代文化转型的重负。五四乡土小说家敏锐地发现了这一宗族文化对国民性的破坏与禁锢力量，通过对这一文化的描写与展现，严峻地批判了这种落后文化观念。

除了上述对落后的封建文化观念的批判外，蹇先艾的《初秋之夜》还为我们刻画了民国县城封建官绅基层的种种丑态。新县长上任，勤学所所长王心斋设宴谄媚，席中还邀请了县中“名流”——女中校长、县中首富、北京的留学生等人。在这个“精英”云集的宴席上，一开席便是猜拳、行酒令与大吃大喝，令人瞠目的是席后主客皆直奔鸦片，在醉生梦死的烟雾笼罩中附庸风雅。最具讽刺意味的是新县长，本已出告示宣告禁烟，本人却在家中过足烟瘾后，还携带烟膏水煮过的叶子烟与县绅们一起吞吐。作家以细致的笔触为我们一一描画了这些封建残余人物的嘴脸。如浅薄卖弄的女子中学校长，竟然宣称“女子无才便是德”，并以阻止学生参加爱国运动为荣，在宴席后还投其所好，给新县长送了几饼上好的烟土！前清举人，斯文扫地，本该是走在时代前列的人却有着如此落后的封建观念，令人发指。还有所谓的“硕儒名家”们，在县长的权势面前，早已忘却德行与操守，对县长的一知半解争先恐后地阿谀。最为讽刺的是那个曾经“留学”北京，参加过象征着进入现代社会的天安门国民大会的青年，穿着洋服以示思想先进，号称见多识广，却在听到新县长的小妾会一点山水画时，立刻找到了奉承的突破口，连称要为她办“国画展览会”。作者笔下，封建势力的腐败与落后、封建观念的顽固鲜明呈现了出来，令批判力度大大加强。

乡土写实小说中除了上述对封建旧官僚的讽刺与批判外，还集中笔墨批判了乡民身上固有的封建小生产者的私有观念与自私狭隘。许杰的《惨雾》是描写这方面内容的杰出作品之一。生活在社会最底层的乡民，在封建统治势力的压迫面前是懦弱的，可是面对同样困苦的乡民，却是野蛮彪悍的。相邻的两村为了争夺一块河水淤出的沙渚的开垦权，由小规模偷袭进而发展到大规模械斗。在深入灵魂的封建宗法观念面前，亲情与生命都被弃之不顾。愚昧无知的乡民平时麻木不仁，却因落后的封建宗法观念变得狂热起来，每一个人都开始疯狂备战，“各人都自告奋勇，不欢喜自己有怯弱的表示，致人们看出他是一个怕吃辣椒的弱鬼”[①]。而在这无谓的狂热中，还有人为了一己之私，打着公义的“为大众”的幌子煽动乡民：“况且又不是我多理一人的事情。就是让环溪人走来把我多理的头砍了，把玉湖的房子都烧了，把新涨的小溪滩都完全占去了，对我也没有相干。我是为大众的哟！我是为玉湖的哟！怕死的！我是为玉湖的名誉与财富的哟！”[②] 这样的乡民，以公义为名目，将大家的生命与意志绑在了为宗族而战的战车上，以至于小利益得失被无限放大，最后导致了两村人的流血牺牲，家庭破碎。作者在批判荒唐的宗法制观念的同时，也流露出了对乡民命运的同情，愚昧与无知遮蔽了理性，让他们在迷茫的惨雾中生活。最为令人同情的是故事中的女人香桂，这场械斗发生在她的夫家与娘家所在的两个村之间，参与械斗的对立双方既有她的丈夫又有她的兄弟，自械斗开始，她就一直在以侥幸的心理祈求平安。可是现实无情地剥夺了她的一切，她的丈夫与兄弟均在械斗中被打死，她不仅失去了幸福的家庭，甚至连尽情痛哭的权利都被剥夺——因为玉湖的宗族是不会让她为处于宗族对立面身份的丈夫哭泣的，连她的人权也一并被埋葬了。这部作品不仅批判了落后的宗法制观念，更让我们看到了乡民们的深层文化心理，并为那其中的愚昧与野蛮感到震惊。

---

① 许杰：《惨雾》，《中国新文学大系·小说一集》，上海文艺出版社 1935 年影印版，第 372 页。

② 许杰：《惨雾》，《中国新文学大系·小说一集》，第 379 页。

三　以启蒙者身份抨击封建制度

五四乡土作家们大多是虽寄居京沪却出身于偏远乡镇或农村的青年人，他们集中描写了自己最为熟悉的乡土中国的乡风民俗，其中不乏大量野蛮、愚昧、丑陋的内容，如宗族的狭隘心理导致的械斗、违背人性的水葬、饱受偏见的人赘等。在彭家煌的笔下，在洞庭湖边闭塞的乡村中生活的人们的命运是猪牛不如的，封建势力有形与无形的压迫，使得这里的乡民生活是极为悲惨的。乡土作家们成为启蒙的先知先觉者后，以理性审视封建制度下被压迫的乡民们的悲惨生活，开始以启蒙者的身份抨击封建制度。

在《喜期》中，主人公静姑一出生就注定了自己的悲惨命运——因为她是个女娃，而在当时的乡村，生女娃是不如猪牛下崽更能为家庭带来生的希望的。所以静姑的父亲黄二聋预备好了，等孩子出生，如果是女孩就直接往马桶里一塞结束她的生命。当静姑侥幸活了下来时，为了创造最大的效益，父亲又在她很小的时候将她许配给了一个跛足的傻老惠莲。而当军队陆续经过村子时，为了不至于亏本，黄二聋又将原本静姑九月的婚期改到三月。静姑绝食数日，激烈反抗，最后却只能勉强出嫁。没想到，更为悲惨的命运还在等着她，她被闯进洞房的大兵奸污，最后走投无路，只能沉塘自尽了。在五四乡土作家笔下，乡民的生活是悲惨的，可比之生活境遇更为不堪的还有乡村中的女性。由于生存环境的限制，她们不可能有五四新女性走出家庭、接受新式教育的机会，也就没有可能“浮出地表之上”，只能在“猪牛不如”的境遇中，在男权的重重压迫中，湮没女性权利，甚至失去生命。这篇作品虽篇幅短小，对乡民悲惨生活的揭露却是入木三分。

循着“人不如猪牛”这一主题，彭家煌还创作了另一部作品《陈四爹的牛》。这部作品的主人公是周涵海，他最初生活是美满幸福的，有些许良田，因而也有了娇妻。没想到，心地善良的他妻子被流氓拐占，进而霸占了他的家产，使他成了无家可归的流浪汉。周涵海为人懦弱，不知反抗，对人总是“嘻，嘻，嘻！是，是，是！”因而大家给他起了诨号“猪三哈”。镇上势力极大的陈四爹大发“善心”，让他看牛，他立刻狐假虎威起来，认为自己给势力大的人看牛，自己也势力大了，所以有人骂他时，他嘟哝着还句嘴，或是挥挥棍子，便觉得自己取得了胜利，倒也快乐。可是有一天，有两个孩子唱歌骂他，他自忖是大人，追上去吓唬孩子，没想到留在原地的牛却不见了。猪三哈情知无法对陈四爹交代，于是决定自杀。悲惨的是，死前他去与妻子告别，没想到妻子正在与人偷情，他在门外带着对妻子的爱恋与祝福，带着满心的不舍，投塘自杀了。更为悲惨的是，他的死，没有让妻子动容，也没有让雇主叹息，无声无息，无人牵挂地离开了世界，只换来雇主陈四爹对牛的一声叹息——被野兽吃剩下的牛肉卖不了好价钱了。人的生命都不如牛的价钱，可以想见写猪三哈的人生遭遇的作品为什么却叫《陈四爹的牛》了，因为这部作品里，猪三哈的生命确实不如陈四爹的牛来得有价值！这部作品揭示着封建压迫下乡民的悲惨生活境遇，批判着摧残人的生命及意志的封建制度与文化。

蹇先艾的《踌躇》中更可见乡民生活的悲苦。朱二一家的生活是靠全家人的辛苦与努力来勉强维持的：妻子洗衣、儿子卖报、女儿打草、自己卖药。但是，一家人的辛勤努力仍然换不来温饱，尤其是遭遇一场变故时更加四下无着。当妻子与孩子因工作辛苦仍不能饱腹而相继病倒时，朱二的草药生意也无辜受人牵连而被禁止，全家人的生活几乎陷入绝境。为了求生，朱二想要远走巴县，可是家里又有三个病人无人照料，一时之间，主人公陷入踌躇，难以决断。这样的一家人的生活情景，仅仅是中国当时无数乡民中最为普通的一幕。小说通过对劳动者不得食的惨景的描述，批判了封建制度的黑暗与腐朽。

上述多种批判主题在彭家煌的作品《怂恿》中得到了综合体现，因此《怂恿》也被视为他早年的力作，入选了《中国新文学大系·小说一集》。这部作品写的是肉猪买卖中富豪间的争斗，而最终受苦的依然是愚昧而无辜的乡民。故事始于端阳节前的一次肉猪交易。裕丰肉店的店倌禧宝在下仓坡的政屏家里买了两头肥猪，依着老板“雪豹子”在乡村的霸名，禧宝使用各种手段来压低猪价，还趁着政屏不在家，赶回了这两头肥猪，使生米煮成熟饭，政屏的损失无可挽回。没想到，政屏的族人牛七得知了此事，此人也是乡村一霸，与“雪豹子”素有仇怨，一直伺机报复。以肥猪事件为契机，牛七怂恿政屏大闹裕丰肉店，以对方私自牵猪为由，要求死猪复活；同时，牛七还指派政屏的妻子到“雪豹子”族人家里悬梁自尽，进一步扩大事态好坐收渔利。没想到，“雪豹子”让人用“上通下气”（上面吮嘴唇，下面吹屁眼）的粗野疗法“救活”了政屏妻子，又以绝对实力震慑了牛七带来闹事的人，逼退了政屏等人。本是两个富豪恶霸间的争斗，却无辜搭上了政屏一家人。最为悲苦的是政屏的妻子二娘子，他们夫妻夹在两大家族的争斗中间，为了圆丈夫的脸面，以“出嫁从夫”为最高准则，放弃自尊及生命，以上吊自杀的方式当作牛七与丈夫与人争斗的筹码。牛七的安排是：“如果将来人是好生生的，就敲点钱算了。如果人真的死了，就更好办了。”就这样，二娘子在关起门来哭了一场后成了两只猪的陪葬品，尽管后来被人以侮辱的方式救活，却再也无法堂堂正正地出现在人前。乡土作品中的乡民生活是悲惨的，而更为悲惨的却是乡土女性。她们这样身不由己的命运，深深触动着读者的心。

但是，五四乡土写实小说中揭露的乡土女性的悲惨命运不止于此。蹇先艾《乡间的悲剧》写的是妇女被遗弃的命运。祁大娘的丈夫随地主少爷进京当仆役，数年杳无音信。祁大娘一人带着一群子女种田卖杨梅艰苦度日，却得知丈夫得了主子赏赐的丫头后乐不思蜀，她之后精神失常，以至于投井自尽。被压迫造成了祁大娘生活上的困苦，而被遗弃则造成了她的精神悲剧。此外，在困苦的生活中，“妻”还变成了丈夫的所有物，毫无人权地被典当。乡土写实小说中的“典妻”题材不仅有台静农的《蚯蚓们》，更为典型的是许杰的《赌徒吉顺》。当这个泥水匠为恶习所累生活困窘时，首先想到的解决方式就是典妻。乡土农民的悲剧与女人的悲剧合为一处，更为悲苦的却永远是女人。

第二节　启蒙理性烛照下的国民性批判

在影响国民性生成的因素里，文化的影响，特别是伦理道德文化的影响是最大的。按照五四启蒙先驱的分析，中国人身上都有孔子性格的侧面。而以他们的救亡逻辑分析的话，国家危亡的原因就在于国民的劣根性上。"'国民性'本是一个社会学范畴，指的是一个民族在特定历史条件和社会环境中形成的社会心理结构和个体行为模式。'五四'前后，被用来作为民族话语实现的深层羁绊进行解剖和批判。"[①] 五四启蒙先驱将国民性批判与反传统联系起来，认为只有彻底铲除国民性中的封建毒素与孔教文化，才有可能实现救亡强国。是以，他们不吝暴露中国人病态的国民性，用以揭示传统伦理道德、封建文化的"吃人"本质，用以说明传统文化的失败及对其进行批判的必要性。在这方面，鲁迅的剖析与批判是最为深刻的。鲁迅在《阿Q正传》《示众》《复仇》等作品中将国民性的弱点表现为：欺软怕硬、自私自利、自轻自贱、势利攀附等奴隶性格，可谓入木三分。同时也指出了国民的"听天由命"和"中庸之道"中包含的劣根性："遇见强者，不敢反抗，便以'中庸'这些话来粉饰，聊以自慰。所以中国人倘有权力，看见别人奈何他不得，或者有'多数'作他护符的时候，多是凶残横恣，宛然一个暴君，做事并不中庸；待到满口'中庸'时，乃是势力已失，早非'中庸'不可的时候了。一到全败，则又有'命运'来做话柄，纵为奴隶，也处之泰然，但又无往而不合于圣道。"[②] 而在这中庸之外，更能体现文化传统造成的国民劣根性的典型的，还是中国人的奴性心理："我们这曾经文明过而后来奉迎过蒙古人满洲人大驾了的国度里，古书实在太多，倘不是笨牛，读一点就可以知道，怎样敷衍，偷生，献媚，弄权，自私，然而能够假借大义，窃取美名。"[③]

除鲁迅之外，五四时期关注国民性改造问题的人物及主张还有很多。李大钊认为中国人的国民劣根性是亡国灭种之祸根，必须洗心革面；蔡元培认为中国的国民缺乏自我意识，应唤醒他们；胡适更呼吁："争你们个人的自由，便是为国家争自由！争你们自己的人格，便是为国家争人

① 刘忠：《思想史视野中的中国现当代文学》，上海人民出版社2006年版，第22页。

② 鲁迅：《华盖集·通讯》，《鲁迅全集》第3卷，人民文学出版社2005年版，第26页。

③ 鲁迅：《华盖集·十四年的"读经"》，《鲁迅全集》第3卷，人民文学出版2005年版，第256页。

格！自由平等的国家不是一群奴才建造起来的！”①

从中国的文化传统看，国民性的弱点是滋生于特定的文化土壤中的。中国的儒释道作为传统文化的显性内容和文化主流，经由腐朽的统治阶级的图解，已经渐渐被异化而走向了其反面。“儒释道‘同源’合一的认识在中国历代思想界中一度占据上风，成为国人的世俗信仰。”②

由是观之，五四启蒙先驱们认为应从文化传统上正视国民性之劣，唯有对文化传统进行批判，颠覆中国人的传统价值观，才能动摇国人身上根深蒂固的劣根性，才能实现真正的国民性改造，才能实现救亡强国的最终目标。所以，“批判国民劣根性”就成为批判文化传统的重要环节。并且，尽管对国民性恨之弥坚，可“立人”达到“立国”，依然是启蒙先驱的不懈追求。只有实现国民性改革，才可能抓住根本。因此，乡土写实作家在启蒙理性的烛照下，对乡农身上固有的“国民劣根性”进行了批判。

一　以理性的“科学”之光对“迷信”的批判

在五四乡土小说所着力批判的落后国民性中，“迷信”无疑是首当其冲的。在中国漫长的封建社会中，迷信心理既有各民族蒙昧时期共同具有的历史成因，又有着复杂的社会原因。从文化心理的角度来看，迷信有着特定的功能：“迷信作为一种文化心理，是以一种心理复合方式呈现，在一定社会历史中调整着个人与社会及社会集团之间的精神结构，从而在一个特定精神层面上发挥着独特的社会运作功能。”③

总的来看，乡民的迷信大多具有祛祸祈福的心理特征，以现实世界的企盼作为对死后的未知世界的想象基础，形成了特定的“鬼”文化。“鬼”在甲骨文中本是个会意字，意为人上面顶着可怕的头，是个像人的怪物。这个字义一方面告诉了人们“鬼”与人有联系，另一方面又表达

---

① 胡适：《介绍我自己的思想》，《胡适全集》第4卷，安徽教育出版社2003年版，第663页。

② 姜异新：《互为方法的启蒙与文学——以20世纪中国文学史上的三次启蒙高潮为例》，中国社会科学出版社2010年版，第151页。

③ 宋扺：《民俗性迷信的文化功能及其心理特征浅释》，《社会科学战线》1996年第6期。

了对“鬼”的恐惧。《礼记·释义》中进一步将“鬼”定义为：“众生必死，死必归土，此之谓鬼。”① “鬼”文化产生于人类无意识深处对于自然的恐惧，这一文化经过佛教与道教的补充得以丰富完善。

台静农的《红灯》里，得银娘想为被砍头的儿子超度，她的种种设想都是“鬼”文化在民间浸淫的结果，都体现着民间根深蒂固的迷信心理。因为儿子生前一直向往穿长衫，所以得银娘想要借钱买纸为儿子粘长衫烧给他；因为儿子生前生活困苦，所以得银娘想要借钱叠些金锭银锭让儿子在阴间的生活富裕；为使儿子不成孤魂野鬼在旷野中游荡，她设想借到钱后为儿子请道士超度，未能实现后又以捡来的红纸为儿子粘了一盏红灯，以引领儿子亡魂的归路。这种对于“鬼”的生活的种种设想，为我们展现了乡民们意识深处有关“鬼”的生活的种种细节：人在阴间以“鬼”的身份生活，也和现实生活中一样需要穿衣用度，所以不仅需要亲人们烧去衣物，还需要金银纸钱，死者在人世间未能实现的愿望都可以通过亲人祭祀的方式实现。在这篇作品里提到了“鬼节”，这是中国乡间“鬼文化”中的一个重要节日，集中了乡民们对“鬼”的几乎全部想象。“鬼节”又叫“中元节”，而佛教中称之为“盂兰节”。“鬼节”在“鬼”文化中的第一个意义是鬼的节日。相传每年七月一日阴间的统治者阎罗王会打开阴间的大门，让那些无人供奉的孤魂野鬼、厉鬼等可以离开阴间，去人世间享受血食。按中国传统哲学中的“阴阳五行说”，这个月鬼在人间游荡，所以阴气较重，既不宜婚嫁，也不宜搬家。“鬼节”的第二个意义是祭祀鬼的日子。一般民间祭祀的鬼分为两种：一种是孤魂野鬼。这些鬼生前虽未为恶，但也因种种原因未能成神（《礼记》中有一种说法，认为庶人与庶士死后因为无庙供奉不能成神，所以变成鬼），死后无处可去，无家可归，在阴间游荡。鬼节时，尚在阳间的亲人会通过祭祀仪式招回这些魂魄，让他们享受祭品，并且保佑尚在人世的亲人。《红灯》中得银娘因为没钱请不起道士为儿子超度，也没有能力为儿子准备祭品，但又怕儿子在阴间受苦受穷，所以在鬼节时偷偷跑到道士为亡魂所设的寒林之中，偷偷地喊儿子的鬼来领钱。民间祭祀的

---

① 叶绍钧选注：《礼记》，商务印书馆1947年版，第127页。

第二种鬼为厉鬼，也就是非正常死亡的鬼。这种鬼直接反映了人们对于鬼的恐惧心理，传说中这种鬼因心中带有怨气，所以常出来为害，鬼节的重要内容之一便是超度这样的厉鬼，化解他们心中的怨气，并于七月半这天晚上用放河灯的方式引领他们渡过奈何桥重新投胎为人。得银娘用红纸为儿子粘了一盏灯，就是希望借此引导儿子的亡魂，希望他能够顺利通过奈何桥实现轮回。在台静农的作品中，对乡民们对“鬼”的迷信着墨较多，如《天二哥》里，人们都相信人死后便拥有了超越常人的能力，因此种种迹象都表明是死去的天二哥在发威，所以祈求天二哥保佑自己，同时他们也都相信人的命数是一定的，生死是由阎罗王掌握的。这样的迷信与宿命论思想在中国几千年的封建文化中已经根深蒂固，逐渐沉淀到乡民的意识深处，变成了集体无意识，也因之造成了许多悲剧。从文化人类学的视角来看，台静农《烛焰》写的迷信与宿命论思想支配下的“冲喜”，王鲁彦《菊英的出嫁》中写的冥婚，许杰《七十六的祥福》中的出殡，都带有着中国传统的封建文化迷信思想的集体无意识，反映了当时的社会文化状况，分别形成了特定的文化符号体系。

“五四”前后，启蒙先驱们高举着“民主”与“科学”的大旗，使之承载了五四启蒙运动关于反封建、反传统的政治、文化内涵，甚至被作为了救亡强国的利器。当乡土作家接受了“德先生”与“赛先生”的洗礼后，用科学的姿态审视乡民的生活，便立刻发现了乡民“迷信”之害。

王鲁彦《银变》中本写奸商赵道生的投机生意，但笼罩全篇的都是他关于“梦”的心态变化。赵道生派儿子私运银子去日本换现钞以投机，发财心切立刻做了一个“珠玉满怀”的好梦，可他得意之余一查看，竟发现此梦预示着“主大凶”，于是这成了主人公心里的浓重阴影，笼罩全篇。这个梦就像《黄金》中的如史伯母日有所思夜有所梦的“满身粪”一样，反映的都是宗法制农村社会中的愚昧与迷信，在某种程度上，这些迷信主导着乡民们的精神生活。

台静农的《天二哥》虽然篇幅短小，只有三千三百多字，却刻画了一群迷信的乡民。开篇乡民们的闲谈中便透露了他们对于“鬼”的深信不疑，从烧纸钱祷告，到疑心夜路遇鬼，再到天命论：“你看，什么事都有一定的。你看，风波亭将星落下，五丈原八卦无灵，这都是玉皇大帝同着列位诸仙排定的棋势。你看，常言道：‘阎王要你三更去，谁能留你到五更？’”① 故事一开篇，主人公天二哥并未真正出场，可已经出场的他的乡邻们，却在言语中透露出天二哥已死的信息，并且种种说法都显示出众人一致的愚昧迷信。这样迷信的乡民在乡土写实作家笔下比比皆是。科学从来都是与迷信思想相对立的，因此经过启蒙的“赛先生”洗礼的乡土作家们在作品中对于乡民的愚昧迷信大加批判。迷信的危害是非常大的，不仅能危害到人的肉体，更主要的是能毒害人的精神，使人丧失反抗的意愿与能力。为了以启蒙理性照亮人们心中的愚蛮，乡土作家们针对乡民的迷信大加批判，醒其神以使启蒙理性复苏。

但是，在20世纪20年代，有一个奇怪的现象是：经过五四新文化运动，赛先生（科学）的口号在中国社会表面上看已经深入人心，而在真正需要被启蒙的人那里，却依然如从前一般笃信迷信，这种矛盾的现象不得不说与“赛先生”（科学）这一口号在中国的境遇有关。

自西方经由日本传入的“科学”这一概念包括两层含义：“它既指具体的自然科学知识，又指资产阶级所需要的认识世界的科学方法和科学态度。”② 作为五四启蒙运动的旗帜，科学自降生中国之日起便被赋予了育人强国的使命。由于不断附加的社会意义，更使其经历了由“赛先生”到“赛菩萨”的“宗教化”过程，树立了信仰的权威，因此本体意义被社会价值所掩盖。正如罗志田所指出的：“科学是带着伦理色彩作为一种价值体系进入中国，到五四时代成为具有‘新权威’性质的价值信仰。”③

作为“科学救国”的先声，1915年1月，任鸿隽等留美学生编辑出版了《科学》杂志。在其《发刊词》中对科学的社会功用作了详细的介绍：（一）“科学之有造于物质”——推动社会大生产；（二）“科学之有造于人生”——有利人类健康长寿；（三）“科学之有造于智识”——用科学知识可破除迷信；（四）“科学之有造于道德”——有助于提高道德

---

① 台静农：《地之子》，人民文学出版社2000年版，第6页。

② 彭平一：《启蒙思潮史话》，社会科学文献出版社2011年版，第120页。

③ 罗志田：《从科学与人生观之争看后五四时期对五四基本理念的反思》，《历史研究》1999年第3期。

水平。[①] 8个月后，陈独秀在《敬告青年》一文中提出："举凡一事之兴，一物之细，罔不诉之科学法则，以定其得失从违。"[②] 自上述学术杂志与启蒙期刊对"科学"的社会价值强调的遥相呼应起，科学开始影响近代中国的各个社会领域，逐渐形成了一种信仰，以至于五四时期的重要刊物《新潮》也在办刊宗旨中列入了"科学的主义"[③]。但是，尽管这里科学形成了一片热潮，但它是以"道德律令"的面目出现的。因此五四并没有学习确立完整的科学原理，也没有建设成健全的理论和实践体系，仅仅停留在社会学领域用来倡导"人生观"，成了很多人的信仰，言必称"进化"。这样被"信仰化"的科学，其弊端也是非常明显的。

正常来讲，科学的价值是分为内在与外在两个方面的。"在思想启蒙和社会变革成为时代的中心问题这一历史背景下，科学在启发民智、转换观念、确立价值导向等方面的社会作用往往容易更直接地突现出来。"[④] 科学本身应该是各领域知识追求真理的一种最终形态，但在"信仰化"之后，就被阐释为一种真理般的准则，成为评判一切的标准，其外在的社会价值就会被无限放大，以至于掩盖住其内在价值，也即本体意义。五四启蒙先驱对科学"教化"功能的强调，对其解决政治、道德问题的企盼，都是上述原因的体现。这种倾向在某种程度上影响了中国近代科学，使其形而上的价值观信仰发达，而其功能的另一面，形而下的具体实证研究却相对薄弱许多；使科学在知识领域成为霸权，自身发展却未实现同步。

由于社会价值被突出，科学对于五四文学的影响也日渐明显。首先，科学作为"重估一切价值"的准则改变了中国的传统文学观念。在对西方全能的文化权威的设定的前提下，科学成了西方文化权威的代表，以此为准则，中国的传统文学观念遭到了批判，与中国传统文学观念迥然

---

① 《发刊词》，《科学》第1卷第1号，1915年1月。

② 陈独秀：《敬告青年》，《青年》第1卷第1号，1915年9月。

③ 傅斯年：《〈新潮〉之回顾与前瞻》，《新潮》第2卷第1号，1919年10月。

④ 杨国荣：《论五四时期的科学主义》，欧阳哲生、郝斌主编《五四运动与二十世纪的中国——北京大学纪念五四运动80周年国际学术研讨会论文集》（上），社会科学文献出版社2001年版，第196页。

相异的现实主义成为五四文学的主潮。对此，茅盾进一步阐释说：“十九世纪的写实主义对于人生表现的努力是朝着两大目标的：更多的确实性和更多的科学性。”[①] 倡导五四启蒙运动的先驱人物大多是新文学运动的倡导者和实践者，由于他们对启蒙运动的“救亡”“强国”主题的设定，决定了新文学运动的价值判断走向——更倾向于思想内容与认识价值，因此科学精神影响下的文学观念的变革，就成为启蒙先驱们试图用文学介入社会生活，改变国家发展进程的一种表现。

其次，以科学的观念之“进化论”为根据的文化批判。五四启蒙先驱信奉的是社会达尔文主义，据此对中国传统文化进行了全方位的批判。率先发难的陈独秀认为“进化”就是“创造”：“创造就是进化，世界上不断的进化只是不断的创造，离开创造便没有进化了。”[②] 陈独秀的“进化论”代表了五四启蒙先驱对“进化论”的单线直向判定，相信其普遍性与必然性，由此，他们大多认为，在西方文化/中国文化、传统/现代之间，是不存在调和可能的，只是在对立情况下选择其一。事实上，这种激进与功利的心态掩盖了中国文化与中国社会的特殊性，忽视了进化的复杂向度，也忽视了进化自身的二律背反；而把中国落后的一切根源归结于传统文化，也是有失客观与公允的。但这是迫于时势的一种无奈选择，因为：“传统的世界观与价值规范都已动摇而失去旧有的文化功能，无法把当时政治与社会危机所引发的各种激情和感触加以绳范、疏导与化解。”[③] 因此，这种主张虽有些矫枉过正，却在情理之中。

最后，科学的方法与精神直接影响了五四文学创作。“五四”时期，各种西方思潮走马灯似地被介绍到中国来，令人眼花缭乱。而其中较受到重视的是自然主义与现实主义。茅盾推崇左拉关于自然主义文学的观点：“把所观察的照实描写出来”，“这种描写，最大的好处是真实与细致。”[④] 引入自然主义，认同其“观察”“实证”的创作思维，其目的便

① 茅盾：《自然主义与中国现代小说》，《小说月报》第13卷第7号，1922年7月。

② 陈独秀：《新文化运动是什么?》，《新青年》第7卷第5号，1920年4月1日。

③ 张灏：《中国近百年来的革命思想道路》，《开放时代》1999年第1期。

④ 茅盾：《文学与人生》，《茅盾文艺杂论集》（上），上海文艺出版社1981年版，第110页。

是为了纠正问题小说一类作品对客观描写的不重视，希望作家能够正视作品内容与社会现实的及时对应。在上述创作方法的指导下，五四之后涌现了大批重视客观现实社会生活描写与科学观察与思维的作品，如叶绍均的《倪焕之》、夏衍的《法西斯细菌》、茅盾的《子夜》等。

“科学”中国化后畸变成了人们顶礼膜拜的绝对真理。某些西方科学是以常识或假说的面貌出现在历史舞台上的，具有相对的真理性。可是来到中国却往往被抽象成一种信仰，取得了权威的形式，构成评判、裁定一切学说与观念的准则，获得了“无上尊严”，凌驾于所有知识形态之上。而科学精神的真谛则在于理性地独立思考，反对盲目追随权威。因而，中国化的“科学”自身渐渐接近了自己所否定的对象，以至于彼时虽科学信仰具备了压倒性的优势，具体的科学成果却相对薄弱许多。

二　以启蒙的“民主”的理念反对奴性崇拜

在五四乡土写实作家所分析的国民劣根性中，“奴性”也是被重点批判的对象之一。对于这种“奴性”心理的表现，许钦文的《老泪》中有一段分析可谓是一针见血的：“朱红漆的木栅子里面，同样红的圆木柱托着的三开间的屋顶底下，正中的堂上南面高高的坐着一位文质彬彬的土地尊神，是松村人心目中的父母清官。”① 当启蒙者以“民主”为西方人权的福音，努力追求时，松村人心目中的“父母清官”竟然是土地神！并且不仅土地神本尊是他们膜拜的对象，连他的从人都有着莫大的威慑力：“他的两旁站着手执凶器的‘牛头’、‘马面’和几个面目狰狞的从人，看上去很是丑陋、可憎，但松村人以为这样是有意思的。”原因在于“他们一向崇拜威权，他们的长官愈是严厉地猖狂地对待他们，他们愈是低首下心地甘愿听命，并且诚心地爱戴他们的似虎如狼的长官”②。在乡土写实作家的笔下，乡民们出于“奴性”心理，对于“威权”的崇拜与对于身边同样生活在底层的村民的野蛮与蔑视成鲜明对比，这样的“奴性”心理如果不祛除，即便民主革命进行一百次，也依然无法在中国实

① 许钦文：《老泪》，《许钦文小说集》，浙江文艺出版社1988年版，第88页。

② 许钦文：《老泪》，《许钦文小说集》，第88页。

现民主。不仅如此，连与“威权”有关的人物也被乡民们所信仰——“坐在左侧的堂上的是武装的岳爷爷，右侧是文装的张老相公，还有几个不伦不类、非人非兽的矮菩萨，都是松村人所信仰的大人物”①。乡土写实作家的描写，让我们看到了乡民们“奴性”心理的根深蒂固。在许钦文的《鼻涕阿二》里，在“奴性”心理的压抑下，鼻涕阿二成了如此弱小的一个存在。然后，中国的“奴性”心理最为恶劣之处便如阿二一样，当有机会去奴役别人时，便成了最为凶恶的主子。阿二对小丫头海棠的虐待便是这种心理的最好诠释。这样的文化心理，让人理解了“德先生”在中国的境遇。

由于民主暗合了启蒙先驱们反封建的启蒙需求，所以五四时期在“民主”的宣传规模和声势上是空前的。李大钊于 1916 年 9 月的《新青年》上发表的《青春》一文中号召青年们以民主、自由为追求，“乘风破浪”，为“索我理想之中华”② 而奋斗。1919 年 2 月，一湖在《新时代之根本思想》中指出：“现在时代的根本思想，依我看起来，就是个‘得莫可拉西’，现代的根本思想，除了‘得莫可拉西’，是再找不出第二个来的。”③ 史学家王桧林指出：“这一时期，民主思想真正可以说是蔚为大观、风靡一时，几乎整个中国的意识形态都染上了民主的色彩。”④

但是，值得注意的是，在这样盛况空前的民主呼声中，却一直存在着民主的个体性和民族的群体性的矛盾。

近代西方的资产阶级“民主”由两个方面构成：一是资产阶级借由启蒙运动宣扬的“自由、平等、博爱”的思想体系，突出强调个人的“自由”与“天赋人权”。二是政治上的民主制度。在西方主要有三种形式的民主制度，即直接民主——由全体公民按多数裁决程序行使政治决定权；代议制民主——经过普选产生民主；立宪制民主——用宪法来保障的民主形式。对于舶来的“民主”概念，李大钊解读的“民主”观极

① 许钦文：《老泪》，《许钦文小说集》，浙江文艺出版社 1988 年版，第 88 页。

② 李大钊：《青春》，《新青年》第 2 卷第 1 号，1916 年 9 月。

③ 一湖：《新时代之根本思想》，《每周评论》第 8 号，1919 年 2 月。

④ 王桧林：《五四时期民主思想的演变》，《五四运动与中国文化建设》（上），社会科学文献出版社 1989 年版，第 379 页。

具代表性："现在的时代是解放的时代，现代的文明是解放的文明。"① 这种民主观与梁启超、严复的民权主张一脉相承，强调群众、集体的重要性，人的个性解放成了通往民族国家富强的必由之路，并不像西方那样纯粹是出于追求自由而要求民主，对民主的最终定位是"自利利他"的，由此纳入了民族的群体性轨道。对此，汪晖在《预言与危机》一文中指出："'人的觉醒'的运动并没有形成那种'自由主义'文化，即和资本主义经济关系自然地联系在一起的所谓'个人主义'文化。"② 这种判断很能说明"民主"这一概念在东渐的过程中所发生的概念变异，也鲜明指出了西方民主的中国化特征根源。

在西方，民主的概念是非常广泛的。举凡与封建主义对立的诸如自由、人权、平等、公正等，都是民主所能涵盖的，并且成为人们的人生理想与政治目标。因此，西方的近代民主是建立在个体自由的基础上的，民主概念最终的目标指向是个人，是"自由主义"文化。

但是，出于民族的心理定式，中国人一直注重实际效用，重整体，提倡群体至上的担当精神；相对应的是压抑个性，因此自由、平等一类的观念未得到宣传与提倡。因此，当西方旨在发扬人文主义传统，真正以个人为本追求自由平等的民主观念传入中国时，便巧妙地被五四启蒙先驱进行了中国化改造，将其纳入了民族性的启蒙救国的时代框架之中。"'爱人'与'人爱'的大同社会堪称此一时期启蒙先驱对于'民主'社会的共同想象。"③ 从表面上看，这种改造似已解决了民主的个体性与民族的群体性矛盾，实则不然。这种将民主与人权混淆在陈独秀的言论中可以得窥一二。陈独秀在《敬告青年》中呼吁青年应有"自主的而非奴隶的"人格，其所标举的典范却是尼采："忠孝节义，奴隶之道德也，德国大哲尼采别道德为二类：有独立心而勇敢者曰贵族道德，谦逊而服从者曰奴隶道德。轻刑薄赋，奴隶之幸福也；称颂功德，奴隶之文章也；拜爵赐第，奴隶之光荣也；丰碑高墓，奴隶之纪念物也。以其是非荣辱，

① 李大钊：《联治主义与世界组织》，《李大钊文集》（上），人民出版社1984年版，第621页。

② 汪晖：《预言与危机》（下），《文学评论》1989年第3期。

③ 刘忠：《思想史视野中的中国现当代文学》，上海人民出版社2006年版，第36页。

听命他人，不以自身为本位，则个人独立平等之人格，消灭无存……谓之奴隶，谁曰不宜?”[①] 陈独秀用“奴隶道德”一词来刺激当时的青年奋起反叛封建礼教，本无可厚非。但是，用只承认少数“超人”特权而蔑视民众的尼采的观点来呼吁广大人民群众的人权（民主），不能不说是一个很大的矛盾。由是观之，民主的个体性与民族的群体性矛盾在五四启蒙先驱那里尽管进行了统一的努力，却并没有得到彻底解决。

在西方，民主是个体自由的保障基础。而在五四启蒙运动中，民主的这种意义发生了改变。民主在这里针对的是对中国传统与现实的批判、否定，它的意义不在于政治制度发展需要，而在于中国的落后现实。“‘民主’作为一种‘制度化的现实’的意义似乎不如其伦理意义来得重要。”[②] 这在《新青年》的民主诉求中体现得尤为明显。《新青年》当时对民主的宣传是从伦理的角度出发来提倡个性解放与思想启蒙的，注重的是人的尊严、人格独立和思想的自由。所以，“以移植西方民主理念，唤起国民觉悟为使命，是贯穿于《新青年》讨论民主政治诸文章的一条红线”[③]。在这一使命的指引下，五四启蒙先驱们感性地认为民主即是个人与社会从封建旧制度桎梏下获得“解放”，因此提倡“破坏偶像”，重革故而轻更新，形成了观念突进的鲜明特色。

除陈独秀外，《新青年》上刊载的高一涵的《关于共和国家的观念》《共和国家与青年的自觉》，刘叔雅的《佛兰克林自传》《美国人之自由精神》，等等，都是推崇西方激进民主主张的文章。但是，他们讨论的重点，不是西方启蒙运动中热议的现实制度化主张，如《三权分立》《论社会不平等的起源》等，而是如“民权平等”“主权在民”等高调的民主理念，重点探讨民主政治的内在精神，凸显的是民主的伦理意义，却一直缺少把这样的民主精神落实到制度层面的具体措施与方案：

---

① 陈独秀：《敬告青年》，《新青年》第 1 卷第 1 号，1915 年 9 月 15 日。

② 汪晖：《预言与危机》（下），《文学评论》1989 年第 3 期。

③ 冯天瑜：《〈新青年〉民主诉求特色刍议》，欧阳哲生、郝斌主编《五四运动与二十世纪的中国——北京大学纪念五四运动 80 周年国际学术研讨会论文集》（上），社会科学文献出版社 2001 年版，第 160 页。

> 共和立宪而不出于多数国民之自觉与自动，皆伪共和也，伪立宪也，政治之装饰品也，与欧美各国之共和立宪绝非一物。①

这篇文章言外之意已将唤醒国人的民主自觉视为首要任务，似乎一旦国人形成关于人权的自觉，便会实现民主制度一样，将伦理意义看得远重于制度化的现实意义。但是这种方式的弊端也是明显的：“在特殊国情下，在缺乏制约资源、忏悔意识、宪章原理的国度中，将空洞的自由、民主、共和等好听的词汇说得再圆滑也只能是一种流于形式的口惠。不但不能为民造福，反而会以人民的名义使人民饮鸩止渴。”② 过分地夸大伦理革命对政治的作用，明显是片面的。反观西方，自启蒙运动以来，不仅抨击了神学蒙昧主义，还摧毁了专制政治，并开始建设三权分立的共和政体，推行“社会契约论”“人民主权论”等民主制度化建设，将民主真正落实到了制度保障上。五四启蒙先驱对民主认识的这一中国式特征，固然是由于当时国内不具备实现民主建设的社会政治环境所致，也是由于中国式思维的实用理性特征所致，因而在不同的文化背景下，便出现了民主概念的应用隔膜。

五四启蒙先驱对“民主”这一概念的认识不可谓不深刻，宣传也不可谓不具规模，但令人遗憾的是，当时的“民主”一直是在意识形态领域传播，未能如西方启蒙运动一样在社会制度方面形成建设实绩。王桧林在《五四时期民主思想的演变》一文中对这一现象及原因概括为：“当时的民主思想只是浮在意识形态上。由于中国缺少实现民主的物质力量，因此它没有在社会上、在现实政治上生根，当然更谈不到开花结果了。”③这一现象的产生是有着深刻的历史原因的。从人类社会发展的历史来看，每当产生了社会与政治危机及文化危机的时候，意识形态都会体现出它的强有力的作用。因此，当近代中国遇到严重的上述危机时，被五四启蒙先驱们作为救亡强国利器的“民主”也被意识形态“系统”整合，进

① 陈独秀：《吾人最后之觉悟》，《新青年》第1卷第6号，1916年2月15日。

② 张宝明：《自由神话的终结》，上海三联书店2002年版，第59页。

③ 王桧林：《五国时期民主思想的演变》，《五四运动与中国文化建设——五四运动七十周年学术讨论会论文选》（上），社会科学文献出版社1989年版，第379页。

而“浮在意识形态之上”。

比照西方，启蒙运动是在文艺复兴运动的思想基础上发展而来的。经过文艺复兴运动之后，人文主义思想得到了比较充分的发展，因此封建专制统治并不占据绝对的统治地位。因此启蒙思想家的民主政治制度理念一经传播落实，便代替了封建专制的政治制度（各个国家情况不同，这种取代在西方某些国家表现的并不彻底）。但是这种民主政治制度理念传播到了中国，却遭遇了极大的困难。

中国的封建制度已经延续了几千年，并一直被统治者以各种不同的思想学说加以强化，如儒家学说、佛教文化、道教文化等，导致专制统治在人们思想中已根深蒂固，并形成了相应的伦理道德，虽历经维新变革及辛亥革命，却依然不能动其分毫。对于中国历代民主先驱所做的努力，尽管确有其效果，却无法解决一个根本的矛盾——政治范围内的民主与伦理道德内的民主不一致的问题。就如维新变法与辛亥革命中，尽管在制度上试图确立民主制，却由于思想文化、伦理道德方面仍旧是儒家文化一统天下，所以这种“民主”只是表面上的民主，内里仍旧是专制主义的思维与内容，又怎么能取得彻底的胜利呢！在总结维新变革和辛亥革命失败的经验教训之后，五四启蒙先驱开始重视文化领域、意识形态领域内的“民主”思想的传播，用“民主”的观念来改造中国的传统精神文化，将儒家的伦理道德作为意识形态领域最大的敌人来进行针对性的斗争。五四启蒙先驱出于上述认识，加强了在意识形态领域里的“民主”思想的传播，取得了一定效果。

但是，当时的中国虽然打着的是“中华民国”的民主招牌，实质却是北洋军阀操纵的专制统治。对此，陈独秀曾经指出：“三年以来，吾人于共和国体之下，备受专制政治之痛苦。”① 五四启蒙先驱宣传的西方民主理念，实质是资产阶级民主。而当时中国受封建专制制度及列强瓜分威胁的内外夹击，民族工业与资产阶级的发展极为缓慢，资产阶级的力量十分弱小，不足以担当起建设民主制度的重任。在上述条件的制约下，民主在近代中国一直没有找到支撑制度建设的物质力量，是以在意识形

① 陈独秀：《吾人最后之觉悟》，《新青年》第1卷第6号，1916年2月15日。

态领域较为发达的“民主”理念，于实际社会制度建设中却难以找到发展的空间，客观影响了民主制度建设的实绩。

三　对“集体无意识”背后的国民心理的批判

在鲁迅的开创下，“国民性批判”成为乡土写实小说的母题。隐藏在常见的乡风民俗背后的集体无意识的劣根性，更成为乡土写实作家批判的重点。

王鲁彦的《黄金》可谓是对乡民们冷酷无情的刻薄与势利的国民性批判的力作，生动展现了人们价值观的趋利性与人格的异化。陈四桥本是一个偏僻的乡村，但村民与中国无数个乡村的村民一样，无事便谈论人的是非或是搬弄是非。于是，陈四桥村也如中国其他的乡村一样，没有秘密与隐私可言。也因此，当一向受人敬重的有钱人如史伯伯因为儿子年底没有寄钱回来而经济窘迫时，虽然如史伯伯一家人极力隐瞒，这个消息却依然在第一时间就传遍了陈四桥村，引发了乡民们一系列的态度变化，遭遇了前所未有的冷遇：如史伯母去阿彩家串门的举动被冷淡，是因为对方以为她来借钱；如史伯伯参加婚宴被安排在从未坐过的下位，受尽奚落；连小女儿在学校也因此事影响受到歧视，自己写的好的作文也被认定为抄袭；爱犬被屠夫砍了一刀死去了，乞丐上门强讨了，各种勒索欺诈已经找上门来……就像如史伯伯的大女儿总结的那样：“你有钱了，他们都来了，对神似的恭敬你；你穷了，他们转过背去，冷笑你，诽谤你，尽力的欺侮你，没有一点人心。”[①] 在这样的乡村，乡民的人性已经被金钱异化了。事实上，这个故事中乡民们集体无意识的自然反应，背后折射出了许多国民心理。如史伯伯并非农村的破落户，他有十几亩良田，又有几间好屋，一向又有儿子养家寄钱回来，因此一直是陈四桥人眼红的对象，受人尊敬。可当他的经济也陷入困境时，人们冷落他、欺负他，一方面是趋利心理使然，而另一方面也出于中国人固有的一种隐秘心理——以他人的不幸为幸。这种心理，从鲁迅笔下的未庄人身上就开始显现出来。赵家被抢，未庄人大部分都感到了快意；阿 Q 被杀，

---

① 王鲁彦：《黄金》，江西人民出版社 1983 年版，第 21 页。

也给了他们欣赏的机会与谈资……尽管自己的生活境遇也不够好，但以别人更大的不幸来体现自己的优越感与心理优势，这样的国民心理使我们的民族渐渐失去了进取心，也失去了同情心，最后变得冷漠、麻木、落井下石。

这种冷漠、麻木的心理导致了看客心理的普遍存在。这种看客心理自鲁迅起就开始大加批判，在《阿Q正传》《药》等作品多次出现，到了乡土作家这里，更是得到了淋漓尽致的表现。与阿Q被杀者的叙述视角不同，王鲁彦的《柚子》里描写的是一群以看杀人为游戏的看客。为了生动展现看客心理，王鲁彦用的是第一人称“我”来进行叙述。开篇一出场，“我”就表现出了超乎寻常的冷漠：“我”当时刚到长沙，而当地因为军阀混战而民不聊生，每天都有人被杀，“我”的态度是：“即使你们将长沙烧得精光，将湘水染成了红色，——换一句话说，就是你们统统打死了，与我也没有关系。”冷漠到了令人吃惊的程度。可是，当有小孩喊着浏阳门外要杀人的时候，“我”却是焦急的，这种焦急，不是为别人即将消逝的生命，而是担心自己没有看到杀人的现场：“等我一等，不要背着我杀，不要辜负了我来的诚意，不要扫我的兴!”[①] 对于同胞的死，“我”竟然冷漠到如此地步令人震惊，可对看杀人又热衷到如此地步，更加令人震惊！而更令人绝望的是，有这样看客心理的人不是“我”自己，而是有着一支庞大的队伍：青年、孩子、艺术家、“庄严”的国人……这些看客的身影，在《示众》中出现过，在《长明灯》中出现过，在《红灯》中出现过，在《水葬》中也出现过……无怪乎鲁迅看了这样的国人后会弃医从文，这样的国人，身体强健百倍又如何？精神已经死亡又如何能担负起启蒙者期许的明天呢?！对于国人的这种冷漠的看客心理，首先是和中国传统的农耕方式的闭塞有关，因为生产方式的闭塞，加上古代交通的不便利，农民的见识极其有限。再加上封建统治者别有用心的愚民政策，农民思想的落后程度是可想而知的。而越落后就越保守，加之森严的等级制度中，农民一直处于社会最底层，不仅在经济上

---

① 王鲁彦：《柚子》，《中国新文学大系·小说二集》，上海文艺出版社2003年影印版，第265—266页。

受人盘剥，政治上没有地位，且生活朝不保夕精神上的压力也是极大的，因而基本失去了对明天的希望，只能被动忍受生活中的一切，自然也对其他人的苦痛漠不关心。

在五四乡土写实作家笔下，乡民一方面是这样冷漠、无尊严地存在，可同时又矛盾地、盲目地“爱面子”。“面子”是中国人特有的文化心理现象，美国人明恩溥的《文明与陋习：典型的中国人》是西方世界最早关注中国人面子文化的专著，核心观点就是：“保全”面子是中国人的头等大事。中国传统的封建社会以家庭为基础构成，这就使得每个人的成就都与家族的荣辱密切相关，因此“面子”备受重视，成为中国人特有的文化心理。同时，因为中国乡民几千年来一直是卑微地存在着，不被尊重，因而更加重视“面子”，当渴求而不可得时，便以“精神胜利法”满足心理安慰。可以说，鲁迅笔下的阿 Q 的“精神胜利法”的描写是最为成功与深刻的，在鲁迅影响下走上乡土写实之路的作家们对于这种国民劣根性也有着针对性的批判。

阿 Q 的“精神胜利法”最为核心的一个表现就是：欺负比自己更弱小的人来显示自身的强大。阿 Q 的世界里可以挑战的人是比他更为弱小的小尼姑，或是力气没有自己大的小 D。在这样的过程中，阿 Q 既转移了被欺负的耻辱感又得到了欺负人的快感。同样，天二哥也是出于这样的心理打卖花生的小柿子，鼻涕阿二欺负小丫头海棠。他们没有能力与勇气去反抗强大的压迫者，只能把这种屈辱转嫁到更为弱小者身上，所以这种行为一遇到反抗时，阿 Q 们觉得人生最后的尊严都受到了挑战，以至于反应激烈。当人人如此时，便失去了同一阶级的同仇敌忾，更丧失了起码的同情心与人性。而当对象比自己强大无法逾越时，阿 Q 们便开始自我欺骗来获得精神上的满足：“老子先前……比你阔多了!”不然便是“儿子打老子”，有了这样的自我欺骗，人的进取心与反抗性便完全都被抵消了。而当自我欺骗的条件都不具备时，阿 Q 们还有最后一招：自我贬低。为了自保，阿 Q 被打之后自认是“虫豸”，阿长贼骨头偷钱后为求脱身的肮脏装死，鼻涕阿二在别人喊自己“贱小娘”时痛快的应声……

国民人人所爱的“面子”只是形式上的表现，乡民的“无主名无意识”的“暴力”行为才是国民灵魂深处的劣根性表现。王鲁彦的《柚子》中看客们的冷漠心理与热情围观，恰与杀人现场的残酷及其惨烈成鲜明对照；这种“看客心理”在鲁迅笔下多次提及，也在国民身上屡屡出现；许杰的《惨雾》展现了利益面前人与人之间的冷漠与暴力，而王鲁彦的《岔路》展现的更是赤裸裸的暴力。瘟疫蔓延，人们为了保命决定抬着关爷出巡。且不议此种迷信方法是否可行，关键在于吴家村与袁家村都因自私而想让巡游队伍先到自己的村子。此后的事态发展完全与保命无关，在瘟疫横行之际，两村人为了“面子”而投入械斗之中，反而遗忘了保命的初衷。这样的对于国民劣根性的批判，入木三分！

第三节 文化心理的距离
——启蒙者对乡民的“俯视”

乡土写实作家几乎均为土生土长于自己笔下的乡村，成年后离开家乡来到城市。在生存环境的巨大差异中，他们开始审视自己从前最为熟悉的乡民与乡村，关注他们除了肉体以外的精神上的痛苦与不幸。当他们震惊地发现，乡民们对于造成他们这种痛苦的各种因素不仅不排斥、反抗，反而在潜意识深处自觉地认同时，乡土作家们开始“俯视”乡民的生活，产生了巨大的文化心理的距离。

五四运动无疑是一场中国的启蒙运动，因此乡土写实作家也就自觉充当了思想启蒙与文化启蒙运动中的“先行者”：“在为广大人群所设立的保护者们中间，也总会发现一些有独立思想的人；他们自己在抛弃了不成熟状态的羁绊之后，就会传播合理地估计自己的价值以及每个人的本分就在于思想其自身的那种精神。”① 这些先行者们先于被启蒙者进入了启蒙状态，但是，由于思想启蒙的艰巨性，所以“先行者”为数不多：“只有很少数的人才能通过自己精神的奋斗而摆脱不成熟的状态，并且从

① ［德］康德：《答复这个问题：什么是启蒙运动》，《历史理性批判文集》，何兆武译，商务印书馆 1990 年版，第 24—25 页。

而迈出切实的步伐来。”① 由于大部分人都还处在未启蒙的蒙昧状态，并且摆脱这种状态非常之困难“任何一个个人要从几乎已经成为自己天性的那种不成熟状态之中奋斗出来，都是很艰难的。他甚至于已经爱好它了……”② 所以，在“先行者”与启蒙对象之间，就出现了难解的隔膜，这种隔膜既让“先行者”感到了启蒙任务的艰巨，又使二者之间的心理距离进一步加大。这在乡土写实小说中也多有表现。

王鲁彦的《一个危险的人物》中写了一位在外学有所成的学子子平归来，在乡村却掀起了轩然大波。因为子平在外面许多中学校、大学校里教过书，所以林家塘人对他另眼相待，想从他那里探听外面的新闻。可是，当乡民们的目光落到子平身上时，没有从那里得到他们想到或是朦胧的还没想到的好处，却看到了许多的隔膜。如子平的衣服不扣扣子，包括不拜访乡民都让林家塘人不满，进而引发好事的货郎从他的一张照片演绎出他有十几个妻子的版本；当这种审视的目光进一步延伸时，更加引发了乡民对于子平帽子戴法的不满、对其坐姿的不满、对其与乡民们截然不同的生活习惯的不满……这种不满越积越多，以至于从不与乡民们接触过多的子平竟然成了林家塘人心中的扫帚星，连带着他们对于共产党的不满都加诸在了子平身上，当这种互不理解的隔膜越来越深时，悲剧发生了：林家塘人联合想要夺取侄子财产的叔叔惠明先生，将子平作为共产党进行告发，最后他悲惨死去。在王鲁彦笔下，乡民们愚昧的不理解子平的生活习惯鲜明地表现出了两种人之间的隔膜，而这隔膜最深之处却体现于乡民们对于农协会为乡民们争取的“租谷七成”的做法的不解上。当“先行者”们努力对被启蒙者进行启蒙之时，招来的却是出卖与伤害。乡土写实作家们“俯视”乡民生活与心理，发现了这种巨大的文化心理的距离，笔端自然流露着一种悲凉。

对于这种文化心理的距离与隔膜，包括启蒙的“先行者”的悲哀，在鲁迅的作品中书写得最深刻。表达了启蒙者与被启蒙者之间的隔膜的

① ［德］康德：《答复这个问题：什么是启蒙运动》，《历史理性批判文集》，何兆武译，商务印书馆 1990 年版，第 24 页。

② ［德］康德：《答复这个问题：什么是启蒙运动》，《历史理性批判文集》，第 24 页。

是《药》与《明天》。当被启蒙者用启蒙者的鲜血来点亮微弱的希望时，实质已走向了绝望。然而，鲁迅作品的深刻之处在于，他没有在这种隔膜与文化心理距离面前止步，反而是开始了更为深入的启蒙探讨。当《祝福》中自信满满、一直俯瞰众生的启蒙者面对祥林嫂对于灵魂有无的诚恳的发问时，却不得不含糊其辞地仓皇躲去。这让我们看到了启蒙者对于改变被启蒙者的信仰及生存境遇的双重无力。

有人认为，鲁迅启蒙主义小说的价值在于他对于之前的维新变法与辛亥革命的启蒙进行了超越，也在于他成熟的小说艺术与深刻的主题，但其实，鲁迅之于启蒙的价值远不止于此，他的价值还体现在他对启蒙主体灵魂的挖掘与拷问、对启蒙自身的质疑上。

在直面被启蒙者的精神状态、描述他们荒原一样沉静的吞噬力方面，鲁迅的深刻是无人能及的。然而，更为深远的则是鲁迅对启蒙主体灵魂的挖掘与拷问上。在五四启蒙文学中，启蒙者一直以话语言说者的身份出现，对"失语"的被启蒙者保持着高高在上的姿态。然而，这种状态下的启蒙者与被启蒙者之间的隔阂是那么鲜明地存在着的：《药》中的革命者向被启蒙者宣传革命道理，得到的是一顿毒打；《故乡》中启蒙者"我"与被启蒙者闰土间的鸿沟永远无法逾越……当人们就此把目光聚焦到被启蒙者的麻木不仁时，鲁迅却敏锐地发现了启蒙者即启蒙主体自身灵魂深处的孱弱。在《祝福》中，启蒙主体"我"作为启蒙话语的言说者，一直对被启蒙的祥林嫂的愚昧与无知保持着人道主义式的同情与适度的高高在上，可就在二人的一场对话中，鲁迅却让启蒙主体暴露出了自身的困窘。祥林嫂在失去了生的基本条件与欲望之后，只向"我"问有关死的问题，这让以出门在外、见多识广为优越感的启蒙主体顿时失语，因为他发现自己以为懂了的一切都经不住三句问。启蒙主体的尴尬正是鲁迅对其灵魂的拷问，试想，连被启蒙者在启蒙范畴内的问题都回答不了，又怎样去改变被启蒙者生存的现实处境呢？进而在《伤逝》中，鲁迅对启蒙主体的拷问更为深刻。表面看来，子君是成功被启蒙了的对象，她在那样一个时代大声喊出："我是我自己的，谁也没有干涉的权力。"这无疑是启蒙主体对于启蒙客体的成功。然而，在被启蒙之后，子君周围的环境依然是那样的黑暗与桎梏，以至于启蒙主体与被启蒙者只能一起向着灭亡沉沦，这也无疑体现了启蒙主体灵魂的软弱，无法为被启蒙者提供强大的力量及出路。鲁迅对这一问题的洞察，让五四启蒙文学变得更为深刻。

此外，鲁迅一直没有停止过对启蒙自身的拷问。作为一个启蒙者，尽管鲁迅一直以启蒙为己任，不停地呐喊，然而他对于启蒙的成效却从未抱有乐观态度。就像在《呐喊〈自序〉》中鲁迅所说的，铁屋中熟睡的人虽然将会闷死，可因为是昏睡着死去的，所以感受不到悲哀。可是如自己一般的启蒙者却执意把人叫醒，又不能对这些人的处境施以援手，倒使他们承受了无穷的将死的痛苦。从中可以看出，鲁迅虽然为“启蒙主义”而写作，但对启蒙的前景并不乐观。《狂人日记》是鲁迅听将令的第一声启蒙呐喊，“狂人”在我们眼中代表了清醒了的启蒙者。然而，鲁迅却在小序中告诉了我们一个事实：狂人“病愈”，赴某地候补去了。这个“病愈”，说明“狂人”已经不“狂”了，也就说明他作为启蒙者的那种“清醒”已经消失，总的来看，这表明了启蒙的失败，启蒙者前途的渺茫。不独如此，鲁迅还对《狂人日记》中“将来是容不得吃人的人”这一启蒙的渺茫希望也提出了怀疑，因为这一希望是对于未来的预约，从鲁迅当时所处环境，并不能看出实现的希望。类似的质疑在《头发的故事》《药》等作品中反复出现，以至于有人据此认为鲁迅是反启蒙的。事实上，这完全是对启蒙的一种误读。“启蒙思想的特殊魅力和真正的体系价值，就在于理性的功用，就在于批判的力量，这正是它的真正新义所在。”[①] E. 卡西勒说：“启蒙哲学的特殊魅力在于它真正的体系价值，在于它的发展，在于它有鞭策自己前进的思想力量。”[②] 由此可见，鲁迅作为启蒙者对于启蒙的质疑与批判，批判了启蒙的自负，在某种程度上瓦解了启蒙的权威，使启蒙不至于走向自身的反面，这种对于启蒙的认识与卢梭非常相似，也远超过同时期的五四启蒙者，使五四启蒙小说达到了一个前所未有的深度。

综观五四时期启蒙先驱的启蒙主张，能够达到鲁迅这样高度的乡土

---

① 赵立坤：《论 18 世纪启蒙理性》，《湘潭大学学报》（社会科学版）2001 年第 6 期。

② ［德］E. 卡西勒：《启蒙哲学》，顾伟铭等译，山东人民出版社 1988 年版，第 1 页。

写实作家非常之少。尽管启蒙先驱仿效的是西方的启蒙运动，也希望如其一般成为一场卓有成效的思想革命，但由于对西方启蒙内涵的认识一直浮于表面，因此导致启蒙先驱一直以中国古代文化中的启蒙内涵为追求，认为启蒙是精英人物对于普通大众的启蒙，处于蒙昧状态的自我认识如何被克服这个至关重要的问题却经常被搁置，这种对启蒙的误解使先知先觉者逾越了启蒙主体的地位，造成了对启蒙的认知隔膜，以至于启蒙在中国时常陷于困顿与批判之中。

先知先觉者在启蒙中的越位表现于启蒙主体与客体对象的颠倒。由于启蒙的自我性，所以启蒙的完成最后必定是依赖于主体自身的。福柯在《什么是启蒙?》中曾指出："当一个人只是为理性而理性的时候，……当一个人作为理性的人类的一员而思考的时候，那时，理性的运用一定是自由和公共的。……当理性的普遍的、自由的和公共的运用相互重叠的时候，启蒙就存在了。"① 反之，当理性的私人运用与公共运用不能相互重叠，而是一方掩盖或压倒另一方的时候，启蒙便名存实亡了。这种启蒙观典型地见于孙中山的革命主张。他在谈到人民大众时强调："……是故民国之主人者，实等于初生之婴儿耳，革命党者即产此婴儿之母也。既产之矣，则当保养之，教育之，方尽革命之责也。此革命方略之所以有训政时期者，为保养、教育此主人成年而后还之政也。"②在孙中山眼中，人民大众是被启蒙者，是被启蒙、被开导的对象，应无条件地服从于先知先觉者。这是符合中国古代以来的启蒙内涵的——把"启蒙"视为一个被动的过程，由先知先觉者对蒙昧者进行开导，使其脱离蒙昧状态。但在西方启蒙的语境下来审视这种含义，便是典型的将理性的个人运用凌驾于公共运用之上，使其变成了对前者的无条件服从。"知识精英以民众的监护人自居，是一种反启蒙心态。"③ 先知先觉者以"保护人"自居，这恰是康德认为的尚未进入启蒙的状态："很多人，在大自然已经把他们从别人的引导状态下解放出来很久之后，还是乐于终

① ［德］米歇尔·福柯：《什么是启蒙》，汪晖、陈燕谷主编《文化与公共性》，生活·读书·新知三联书店 1998 年版，第 428 页。

② 孙中山：《孙中山选集》，人民出版社 1981 年版，第 181 页。

③ 邓晓芒：《20 世纪中国启蒙的缺陷》，《史学月刊》2007 年第 9 期。

身处于不成熟的状态，让别人轻而易举的就以他们的保护人自居，究其原因，乃是因为他们懒惰和怯弱。”① 康德认为“启蒙”就应该是脱离这种人类自我招致的不成熟状态。同时，康德认为自由是人类的本性，所以启蒙是必然的：“公众应该启蒙自己，却是很有可能的。实际上，只要他们被赋予自由，这几乎就是不可避免的了。”② 由于人生而自由，甚至是被逼而自由，所以启蒙是完全可能的。但同时人的自由大性的表现也有障碍，这就是人的另一重本性——懒惰和怯懦，而这也是只有通过启蒙主体自身努力才可以祛除的，因而启蒙只能是主体自我完成的过程，不能假手他人，不能通过他者启蒙来完成。中国五四的先知先觉者由于对西方启蒙真正内涵的肤浅理解与工具性利用，加之中国传统“启蒙”概念的误导，使他们混淆了启蒙的主体与客体，将理应实现自我启蒙的主体变成了启蒙运动的客体，将自身由引导者的身份变成了“保护人”，而这恰恰背离了启蒙的真义。

由于先知先觉者对自身定位的逾越，导致他们一直以“启蒙精神导师”身份自居，字里行间流露着高高在上的优越感，文学创作也一直存在着“化大众”的倾向，在作品中力图以对“人类之爱”与“自由爱情”的呼吁来表现自身的精神觉醒与个性解放，以此来唤醒广大民众，引导他们走出精神上的蒙昧状态。在冰心、叶圣陶、鲁迅、郭沫若等人的作品中，我们清晰可见的是一种心怀全人类的“人类之爱”：“新生的萌芽寓有你我的生命，也即寓有人类的生命。我们爱人类，——自己也在内——就应当爱这萌芽。”（叶圣陶《萌芽》）；“世界上的母亲和母亲都是好朋友，世界上的儿子和儿子也都是好朋友，都是互相牵连，不是互相遗弃的。”（冰心《悟》）这种“人类之爱”让我们看到了先知先觉者清醒的自觉意识，而“自由爱情”更在“五四”文学中随处可见，表达了启蒙先驱的真诚心声。最具有震撼力的是郁达夫的小说《沉沦》中主人公无半点隐讳的爱情宣言：“知识我不要，名誉我也不要，我只要一

---

① ［德］康德：《对这个问题的一个回答：什么是启蒙?》，《启蒙运动与现代性——18世纪与20世纪的对话》，徐向东、卢华萍译，上海人民出版社2005年版，第61页。

② ［德］康德：《对这个问题的一个回答：什么是启蒙?》，《启蒙运动与现代性——18世纪与20世纪的对话》，第62页。

个能安慰我体谅我的‘心’，一副白热的心肠！从这一副心肠里生出来的同情！从同情而来的爱情！我所要求的就是爱情！”这样的觉醒与个性解放，使五四启蒙先驱很快就站在了普通民众的前列，成为先知先觉者。他们在五四文学中对于这种自觉意识与个性解放的描写，就实现了康德所说的理性的私人运用，如果这种运用与理性的公共运用重叠，就会实现福柯所说的“启蒙”状态。但遗憾的是，我们看到的是先知先觉者在自身觉醒之后的逾越，他们对国民性的批判，对民众的爱恨交织的感情，无不体现出强烈的恨铁不成钢的“保护人”姿态，这样的启蒙努力恰使他们越来越背离启蒙的初衷与真义，不仅没有实现启蒙，还使得自身成为痛苦、彷徨、窘迫的“孤独者”。

田汉在剧作《咖啡店之一夜》中借主人公林泽奇的口说：“我不知道怎样寻找自己要走的路。……我苦痛得很！我寂寞得很！我不知道还是永久生的好，还是刹那死的好，还是向灵的好，还是向肉的好。”这是欲对他人启蒙而不能的“先知先觉者”对于生命的普遍感慨。郁达夫笔下的人物也始终是孤独、忧郁的：“当日光与夜月接触的时候，在茫茫的荒野中间，他向着混沌宽广的天空，一步一步的走去，既不知道他自家是什么，又不知道他应该做什么，也不知道他是回什么地方去的，只觉得他的两脚不得不一步步的放出去……”（《怀乡病者》）这种强烈的孤独感来自“先知先觉者”由于自身的逾越而造成的与启蒙主体的隔膜。鲁迅笔下的魏连殳本是一个“先知先觉者”，他接受的是现代的文明教育，试图把先进的意识带给大众。然而，在民众眼中，他是行为古怪的异类，双方始终处于一种对抗的状态之中，以至于他像一只孤雁，感到无限的孤独，时而又“流下泪来，接着就失声，立刻又变成长嚎，像一匹受伤的狼，当深夜在旷野中嗥叫，惨伤里夹杂着愤怒和悲哀”。与那飞了一圈又回来停在原地的苍蝇一般的吕纬甫一样，承受着地位逾越带来的隔膜与被孤立。

在五四启蒙文学中，对于社会人生的“病症”描述比比皆是。鲁迅不仅在《呐喊》自序里对自己“治病救人”的“医生”心态作了最为经典的说明，还在自己的作品中剖露了国人的各种病态，如肺痨的华小栓、癫狂的陈士成、抑郁的魏连殳、精神残疾的孔乙己……在这些表面的病症背后鲁迅是赋予了深刻的象征意蕴的。鲁迅以“医生”的眼光将这些病症作为落后的国民性的代表，以深切的表现及批判来引发国人的觉醒。这种病症描写表现出来的“医生”心态固然与鲁迅曾有的学医经历有关，但在中国五四启蒙文学史上并不是绝无仅有的。五四启蒙先驱在进行国民性批判时多以这种“医生”的心态来审视国民的落后与愚昧。胡适在批判国民的“自欺欺人”时将“不肯睁开眼睛看世界的真实现状”视为“人生的大病”“不可救药的大病”①；李大钊直指中国死气沉沉的现状“病全在惰性太深、奴性太深”②；以及周作人使用的“中毒”“流毒无穷”等五四启蒙先驱用了许多与“病”相关的语词构筑起了启蒙者国民性批判视野中的病态世界，在做出这样的权威诊断的同时他们也以“医生”的面目示人，其中的拯救意向直接而明确，这样的“医生”心态导致启蒙先驱的思维方式表现出了不容置喙的独断性，也是不容他者存疑的。

启蒙先驱在表述文学革命主张时，最常使用的句式便是具有强烈祈使意味与权威语气的“欲……欲……必……”“欲……非……不可……”“若要使……非……不可……”“欲……不得不……”的语句结构，以至于这种句式成了启蒙话语的流行模式，钱玄同、刘半农、胡适、陈独秀等人多次公开使用，显示出了不容辩驳的语义决断性。就如罗兰·巴特在《符号学原理》中指出的那样：“发出话语，这并非像人们常强调的那样是去交流，而是使人屈服。”③ 如康德所言，只要人是自由的，便可以实现启蒙。而五四启蒙先驱以“医生”姿态做出的对国民话语的权威判断，无疑剥夺了其他人的思考与言说的自由，其实质是反启蒙的。

不仅如此，启蒙先驱的思维方式也表现出了某种程度上的独断性。如前文所述，五四启蒙先驱言说时使用的是一种二元对立的心理模式，非黑即白，非光明即黑暗。金岳霖在分析这种逻辑思维模式时曾指出：

---

① 胡适：《易卜生主义》，《中国新文学大系·建设理论集》，上海文艺出版社 2003 年影印版，第 180 页。

② 李大钊：《新旧思潮之激战》，《每周评论》第 12 号，1919 年 3 月 9 日。

③ ［法］罗兰·巴特：《符号学原理》，李幼蒸译，生活·读书·新知三联书店 1988 年版，第 5 页。

"西方人长期所习惯的思维形式是希腊式的。希腊文化非常崇尚理智，其典型表现，就是坚决无情地或者把思想发挥到光辉的顶点，或者把它们归结为谬误。它赋予了后世西方哲学文化以一种令人钦羡的，为后来的思想家极为叹服的明确性。"[①] 这样的是与非二元对立的思维模式，在为"言说客体"提供了一定的判断依据后，即要求其在对立中做出明确选择。这样的逻辑思维，成了意图伦理的工具，充满了独断的意味。按照笛卡尔的理论，人生来就平等地具有理性的判断的能力，这样的启蒙话语的独断，与理性的基本内涵是相悖的，造成了与启蒙的实际背离。

---

① 金岳霖：《中国哲学》，转引自白云涛《酒神的欢歌与日神的沉咏———中西文学传统比照》，辽宁人民出版社 1990 年版，第 96 页。

第三章

浪漫抒情小说的启蒙书写

第一节　作为浪漫主义“精神之父”的启蒙思想家——卢梭

在18世纪的启蒙阵营中，卢梭无疑是十分重要的一员，同时也是特立独行的一员。当伏尔泰、狄德罗等人高举着科学与理性的旗帜向蒙昧与专制发起攻击时，卢梭却看到了理性的傲慢与专横以及理性自身固有的缺陷，科学不能促进人文精神的进步，理性也不能提升道德水准，因而仅靠理性的权威并不能实现人类社会的自由与解放；当理性成为权威，走向自己的反面时，人类会从一个枷锁走向另一个枷锁。面对这样的启蒙现实，卢梭提出了“回归自然”与“道德启蒙”的主张，这不仅使启蒙运动发生了重要的转向，影响了其后的康德和施莱尔马赫等人，还引发了19世纪席卷欧洲的浪漫主义运动，所以卢梭是当之无愧的“浪漫主义精神之父”。

一　理性框架内的“道德启蒙”

当启蒙运动为18世纪的欧洲带来了文明与进步之时，理性（主要是科学理性）就变成了人们的信仰。启蒙思想家坚信：当理性祛除人类心灵的蒙昧之后，就像牛顿用科学与理性解释了大自然一样，人们也可以用科学与理性去研究与阐释道德、宗教以及人们的社会生活，彼时，人们期待的正义、平等、自由、博爱便能实现。这种美好的愿景在启蒙运动之初确实有望实现，理性使人们摆脱了无知，在科学技术的发展中，人们又摆脱了贫困，于是，理性消解了人们对上帝的信仰，人们进一步以理性的自律及其带给科学的发展促成人类社会的进步。然而，宗教信仰消解之后，知识与物质文明的进步没有如愿带来社会道德水准的提高和人们精神世界的充实。理性——这一人类的新信仰，没有对社会进行道德建构，自然不能实现启蒙的根本目标，人类的自由与平等也就不能实现。尽管理性能够提高人的认知，并且这一功能无可比拟，但是并不能代替道德与情感。因为知识不能等同于道德，认知程度的提高也不能相应地使道德水平提高。卢梭作为启蒙运动的中坚力量，他清醒地在众人沉醉于理性之中时洞见了启蒙的这一隐忧。虽然在反对迷信蒙昧与封建专制制度上卢梭与启蒙运动是完全一致的，二者在精神特质上也是相同的，但在卢梭的成名作《论科学与艺术》中，他为人们展示了启蒙思想的另一面，指出了科学与理性对人的善良美好天性的扭曲，告诉人们善良意志与科学探索相比，善良意志具有更高的价值，进而提出了自己的“道德启蒙”主张，即通过“自然教育”保有人的自然本性，通过“回归自然”在启蒙内部展开对理性的启蒙。

在《论科学与艺术》引发各界关注之后，卢梭又发表了《论人类不平等的起源和基础》，批判了启蒙思想家用以建构社会的基础——私有制，并进一步阐述了自己的“道德启蒙”的主张。在这部引发了巨大争议的著作的第一部分中，卢梭指出了人类在进入文明社会之前所拥有的两种原始情感——怜悯心和自爱心的重要作用：“怜悯心是一种自然的感情，它能缓和每一个人只知道顾自己的自爱心，从而有助于整个人类的互相保存。”① 由于这两种原始情感的重要作用，所以它们就成了对人类最有益的一种美德。因为人的知识是来自外界，来自理性的认知的，但是人的情感，先天的情感却是存在于人的天性之中，这种情感“使我们在看见别人受难时会毫不犹豫地去帮助他。在自然状态下，怜悯心不仅可以代替法律、良风美俗和道德，而且有这样一个优点：它能让每一个

① ［法］卢梭：《论人类不平等的起源和基础》，《卢梭全集》第4卷，李平沤译，商务印书馆2012年版，第260页。

人都不可能对它温柔的声音充耳不闻。”① 卢梭认为，正是怜悯心使人类的自爱心得以控制，不至于发展到利己损他的程度，又让良心遵照自然的法则而遵守人类的道德准则。上述阐释，就让卢梭的“道德启蒙”观点初露端倪，而后卢梭又在《爱弥儿》中进一步对此进行了陈述：“我们之所以爱我们的同类，与其说是由于我们感到了他们的快乐，不如说是由于我们感到了他们的痛苦。”② 很明显，这是因为怜悯心所起的作用；“因为在痛苦中，我们才能更好地看出我们天性的一致，看出他们对我们的爱的保证，如果我们的共同的需要能通过利益把我们联系在一起，则我们的共同的苦难可通过感情把我们联系在一起。”③ 这种情感纽带，让人们的内在良心成为人的向导，这样服从自然的感情，人类的道德就不会让人偏离人生的正确方向。

与之相反的是，当人们被野心驱使而产生聚敛财富的狂热时，损人利己的阴谋与嫉妒便生发出来，从而使人类的道德水准越来越低。就这样，理性的发达使人们能够忽视内在的情感与道德，隔绝良心的谴责，进而在物质进步的同时使得精神世界荒芜。在《新爱洛伊丝》中，源于最纯真的自然情感的爱情还与代表社会文明的等级社会发生了冲突，进一步破坏了人与人之间的和谐相处。所以《爱弥儿》中所描述的这种建立在人类原始情感基础上的道德在卢梭看来就是拯救启蒙理性走向自身的反面的有效武器。卢梭对于情感充分重视，直接影响了浪漫主义者，成为浪漫主义“情感至上”主张的源头。

需要特别指出的是，尽管卢梭强调道德情感比理性更重要，但他并不认为道德情感可以代替理性。在他看来，社会的和谐不仅需要情感与良心做基础，同样也需要理性所建立起来的法律与规范。尽管如此，他对于道德情感的高扬依然先后招致了伏尔泰、罗素等人的激烈指责与反对，罗素认为卢梭此举是为了推翻与宗教对立的启蒙理性。事实上，卢

---

① ［法］卢梭：《论人类不平等的起源和基础》，《卢梭全集》第4卷，李平沤译，商务印书馆2012年版，第260页。

② ［法］卢梭：《爱弥儿》，《卢梭全集》第6卷，李平沤译，商务印书馆2012年版，第347页。

③ ［法］卢梭：《爱弥儿》，《卢梭全集》第6卷，第347页。

梭并不是反对与宗教对立的理性，而是反对天启神学："在反对天启神学上，卢梭与以百科全书派为代表的启蒙思想主流站在同一个立场。"[①] 并且，卢梭是信赖理性的，这是一个启蒙思想家的根本特质所在。所不同的是，卢梭反对以理性来压制人性和人的道德情感，反对理性的话语霸权。他的批判针对的是理性的自负，以防理性走向自己的反面，而不是一般意义上的否定理性。"他们也研究人的天性，其目的，是为了将其作为夸夸其谈的谈资，而不是为了对人的天性获得真知；他们高谈阔论，为是的教训别人，而不是为了吐露他们的心声。"[②] 在卢梭看来，理性之光烛照了一切黑暗，唯独忘记了照亮自己。卢梭发现了启蒙理性自身的这种固有局限而展开了严峻的批判，这种批判对后世影响深远。

但是，尽管卢梭对理性批判是极为深刻的，却并没有使这种批判走向反理性主义或是非理性主义，因为这种对于理性的批判本就是启蒙课题中应有之义，这种批判来源于启蒙理性自身的辩证发展，对后世的康德等人影响极为深远。

二 "回归自然"与浪漫主义

作为"浪漫主义之父"，卢梭对于浪漫主义来讲意味着什么？也许下面这段陈述能够给我们一定的答案："浪漫运动是何意？……简言之，19 世纪对 18 世纪之反叛，或更精确地说，乃是 1760—1859 年对 1648—1760 年之反叛。以上浪漫运动的高潮阶段，于卢梭和达尔文期间横扫欧洲。几乎所有这些要素皆从卢梭找到根据。"[③] 威尔·杜兰将浪漫主义运动定义为从情感到制度的一系列反叛，并认为这些反叛的要素都是可以从卢梭身上找到依据的。事实上，作为启蒙运动的一员，卢梭同样属于新的浪漫主义时代，他的理性式浪漫主义开启的浪漫主义源流，不仅有理智，还有情感，而且这种情感还被确立为信仰。

---

① 刘莘：《卢梭与启蒙理性批判》，《重庆师范大学学报》2005 年第 3 期。

② ［法］卢梭：《一个孤独的散步者的梦》，《卢梭全集》第 3 卷，李平沤译，商务印书馆 2012 年版，第 46 页。

③ ［美］威尔·杜兰：《卢梭与大革命》，《世界文明史》第 10 卷，台湾幼狮文化公司译，东方出版社 1999 年版，第 1403 页。

在18世纪运用理性认知世界的大潮中，卢梭却引导人们认知自己内心的感觉，是被概括为“我感故我在”。在《爱弥儿》中，卢梭强调了人体五种感官感觉之外的“第六个感觉”的培养，认为几种感觉的配合会使人产生观念，这与启蒙运动信奉的洛克的感觉论有所不同。卢梭认为凭借直觉的第六感比理性的认识更为清晰，在这个基础上，他把情感作为判断事物的标准：“在我进行了从无他人进行过的最真诚和最专心的探索之后，我终于制定了我这一生应当奉行的准则。”① 卢梭的这种选择在审慎的思考之后，因此并没有脱离启蒙理性的框架。

在以情感为信仰确立后，卢梭剖析了启蒙理性的不足之处，即在于它对自然人性的扭曲，因此提出要“回归自然”。这个观点曾经遭到伏尔泰尖刻的嘲笑，说他想让人类回到“四肢爬行”的年代。但是，卢梭本人对于“回归自然”的阐释，只是说那是一个人人平等、最能保持平和与自由的状态。这种状态并非一种现实或过去时的状态，而是可能从未有过的、未来也不会有的一种理想状态，是建立理想的启蒙社会的一个参照，因而只是理论假设而已。卢梭希望通过“回归自然”这种方式，解放被理性奴役的人性，实现人的自由的启蒙目标。

卢梭“回归自然”的倡导与对大自然的讴歌、对天人合一的情感活动的描写，为欧洲浪漫主义文学开辟了一个新的方向。卢梭认为自然能最大限度地保有人的自然天性，是以对自然风光无限喜爱，在这样人与自然和谐一体的“天人合一”的境界中，人的情感会得到升华，因此人会更加心情愉快。卢梭对于自然的热爱，对于自然风光的描写，深深影响了其后的浪漫主义。英国的湖畔派成为这种倾向的突出代表。他们比卢梭更加迷恋大自然的湖光山色，以此来逃避法国大革命的血腥与对资本主义工业化社会的厌倦。他们的诗歌，有着对于现实社会的弃绝，更有着卢梭式的孤独与沉静。从中我们更可见出卢梭对于浪漫主义的影响之深刻。

卢梭的这种“回归自然”的情感取向，直接影响了其后的浪漫主义

---

① ［法］卢梭：《一个孤独的散步者的梦》，《卢梭全集》第3卷，李平沤译，商务印书馆2012年版，第53页。

作家或诗人的创作。浪漫主义者们也像卢梭一样向往回归自然，所以越是原始的景色或者是自然的状态就越受到他们的重视，在他们笔下，自然不仅风光迷人，而且有着神秘的力量及象征意蕴，一切远离资本主义城市文明的事物都成了他们最为喜爱的题材。浪漫主义者们出于对资本主义工业文明和城市文化的厌倦，远遁于湖光山色之间，畅享自由心灵的飞升。这种特质也深深影响了日后欧洲文学的走向，有着十分重要的意义。

卢梭认为理性与“回归自然”相结合具有更加强大的力量，因此他的主张依然是想要通过学习自然的状态来抵制启蒙理性的独断，通过道德启蒙与情感来克服启蒙理性内心的局限，最终实现启蒙理想。

第二节　浪漫主义与启蒙主义的关系

“浪漫主义”这个词起源于中世纪法语中的 Romance（意思是“传奇”或“小说”）一词，但是作为一个概念既为人熟知却又令人难以定义。在法语中，“浪漫的一词是野性的，非常态的，冒险的——特别是感伤的事情”①；在英语世界中，使用的是亚里士多德的“神奇的而不是可能的”这一意义，认定浪漫主义为非古典的；但在德国早期浪漫派那里，浪漫主义却并不仅仅是指包括诗歌、小说、戏剧在内的文学表达形式，也不简单指一种文学思潮或流派，它有着更深层次的含义，就如平森所言，在德国，它已经成为“一种统括一切的、无所不包的世界观”②。“浪漫主义自问世之初就不是单纯的文学现象。它犹如一股浩瀚的思想湍流，将文学（诗歌）、艺术（绘画、音乐）、哲学、史学、法学以及政治经济学，全部席卷了进去。”③ 这场以决绝的启蒙批判之姿出现的运动，并非如它所宣称那般与启蒙运动、理性做了完全彻底的决裂，反而是与启蒙主义有着割舍不掉的联系：

① 朱寿桐等：《中国现代浪漫主义文学史论》，文化艺术出版社 2002 年版，第 5 页。

② ［美］科佩尔·S. 平森：《德国近代史》（上），范德一等译，商务印书馆 1987 年版，第 63 页。

③ ［俄］加比托娃：《德国浪漫哲学》，王念宁译，中央编译出版社 2007 年版，第 1 页。

“浪漫文学并非横空出世，在某种意义上，启蒙运动就是它产生的土壤和自我定位的参照。”① 确实，启蒙主义自身所拥有的批判原则与理性所蕴含的自我批判的力量，催生了浪漫主义。浪漫主义是18世纪启蒙运动中思想、价值观等持续演进变化的结果。所以，浪漫主义既有对启蒙主义反动的一面，又有对启蒙主义自身固有局限进行丰富和补充的一面。在这样的背景下，探究早期浪漫主义与启蒙主义的关系，会加深我们对启蒙主义的理解。②

一　浪漫主义对启蒙主义的继承

浪漫主义与启蒙主义是一种继承关系。当然，这种继承不是简单的承续，而是一种反思。拜泽尔说过：“就像一只凤凰，启蒙运动被它自己的火焰消耗殆尽，浪漫主义从它的灰烬中诞生出来。”③ 早期的浪漫主义表面看来是对启蒙运动持对立态度的，拜泽尔指出：“在这段早期的岁月里，大多数年轻的浪漫主义者对启蒙运动……采取了一个对立的观点，发展了他们对待启蒙运动的态度。”④ 但是，梅奥认为早期浪漫派的创作中有两种重要特质：“人文主义的悲悯和感伤的道德情怀”，据此他认定早期浪漫主义是启蒙思潮的延续。浪漫主义与启蒙主义之间的微妙、复杂关系绝不是一个简单的对立能够概括的。启蒙主义曾经是欧洲知识分子关于人类社会的美好愿景，但当“理性”取得了绝对胜利之后建立起来的资产阶级专政的政体却与当初启蒙学者的“华美约言”相去甚远，也与启蒙运动最初的美好理想相背离，由此导致了18世纪末欧洲各国普遍的失望情绪。浪漫主义就是在这样的背景下产生的，并且对于启蒙所

---

① 刘慧儒：《德国文学史》第3卷，译林出版社2007年版，第51页。

② 浪漫主义共有三个发展时期，拜泽尔认为，浪漫主义经过三个发展时期之后越来越保守，从整体来看，浪漫主义与启蒙主义之间错综复杂的关系体现得最为充分的就是早期浪漫主义，所以本书也以早期浪漫主义为切入点来探究其与启蒙主义的关系。

③ [美] 弗雷德里克·C. 拜泽尔：《早期浪漫主义和启蒙运动》，[美] 詹姆斯·施密特编《启蒙运动与现代性——18世纪与20世纪的对话》，徐向东、卢华萍译，上海人民出版社2005年版，第337页。

④ [美] 弗雷德里克·C. 拜泽尔：《早期浪漫主义和启蒙运动》，[美] 詹姆斯·施密特编《启蒙运动与现代性——18世纪与20世纪的对话》，第328页。

导致的现代性的危机进行了深刻的批判，以反启蒙运动之姿登上历史舞台。然而，浪漫主义在貌似决绝的与启蒙主义的对立之中，对启蒙主义的武器之一——批判主义是认同并继承了的。

启蒙运动的批判主义的思想基础是笛卡尔的怀疑论。笛卡尔认为已有的观念和结论是不可靠的，要对一切表示怀疑——我思故我在。受此精神影响，“18 世纪喜欢自称为‘哲学的世纪’，也一样喜欢自称为‘批判的世纪’。这两种说法不过是对同一情况的不同表述而已；其目的是从不同的角度刻画出那渗透了启蒙时代并造就了伟大的启蒙思潮的基本精神力量的特征”①。在对理性的执着追求中，启蒙主义赋予了理性批判一切的权利，上至宗教下至世俗的王权，一切都必须放到理性的法庭上重新审判，“理性只会把这种敬重给予那经受得住它的自由而公开的检验的事物”②。这种建立在理性前提下的批判的原则在 18 世纪发挥了巨大的功效，使一切既定的秩序被重新审视，从而为人们开辟了思维的新天地，所以不仅是康德一类的启蒙思想家们拥护的，也得到了早期浪漫主义者的赞同：“诺瓦利斯、荷尔德林、施勒格尔和施莱尔马赫都高度重视批评的力量，因为他们认为批评对一切哲学、艺术和科学都是必不可少的。”③这种坚定的批判主义实质是启蒙运动理性主义的核心，使启蒙从质疑宗教、王权开始，进而质疑 17 世纪盛行的哲学体系，直至质疑启蒙运动之前的思维方式。所以说，建立在理性前提之下的批判主义使得启蒙主义建立了全新的思维世界，形成了独特的“理性王国”，也因此让启蒙主义为浪漫主义的产生创造了必要条件，成为其产生的前提。浪漫主义继承启蒙主义的这个批判的传统，始终坚持怀疑论这一启蒙运动的精神内核。不仅如此，浪漫主义者还将批判主义当成是反抗社会规范压迫的一种武器。当浪漫主义者对启蒙理性建立的代表资产阶级工业文明的所谓“理

---

① ［德］E. 卡西勒：《启蒙哲学》，顾伟铭、杨光仲、郑楚宣译，山东人民出版社 1988 年版，第 224 页。

② ［德］康德：《纯粹理性批判》，邓晓芒译，人民出版社 2004 年版，第 3 页。

③ ［美］弗雷德里克·C. 拜泽尔：《早期浪漫主义和启蒙运动》，［美］詹姆斯·施密特编《启蒙运动与现代性——18 世纪与 20 世纪的对话》，徐向东、卢华萍译，上海人民出版社 2005 年版，第 333 页。

性王国”感到绝望之时，批判主义便成了他们对于现存制度文明抗争的利器，成了他们实现“自我权利”的可能途径之一。浪漫主义对启蒙运动这一思想武器的继承，使得它不仅在方法上借重于启蒙运动，且受益良多。所以，没有对启蒙运动的继承与倚重，浪漫主义这一潮流是不可能拥有那样的地位的。

然而，浪漫主义对于启蒙主义的批判原则不是简单继承，而是在此基础上进行了长足的发展——他们开始追问理性前进的方向，更把这种怀疑与批判引向了作为启蒙主义核心的理性之上：“如果理性能够批评天上和地上的一切东西，难道它不应该也批评自己吗？”① 这种对理性的批判使得浪漫主义比启蒙主义走得更远。当启蒙运动如霍尔海默与阿道尔诺所言那样，由于理性的专断而使其走向了自身的反面，从而使启蒙蜕变为新的神话时，启蒙的困境与危机便出现了。启蒙主义一直用“理性”来宣布保证人类的自由，然而它在强调正义与平等的同时却试图用资产阶级的道德和法律义务来规范人的权利与自由，在对人的平等权利进行肯定的同时，又以“理性王国”的政治形式来规定公民所应尽的义务……这样，理性成了人类的新枷锁，将人限制在了有限的自由之中。在这样的背景下，浪漫主义运动以“反理性主义”的面目出现，一方面是对启蒙主义的“理性至上”到绝对地步趋向的一种修正，另一方面又通过对理性本身的批判将启蒙主义一直以来的批判原则贯彻到底，并试图通过这种方式将人类的自由深入到情感的领域，以消解启蒙运动由于自身张力所带来的危机。

二　浪漫主义与启蒙主义在某种程度上的对立

当启蒙蜕变为“理性的神话”时，新的信仰带给世界的不是自由的王国，却是一个神性世界被理性湮没的废墟。所以，卢梭憎恨带来这一切的工业文明，试图让人类回到“自然的状态”；尼采大声疾呼“上帝死

---

① ［美］弗雷德里克·C. 拜泽尔：《早期浪漫主义和启蒙运动》，［美］詹姆斯·施密特编《启蒙运动与现代性——18 世纪与 20 世纪的对话》，徐向东、卢华萍译，上海人民出版社 2005 年版，第 334 页。

了”；海德格尔只能在想象中实现“诗意的栖居”……这样一个充满欲望的功利世界让许多人对“理性王国”失望至极，浪漫派在理性与科学导引下的资本主义工业文明中感受不到生活的诗意，也无法忍受整个世界与神秘、象征渐行渐远，所以，浪漫主义想要用唯美主义来取代启蒙运动的理性主义，用审美教育来完成对人民道德水准的提高。在18世纪欧洲普遍酝酿的对启蒙运动绝望的情绪下，19世纪的人们思想意识开始发生了转变：“他们不再相信世上存在着普适性的真理，普适性的艺术正典；不再相信人类一切行为的终极目的是为了除弊匡邪；不再相信除弊匡邪的标准可以喻教天下，可以经得起论证；不再相信智识之人可以运用他们的理性发现放之四海皆准的真理。人们转变了他们的生活态度和行动理念。的的确确，一些转变发生了。”① 对于发生了这种转变之后的人们，刘小枫描述为：“他们始终追思人生的诗意，人的本真情感的纯化，力图给沉沦于科技文明造成的非人化境遇中的人们带来震颤，启明在西方异化现象日趋严重的惨境中吟痛的心灵。”② 缘何经过这样的变化后浪漫主义如此重视唯美主义呢？即是因为早期浪漫主义者重视艺术的功能。

启蒙运动的困境证明启蒙理性不能完全实现启蒙的理想，浪漫主义开始寻找能够使政治、社会与文化复兴的手段，用以挽救启蒙运动在道德、政治、理想等方面的失信，艺术因此被作为教育的主要工具而受到了充分的重视——这是席勒在《审美教育书简》中提出的论点。浪漫主义者对于艺术审美的研究有着康德的明显影响，但他们更为赞同的是席勒的“审美教育”观点。席勒认为：“只有艺术才能把人性的各种分离的力量统一起来，才能向人性提高一个美德模型，才能鼓舞人民行动起来。”③ 席勒所提倡的唯美主义，其实质是用审美来教育人类，在让人们

---

① ［英］以赛亚·伯林：《浪漫主义的根源》，吕梁等译，译林出版社2011年版，第20页。

② 刘小枫：《诗化哲学》，山东文艺出版社1986年版，第11页。

③ ［美］弗雷德里克·C. 拜泽尔：《早期浪漫主义和启蒙运动》，［美］詹姆斯·施密特编《启蒙运动与现代性——18世纪与20世纪的对话》，徐向东、卢华萍译，上海人民出版社2005年版，第333页。

拥有审美的能力之后，一步步去追求美，最后达到浪漫主义者们所向往的美的自由境界。浪漫主义者在资产阶级政权中感到普遍失望，他们的理想是建立真正的共和国，人民就是这一政体的基石，人民应具备与此相应的崇高的道德理想，因此对人民的教育至关重要。浪漫主义者试图用审美直观来避免启蒙主义的理性工具论，他们不赞成启蒙主义对于“有用和适用”的追求，因为这在本质上是一种功利追求，而对艺术审美的追求则可避免上述弊端。因此与柏拉图对于诗人的诘难不同，浪漫主义者赋予了艺术巨大的重要性，甚至想为艺术家加冕：“除了那位艺术家之中的艺术家，那位把国家当作舞台的一出巨型戏剧的导演外，谁是最好的君主呢?”① 年轻的浪漫主义者与启蒙主义者一样具有某种程度上的精英意识，他们认为理想的国家中应该是由受教育者来支配未受教育者，教育变得至关重要。同时，他们又赞同席勒的观点，认为审美教育是教育的重中之重。这样，艺术就变成了他们实现政治理想的手段，成为他们解决启蒙困境的手段。事实上，浪漫主义的目标在某种程度上与启蒙运动是一致的，所不同的在于浪漫主义把艺术——审美教育当成实现教育目标的重要途径，更加重视唯美主义，这与浪漫主义对情感的重视也是一致的。

三　浪漫主义对于启蒙主义的补充与超越

情感与想象对于理性的补充，使浪漫主义完成了对于启蒙主义的互补与超越。浪漫主义不仅用唯美主义、自由和美取代了启蒙主义的功利，还用情感的权威替代了理性的权威。在文学批评领域有关浪漫的描述中，情感与想象是出现频率最高的关键词汇。“浪漫主义核心的样式是强烈的激情，它的关键词汇是想象。”② 浪漫主义承认人性存在诸多因素，但认为其中更重要的是情感。罗素在《西方哲学史》中这样描述了浪漫主义

① ［美］弗雷德里克·C. 拜泽尔：《早期浪漫主义和启蒙运动》，［美］詹姆斯·施密特编《启蒙运动与现代性——18 世纪与 20 世纪的对话》，徐向东、卢华萍译，上海人民出版社 2005 年版，第 331 页。

② 转引自赵立坤《卢梭浪漫主义思想研究》，中国社会科学出版社 2008 年版，第 47—48 页。

者："他们喜欢奇异的东西：幽灵鬼怪、凋零的古堡、昔日盛大的家族最末一批哀愁的后裔、催眠术士和异术法师、没落的暴君和东地中海的海盗。"① 在这些奇异的形象背后，共同的是浪漫主义者那冲决理性束缚、喷薄而出的炽热情感。浪漫主义者惯于在远离理性社会的所谓现代文明的大自然之中表现这种情感，这一方面体现了他们对于理性指导下的现代城市文明的厌弃，另一方面也体现了他们对于大自然的热爱与向往。在无限神秘的自然之中，在大自然不经意显露的威力之中，理性与情感的冲突越发激烈，情感的喷薄而出也就愈加动人。夏多布里安在自己的成名作《阿达拉》中描述了这种壮观的自然景象："这景象多可怕，多雄伟！霹雳一声，森林着火，林火像颗燃烧着的彗星在蔓延，火柱浓烟直冲云霄，而雷声闪电又向大火猛袭。天神将群山变成一团漆黑，昏乱混沌中，狂风在喧嚣，森林在呼啸，猛兽在嗥叫，野火在燃烧，阵阵迅雷尖叫着没入波涛。"② 在这样的自然异象中，浪漫主义者的情感冲出理性的束缚，现代文明社会的一切约束都消失不见了："天神知道！此时此刻，我眼里唯有阿达拉，我心中只念着她。"③ 而且，不唯来自现代文明社会的人如此情感至上，便是内心信仰极为虔诚的阿达拉，也在此刻再难束缚住情感，一切理性在这样炽烈的情感面前都失去了力量与色彩，情感成了浪漫主义者最以左右人类行为的权威。

与之不同的是，在18世纪，理性是至高无上的，因而情感处于理性的从属地位。启蒙文学中的情感描写，基本是处于清晰冷静的叙述之中。情感在启蒙主义者笔下，从来都不能对于理性产生任何动摇与威胁。产生于这样的时代背景下的浪漫主义，本身即承载着理性主义的信念与智慧，因此浪漫主义者并不反对理性本身，他们所反对的只是把理性当成一种主义绝对化后带来的理性的专横。理性与情感的并行不悖才是浪漫主义兴起的实质与关键，而浪漫主义以自己特有的方式表现了人类在抒发情感方面的想象力，这种想象力的伟大历史功绩在于："唯理

---

① ［英］罗素：《西方哲学史》（下），马元德译，商务印书馆1976年版，第217页。

② ［法］夏多布里安：《阿达拉·勒内》，时雨译，外国文学出版社1983年版，第41页。

③ ［法］夏多布里安：《阿达拉·勒内》，第41页。

主义和经验主义以为大功告成的17—18世纪，浪漫思潮在历史的沉沦中却应运而生了。它与以数字和智性为基础的近代科学思潮拼命抗争，竭力想挽救被工业文明所湮没了的人的内在性，挽救被数学性思维浸渍了的属于人的思维方式。"① 而这种情感与想象力的特质则来自浪漫主义的"精神之父"——卢梭。这种非理性的情感与想象力在其后的浪漫主义文学中得到了长足的发展："浪漫主义对人类意识的兴趣受到一种全新的强烈的自我意识、一种对人类自我的复杂性质的关注的刺激，而且相对不那么受科学观点的限制。情感和想象而不是理性和知觉，是至关重要的。浪漫主义关注的新的重点，不仅涉及人类灵魂中的尊贵和崇高，而且涉及其中的反面和阴暗，还涉及邪恶、死亡、魔鬼性和非理性等。在理性科学的乐观的、明确的眼光中，这些主题普遍受到了忽视，现在却给布莱克和诺瓦利斯、叔本华和克尔凯戈尔、霍桑和梅尔维尔、爱伦·坡和波德莱尔、陀思妥耶夫斯基和尼采的著作以灵感。"②

有学者将启蒙主义与浪漫主义分别比成"光"和"夜"，光即为启蒙的理性之光，夜是浪漫主义神秘的夜。"光"与"夜"相共使得人们看到了情感与想象对于理性的补充。人类社会不仅需要理性的规范，更加需要心灵与情感的自由，在这规范与自由的二律背反之中，启蒙主义与浪漫主义分别扮演了各自的重要角色，二者间的互补与结合，才会使人类社会向着健全的方向发展。

第三节　五四启蒙运动中的浪漫主义

尽管中国现代的浪漫主义也如同欧洲一般是个概念复杂又很难说清楚的问题，但它在当时，却如郑伯奇所说，风靡了全国的青年人。深受西方浪漫主义影响的中国现代浪漫主义思潮，在五四启蒙运动中迅速发

---

① 刘小枫：《诗化哲学》，山东文艺出版社1986年版，第5—6页。

② ［美］理查德·塔纳斯：《西方思想史》，吴象婴等译，上海社会科学院出版社2007年版，第405页。

展壮大，成为影响深远的文学流派。虽然在发展力度与规模上中国现代浪漫主义思潮无法与欧洲相比，但是依然在五四启蒙运动中表现出不同于欧洲浪漫主义的许多特质。

一 五四启蒙运动中的中国现代浪漫主义

欧洲启蒙运动中高扬了个人主义与主体意识，五四启蒙运动也同样唤醒了部分国人的个性意识，所以郁达夫说："五四运动，在文学上促生的新意义，是自我的发见。"① 但这种"自我的发见"与欧洲浪漫主义思潮有着不同的发展历程。欧洲一直有着悠久的人文传统，从古希腊"正常的儿童"起，欧洲文学的"两希"传统分别代表着感性与理性在欧洲历史发展中此消彼长又交互相融。经过漫长黑暗的中世纪神学压迫后，人文主义自文艺复兴起得以重新发扬，并经过启蒙运动将人的理性发挥到极致。如前文所述，当启蒙理性发展为一种理性的专断时，它就为自己"锻造了推翻自己的武器"——浪漫主义。从源流上看，浪漫主义直接产生于启蒙运动，却又把启蒙主义当成自身的超越对象。从这样的发展历程可以推断的是，浪漫主义在产生之前经历了理性的充分发展，因此它的情感与理性是并行不悖的，并且浪漫主义将自由深入到了情感领域，高扬主体精神，全面解放人的身心。对此，史雷格尔认为："唯有它（浪漫主义的诗）是无限和自由的，它承认诗人的任凭兴之所至是自己的基本规律，诗人不应当受到任何规律的约束。"② 浪漫主义产生于启蒙运动的土壤，当启蒙走向理性的专横而无法满足人的自由需求时，浪漫主义应个性主义的发展趋势而生，将自由变成了自己的本质。

对于浪漫主义的这种自由本质，雨果在浪漫主义的宣言书《〈欧那尼〉序》中阐释道："如果只从战斗性这一个方面来考察，那末总起来讲，浪漫主义，其真正的定义不过是文学上的自由主义而已。……在不

---

① 郁达夫：《五四文学运动之历史的意义》，《郁达夫全集》第6卷，浙江文艺出版社1992年版，第89页。

② ［德］弗·史雷格尔：《片断》，外国文学研究资料丛刊编辑委员会编《欧美古典作家论现实主义和浪漫主义》（二），中国社会科学出版社1981年版，第382页。

久的将来，文学的自由主义一定和政治的自由主义能够同样地普遍伸张。”① 此后，雨果将浪漫主义作为战斗的武器，用以争取人的自由解放。尽管有着一定的时差，但当欧洲浪漫主义传入中国之后，五四启蒙先驱们也认识到了它的自由本质。鲁迅在《文化偏至论》中指出19世纪文学作品的主人公有着与以往不同的特征，即多为个性主义者。所以他在寻找西方的“精神界之战士”的时候，直接呼唤的是西方的摩罗诗人，表明了对于浪漫主义自由本质的认知。但是，中国的五四启蒙运动没有如欧洲启蒙运动一般经历过理性成长的充分过程，启蒙理性在五四运动中未能得到充分的发展，因此与欧洲启蒙运动中理性所面临的困境情况有所不同。并且，中国几千年来的实用理性观念阻碍了欧洲启蒙的工具理性的发展，所以欧洲浪漫主义与启蒙主义之间错综复杂的关系，在五四启蒙运动中表现的简单得多，情感与理性之间的纠结也逊色许多。

五四启蒙运动的理性精神体现在其“立人”的原则上。为了反对封建的实用理性对于情感、个性以及欲望的压制与妖魔化，五四启蒙运动着力解放个性，还情感以自由。这与浪漫主义对情感与自由的追寻不谋而合，因而五四启蒙运动促成了浪漫主义在中国的兴起。不仅如此，当五四启蒙运动将个性解放推动为一种社会思潮的时候，就为许多充满着反叛精神的作家（如鲁迅等人），提供了广阔的成长空间，又以同样的原因促成了接受浪漫主义的读者群的形成，因此某种程度上可以说是五四启蒙运动催生了中国的现代浪漫主义。

但是，在五四启蒙运动中，尽管启蒙先驱们已经在接受“科学”“民主”的观念的过程中开始追寻启蒙理性，也因欧洲浪漫主义思潮的影响意识到了自由的价值，在“人的发见”与“个性解放”现有程度的限制下，当时的启蒙主义者或是最初的浪漫主义者还没能将这种浪漫主义的“自由”本质真正深入到情感生活中去，变成情感的指归。所以，在五四启蒙运动中的浪漫主义，多数处于理性与情感的脱节状态，理性意识到封建观念之腐朽，而在实际的情感生活中却很难将心灵与情感自由放飞，

---

① ［法］雨果：《〈欧那尼〉序》，外国文学研究资料丛刊编辑委员会编《欧美古典作家论现实主义和浪漫主义》（二），中国社会科学出版社1981年版，第134—135页。

是以浪漫主义者经常一面大声疾呼自由，另一面却于生活中做了封建观念的牺牲品；一面非议旧有思想观念的落后，另一面却于潜意识中暗暗成了旧观念的帮凶，终究是缺少了欧洲浪漫主义者恣肆奔放的勇气。当“恶魔派”诗人拜伦借《唐璜》之口表达强烈的反抗精神时，带给当时的中国文人的震撼可想而知。鲁迅对于这一派诗人的欣赏、介绍与评价，都体现在他的《摩罗诗力说》中。

鲁迅是一位卓越的启蒙思想家。他肯定科学对于推动人类社会的重要意义时又对科学至上主义十分警觉，所以他提出了“掊物质而张灵明”的主张，在《文化偏至论》中鲁迅揭示了科学至上主义与物质主义为人类社会带来的巨大弊端，导致的精神文明的低落。这种批判与欧洲浪漫主义思潮对于启蒙理性的批判暗合，是以鲁迅的启蒙思想促进了他的浪漫主义思想的生发，其“立人”原则的提出更让他进一步确定了浪漫主义美学思想的形成。汪晖对此评价为：“人的独自性作为一种内在尺度构成了鲁迅浪漫主义文学思想的根本依据，鲁迅的浪漫主义精神与其说是文学性的，不如说是哲学性的。”① 汪晖对鲁迅具有的这种浪漫主义精神特质的肯定，更加印证了五四启蒙运动与中国现代浪漫主义思潮之间的内在联系。

到了五四运动后期，由于社会革命掀起的“救亡”狂潮“压倒”了启蒙，所以对于启蒙前景感到悲观的五四启蒙先驱者们普遍陷入了苦闷与彷徨之中。一方面，被启蒙唤醒的个性与自我令他们无法再与封建传统妥协，可另一方面，力量悬殊的较量中又让启蒙先驱看不到未来。所以，欧洲的感伤主义也开始在五四运动后期蔓延，使启蒙作家把对于社会与国民的关注转向了对个人情感世界的关注，成为中国现代浪漫主义产生的序曲。

二　“平民文学”与边缘化、平民化的欧洲浪漫主义姿态

欧洲自启蒙运动起，平民意识便进入了人们的视野。这一“平民主义”经过启蒙运动的发展，不仅成为启蒙主义文学与古典主义文学相对

---

① 汪晖：《汪晖自选集》，广西师范大学出版社 1997 年版，第 141 页。

立的一种精神内核，更成为浪漫主义的一种特质。在五四启蒙运动中，周作人在提出了著名的“人的文学”主张之后，又于1919年1月在《每周评论》上发表的《平民文学》中提出了“平民文学”主张：“第一，平民文学应以普通的文体，记普遍的思想与事实”；“第二，平民文学应以真挚的文体，记真挚的思想与事实。”并且认为，“自然应有艺术的美。只须以真为主，美即在其中”①。这种主张强调了启蒙运动背景下的平民的主体价值，使“平民”这一概念进入中国现代文学的视野。周作人眼中的“平民文学”是与“贵族文学”正相反的，当这一口号引起人们的极大关注后，“平民”便成了五四启蒙运动中的社会中心力量，因此这是具有政治含量的概念。周作人进一步在《平民文学》中对平民的身份地位进行分析，认为中国古代是皇帝一人独大，除此之外的人只有大小奴隶之分，没有真正的贵族与平民的分别。这样的“平民”在五四启蒙运动中成了表现的主体，因而中心意识十分强烈。

五四启蒙运动中的“平民文学”主张一直给人以平民化写作的姿态，实则不尽然。从白话文运动到取材于底层平民的写作确实表现出了这种姿态，但事实上，在这表层之下，五四启蒙先驱们内心深处镌刻的依然是贵族精神。这从鲁迅所致力的“国民性改造”文学创作中就可得见。一面是将写作视野转向普通大众，表现的却是“怒其不争”的心情，从中可见对大众的失望；一面是赞同民主，另一面却是对平民主义的质疑；一面是对人类心灵世界的探寻，另一面却是彻骨的孤独。另一位“平民文学”口号的提出者周作人也是如此。五四运动后期，他的创作越来越显现出精神贵族的隐世姿态，创作的多是远离社会斗争的闲适小品文。这其实是他内心深处隐藏的贵族精神的一种外现。

事实上，五四时期的平民主义一直存在着一种内在的悖论，使得五四启蒙先驱与普通大众的关系表现得非常纠结。一方面，受西方的民主观念影响，五四启蒙先驱们认为概念中的人民大众应该是国家政治的主体与中国的未来，所以他们热烈呼吁大众的权益，为实现“民主”而四处奔走，以“民主”的实现为启蒙成功的愿景；另一方面，他们在现实

① 周作人：《平民文学》，《每周评论》第5号，1919年1月。

中看到的又是如鲁迅在国民性批判中所描述的愚昧、自私、落后的有劣根的国民，像陈独秀指责的："中国人民简直是一盘散沙，一堆蠢物，人人怀着狭隘的个人主义，完全没有公共心。"[①] 如果把国家统治权交给这样的"人民"，启蒙先驱认为那么国家是没有未来的："一国中担任国家责任的人自然是越多越好，但是将这重大的责任胡乱放在毫无知识、毫无能力、毫无义务心的人们肩上，岂不是民族的自杀！"[②] 这种互相矛盾的态度，其实亦是启蒙复杂心态的外化。为着启蒙的民主目标，启蒙先驱把民众想象成自己服务奋斗的对象，可实际民众又是蒙昧的，所以启蒙先驱又得同时扮演民众的启蒙导师。这种纠结的心态使得五四时期的平民主义与传统的士大夫精英意识吊诡，让五四启蒙先驱一直处在纠结与矛盾的状态之中，难以真正俯下身来与民众并肩，这使得五四的"平民文学"并没有发展成欧洲浪漫主义那样的真正平民化、边缘化的现代浪漫主义。

与之不同的是，欧洲浪漫主义文学中一直有一种真正的边缘化、平民化的姿态。这种姿态最初来源于"浪漫主义之父"卢梭。卢梭一直喜欢远离喧嚣的都市，过着恬静、孤独的隐居生活。这不仅仅是出于个人生活习惯，也是边缘化、平民化的姿态使然，就像卢梭宣布自己只是普通的日内瓦公民一样。这种姿态可以让人完全放弃世事纷扰，沉浸在自我的世界里忘记发达的资本主义工业文明："由于不能得到实在的人儿，我便进入梦幻之国。因为看不到任何真实的人值得我为之颠狂，我只能在一个理想的世界里如痴如狂……"当这种边缘化、平民化姿态影响到欧洲浪漫主义作家时，就不仅表现在卢梭式的"回归自然"的主张上，还表现在浪漫主义者对自我的极度关注上，最后形成了"主观性"书写，成为浪漫主义创作最本质的特征。这种"主观性"书写自卢梭《忏悔录》始，在欧洲浪漫主义文学作品中多有表现，形成了一种创作的风潮。受此影响，五四启蒙运动中的浪漫主义者也有类似的"主观性"书写，如郁达夫的自叙传小说与创造社诸作家对自我与情感的关注。但不同的是，

---

① 陈独秀：《卑之无甚高论》，任建树等编《陈独秀著作选编》第 2 卷，上海人民出版社 1993 年版，第 287 页。

② 陈独秀：《卑之无甚高论》，任建树等编《陈独秀著作选编》第 2 卷，第 287 页。

卢梭的“主观性”书写代表作《忏悔录》，从某种程度上来说是他在与“百科全书派”伏尔泰等人决裂后，在离群索居时内心情感无从倾诉的情况下所写，其实是他与论敌论战的一种方式，所以卢梭在《忏悔录》中有这样一句对上帝说的话：“看他敢不敢说：‘我比这个人好！’”① 在卢梭为首的浪漫主义者的“主观性”抒写中，突出的是主体性的高扬，对自我的肯定。卢梭自传虽命名为“忏悔录”，但实则通篇都是作者对于自我内心的剖析，并且是在作者自认为内心纯净的前提下的自我解剖，这种解剖使得人们可以透过人的外表接触到作者的灵魂，从而为真实的人性喝彩；而五四启蒙运动中的郁达夫，在受浪漫主义这种“主观性”书写影响的同时，更多的受日本“私小说”的影响，侧重的是内心的隐秘的揭露，以此满足读者的窥视心理，进而引起注意。并且，在郁达夫的“私小说”的写作中，身为弱国子民的游子受尽轻视侮辱后的自卑情结十分严重，这种自卑使得作者一度产生“自弃”的厌世想法，这种前提下，浪漫主义的浓郁的想象与抒情色彩便淡漠了许多，那种最能打动人心的高扬的主体性也很难寻觅，这也使中国五四浪漫主义减色不少。因此，虽然郁达夫的创作“主观”“抒情”等特点十分明显，却依然有人对其“浪漫主义者”的身份进行质疑。

欧洲浪漫主义的边缘化与平民化姿态，还与浪漫主义者对启蒙的理性王国构想的极度失望有关。当启蒙思想家许以美丽的诺言发起启蒙运动时，是得到了承认与拥护的。但法国大革命的血腥与资本主义工业文明对人的异化与人类精神世界的荒芜，让浪漫主义者识破了启蒙的谎言，开始逃离政治，甘于边缘化。这种边缘化姿态让浪漫主义者可以自由地表现自身的反抗激情与叛逆，可以自如地表现奇幻的想象与迷狂的感情，包括原始、自然的野性，却没有被中国现代浪漫主义真正领悟。由于中国的士大夫传统，文人一直有着“处江湖之远则忧其君”的匹夫心态，在五四启蒙运动“救亡强国”的直接目标刺激下，浪漫主义者们都以饱满的热情投身到了五四启蒙运动的大潮中，努力趋近话语的中心或是思

① ［法］卢梭：《忏悔录》，《卢梭全集》第1卷，李平沤译，商务印书馆2012年版，第16页。

想文化的中心。这种“去边缘化”的姿态使得浪漫主义色彩在中国现代浪漫主义中减弱不少。如文学研究会的一些成员，本来在他们的思想主张与创作主张上是极有浪漫主义潜质与发展空间的，但他们不甘心远离社会思潮运动的中心，因而疏离了浪漫。如郭沫若的《女神》，当他以狂狷的姿态高歌无羁的“我”，高扬“自由”姿态时，却仍对社会解放国家富强寄予莫大的希望，使得幻想破灭时的感伤情绪得不到节制，甚至一度像郭沫若所说的热就热如火、冷就冷如冰一样被放任到极致。这种“入世”的渴求使得中国现代浪漫主义者经常自愿被融化在救亡强国的浪潮中，迅速消解了“自我”，因而也就失去了浪漫主义高扬的“个性”与“自我”。并且，中国启蒙一直缺少欧洲启蒙运动中的发展成熟、力量强大的资产阶级，所以欧洲浪漫主义中色彩鲜明的反资本主义化的特点在中国现代浪漫主义中并未显示出来。但是，五四启蒙运动中的小资产者与欧洲浪漫主义者某种程度上是相似的，如在旧制度下感到幻灭，因而有着沉重的感伤色彩。

欧洲浪漫主义的边缘化、平民化姿态，还来自与古典主义相对立的身份指征。欧洲 17 世纪，古典主义大行其道。究其本质，欧洲古典主义是代表封建贵族立场的一种文学思潮，无论是非王即贵的主人公身份，还是严谨细致的三一律要求，包括典雅高贵的语言，都是为这种立场服务的。当 18 世纪启蒙运动吹响反封建的号角时，并没有在文学领域彻底取代古典主义，这一艰巨的任务确切地说是由浪漫主义完成的。与代表封建贵族立场、热衷为国王歌功颂德的 17 世纪古典主义不同，浪漫主义明确代表着平民化的立场，尽管浪漫主义者当中很多人本身确实是贵族的身份，但他们的立场是明确的平民化的。这种不甘与贵族同流合污的平民化立场也导致了浪漫主义者的边缘化立场。当封建秩序成为人类社会前进的阻碍之后，当启蒙运动的成果被资产阶级工业文明的丑恶所掩盖时，浪漫主义者以平民化的立场，用真正的人文关怀开始了对所谓的“文明”的批判，并且这些批判中，使用了较多的民间情趣、审美以及日常生活的表现。而浪漫主义大放异彩的地方就在于，他们为这些日常的生活加上了想象的色彩：“这些诗的主要目的，是在选择日常生活里的事件和情节，自始至终竭力采用人们真正使用的语言来加以叙述或描写，同时在这些事件和情节上加上一种想象的光彩，使日常的东西在不平常的状态下呈现在心灵面前。”① 这与五四启蒙运动中的“平民”概念大有不同。在五四启蒙运动中，文学被作为启蒙运动的工具、救亡强国的工具，从“文学革命”到“平民文学”的倡导，文学一直处于时代的风口浪尖，承载了太多本不属于文学的东西，也将文学的主体推到了时代的前沿。因此，尽管五四启蒙运动时期有“平民文学”的倡导，有“白话文运动”，但骨子里依然是非边缘化的，反而是一直想成为时代与潮流的中心的。

此外，由于缺少西方的基督教背景，所以中国现代浪漫主义缺少欧洲浪漫主义的宗教色彩，自然也就少了站在人类前途命运高度上的对人性的深刻关怀，加之五四启蒙运动中的理性不足的弊端，缺少了欧洲浪漫主义深刻的理性先导，也令中国现代浪漫主义失色不少。因此，对于几成定论的中国现代浪漫主义，有很多学者也提出了质疑：

> 十九世纪浪漫主义的底流，依然是抒情主义……在现代的中国，我们既然没有和他同样的思想和社会的背景，而我们另外有我们独有的境遇，和现代的思潮，所以便成了我们现代自己的抒情主义。②

这种质疑的声音一直到今天的学界依然存在，包括对创造社被贴上的“浪漫主义”标签，都遭到了严谨的学术质疑，由此也可见中国现代浪漫主义与欧洲浪漫主义的异质之处。

第四节　浪漫抒情小说的启蒙书写

“浪漫抒情”是创造社前期的创作特色。陈思和先生在中国现代文学研究中把现代的知识分子分为两种类型：一类是流浪型知识分子，另一

---

① ［英］渥兹渥斯：《〈抒情歌谣集〉序言》，外国文学研究资料丛刊编辑委员会编《欧美古典作家论现实主义和浪漫主义》（一），中国社会科学出版社 1980 年版，第 260 页。

② 郑伯奇：《郑伯奇文集》，陕西人民出版社 1986 年版，第 96 页。

类是岗位型知识分子。浪漫抒情小说的作家——创造社成员便是流浪型知识分子的典型代表。

一 “流浪”的气质

创造社成员的流浪，有着现实与心理的两种原因。从现实条件来讲，创造社的发起人及主要成员多数留学海外，在祖国贫瘠弱小的背景下，身为弱国子民的他们受尽了民族歧视。在中国的国门被西方列强打开之后，国人在当时普遍意识到了中国的积弱。为了向更为先进的西方学习，官方与民间都兴起了留学热。虽然科技更为发达的是西欧，但由于路途遥远加上各种费用较高，让很多家境一般甚至贫寒的青年望而却步。在这种情况下，同样是师法西欧且因之富强起来的日本就成了这部分人的最好选择。但是，尽管日本与中国自古以来便往来密切，可富强之后的日本人却比西欧人更为歧视中国。日本人普遍称呼中国人为支那人，而这种称呼本身就是对于中国包括中国人的一种蔑视与侮辱。这种侮辱与一人一事的侮辱尚且不同，因为这针对的是整个中华民族！去国离家的游子，在异国的土地上听到这种称呼该是怎样的一种锥心之痛！这种个人的具体感受与民族国家的危难联系在一起，深重地压在游子的心头，让他们感觉到有家难回，有国难归，痛苦地流浪在异国他乡。郁达夫就曾说：“听取者的脑里心里，会起怎么样的一种被侮辱，绝望，悲愤，隐痛的混合作用，是没有到过日本的中国同胞，绝对想象不出来的。”[①] 这种感受，在他的《沉沦》中可清晰读到，在另一位重要的创造社作家郭沫若的作品中也可以清晰地感受到。

《沉沦》是郁达夫的早期代表作，某种程度上也可视为作者自身遭遇与心境的一种表达。因为郁达夫受卢梭《忏悔录》的深刻影响，不仅将作品当作某种程度的自叙传，而且勇于在作品中袒露自己的心声与不可告人的心理。浪漫主义侧重自我内心世界刻画与抒发强烈感情的倾向也在郁达夫的作品中体现出来。《沉沦》的主人公和作者一样是个留学日本的青年人。早年在国内因受到家庭传统文化教育的束缚，使他向往自由

---

① 郁达夫：《雪夜》，《宇宙风》1936 年第 11 期。

的心有了忧郁的苗头。而留学日本之后，他与所有处在青春期的青年人一样，热烈向往着纯洁的爱情以及朋友之间真挚的友情。然而，因为他弱国子民的身份，这种渴望竟然变成了奢望。不仅如此，还备受侮辱与嘲笑，让青年的心如入冰窟般孤冷。这种青年人的性苦闷在浪漫主义作家笔下本是常见的，但是与主人公特殊的弱国子民身份背景交织在一起后，对于青年人的伤害便至为严重了，以至于形成了青年人的病态心理，逐步吞噬了青年人的理智，他果真“沉沦”了。不仅用自渎的方式对待自己，还偷窥浴女，最后还在酒馆妓院寻欢，以如此不堪的方式结束了自己纯洁的情操。然而，感官的一时愉悦并不能填补心灵的空虚，反而让他的欲望越来越难以满足。当青年的经济也陷入困境时，他已经无法找寻到生活的希望，于是在“祖国呀祖国，我的死是你害死的!”这一疾呼中投海自尽，以死来呼唤祖国富强起来，结束儿女们的受苦史。这样的生活境遇，不仅是青年们因祖国贫弱而不得不背井离乡的流浪，还有无法找到心灵归宿的流浪。这样的流浪的心灵，在落后挨打的民族背景中，找不到灵魂的归宿，只能以流浪作为自己的宿命。这样的现实很大程度上是郁达夫等创造社主要成员生活情景的真实再现，因为创造社作家大多都有这样的海外留学背景，在当时“弱国子民”的身份标签中，他们的境遇自是不会比郁达夫好上多少，因此，“流浪”成了创造社的精神印记。

同样在作品中流露出这种“流浪”气质的还有郭沫若。与郁达夫的《沉沦》不同的是，郭沫若的《喀尔美萝姑娘》表达的是一种情感上的流浪。主人公本是有着“圣洁的妻”与可爱的儿女的青年，却在困窘的留学生涯中爱上了一个卖喀尔美萝的姑娘。虽然理智告诉他这样在情感上对妻子与儿女有亏欠，可他依然用种种借口为自己开脱，这种对情感的背叛，其实恰来自主人公内心深处的一种对流浪情感的渴求，这才是他无法自拔地爱上这个姑娘的真正原因。主人公在迷恋这个异国姑娘的过程中，内心有着无数次性的冲动，但一直不敢在姑娘面前袒露心扉，因为他怕姑娘知道他是中国人，会把现在对他的一点点若有若无的情愫也毁掉。这种情感上的流浪而不得归宿的苦闷，加上生活的困窘，又加上“中国人”身份带来的贫弱的卑微，让主人公无法承受这巨大的压力，最后竟然堕海，差点殉情。在困窘生活的压力之下，主人公用情感的背叛来寻找生活的突破口，这种冲动便是来自内心深处不可名状的对于流浪的情感的渴望。这种渴望注定无法寻找到归宿，使表达这种渴望的创造社作家情感上也带上了“流浪”的气质标签。

创造社作家结束在海外流浪的历史回国以后，这种“流浪”的生活依然没有改变，依然过着一种经济上没有稳定来源的困苦生活。郁达夫一直把自己看成是处于人生旅途中的人，过着漂泊动荡的生活，从一所学校辗转到另一所学校，从一份工作折腾到另一份工作，从一个城市飘零到另一个城市，从一个国家流浪到另一个国家……郭沫若在《创造十年》中曾说：“我自有生以来不知道就过甚么业。”[①] 这些自由职业者，也曾经无条件地进入过泰东书局，但是书局老板的剥削以及工作环境的恶劣，都不曾安抚住他们流浪的心，使他们常常陷入失业的生活无着落的状态。《在寒风里》写主人公漂泊流浪、居无定所；《一个人在途上》写主人公儿子离世，不得不与妻子话别继续漂泊……这样困苦的条件，没有使创造社作家向金钱低头，反而使他们对金钱产生了痛恨与鄙视，甚至于郁达夫《还乡记》中借主人公的脚将钱踩在脚下，来进行复仇。这种心理在郭沫若的《漂流三部曲》中更表现到了极致。这三部曲是由三部相关联的短篇《歧路》《炼狱》《十字架》组成的，且篇篇都与主人公的困窘生活有关。

《歧路》的主人公爱牟留学日本学医，可出于对黑暗社会迫切的改良愿望，他弃医从文，带妻儿回国创办文学杂志以挽救人的灵魂。然而，现实是残酷的，他微薄的收入无以养家糊口，只能将妻儿送回日本。这种在金钱与现实压迫下产生的分离让他无法继续创作，精神苦闷。《炼狱》写的是爱牟在痛苦中煎熬，因大醉没有赶上火车差点错过朋友同游太湖的邀请，几经周折而至又因想起与妻儿生别的痛苦而返回上海。到了第三部《十字架》中，爱牟收到妻子的信，比描述日本的困苦生活更令他难受的是妻子信中描述的那种孤独。正当他被这经济与心理上的双重痛苦折磨苦无出路之时，他的家乡来信请他回去当医生，还随信附来

---

① 郭沫若：《创造十年》，云南人民出版社 2011 年版，第 112 页。

1000 元的旅费票子。当初爱牟是为逃避包办婚姻而逃出家乡的，为了不向封建的旧式婚姻低头，他毅然辞退了这份能改变他生活的聘请，进而将 1000 元的汇票踩在脚下来发泄自己对金钱的痛恨与报复。

现实条件的局限使创造社作家产生了流浪情怀，但并不是绝对条件。真正让创造社作家选择流浪的还是他们心灵深处对漂泊的渴望。“我们内部的要求与外部的条件不能一致，我们失却了路标，我们陷于无为，所以我们烦闷、我们倦怠、我们漂流……”① 他们并非是完全被社会生活抛弃而流浪的，而是因为来自灵魂深处的冲动与不安定。就像萨义德所说的，真正的知识分子会觉得处于一种流亡的状态，也即成为社会的“圈外人”。这种处于边缘的地位可以让知识分子多一重观察的视角，并且用敏感的心灵将流浪的感受放大，从而获得全新的心灵体验。创造社的这种流浪的边缘心态使他们总是自觉与主流对立，与文学研究会论争，与胡适论争、与语丝派论争、与鲁迅论争……总之，他们成了五四文学史上的一支孤军，总是处于与其他人的分歧与对立之中。虽然这论争之中有这些浪漫抒情作家有意为之的，有年少轻狂的，有意气用事的，有文人相轻的，但总之，他们的存在使得新文学不致成为一潭死水，反而是时时充满警醒与活力，这就是浪漫抒情小说的流浪叙事的价值所在。

二　孤独寂寞的个性主义启蒙者

李欧梵在《中国现代作家的浪漫一代》中曾经考察了西方浪漫主义在中国文学界的两种表现，一种是“维特式浪漫主义”，另一种是“普罗米修斯式浪漫主义”②。而郁达夫就是他指出的“维特式”人物之一。的确，无论是郁达夫的个人形象还是他作品中的主人公，要么孤独地漂泊，要么悲哀地失爱，都有着维特式的感伤。在国家危亡的时刻，知识分子空有报国热情却无力可施，这种理想与现实的巨大反差，与当年的维特心境何其相似！因此，他们也迷茫、苦闷、绝望、挣扎。然而，这样的“弱者”的书写，却仍然有着相当积极的启蒙意义。

---

① 郭沫若：《孤鸿——致成仿吾的一封信》，《创造月刊》1926 年第 3 期。

② 李欧梵：《中国现代作家的浪漫一代》，王宏志等译，新星出版社 2010 年版，第 288 页。

受日本“私小说”的影响，郁达夫的五十篇小说中有大约四十篇是自叙传小说，充分表现了作家的气质与个性。同时受卢梭《忏悔录》的启发，郁达夫也在作品中像卢梭一样大胆袒露自己的胸怀、暴露自己的隐私，包括自己非正常的欲念与陋习。但是，这种自叙传式的带着强烈私人感受的作品仍然具有深刻的启蒙意义。尽管小说是从主人公内心的探索开始入手描写的，但当我们感受到主人公内心的那种悲鸣时，同样会读出作者对于社会的强烈控诉。因为“他的感伤颓废并非封建没落文人的感伤颓废，而是民族觉醒时期一个敏锐的知识分子审视自身的伤痕和民族的伤痕时所发出的深长的哀叹，是他无力救治民族伤痕、从而加深自身伤痕所产生的幻灭感和危机感”①。只是，这种颓废感伤产生了一种自轻自贱的心理，使得作者笔下的主人公一方面是生理病态：《南迁》中“伊人”的肺结核、《银灰色的死》中“Y 君”的脑溢血、《风铃》中“质夫”的神经病……另一方面，这些主人公又无一例外的具有心理病态，从“性苦闷”到“性变态”。这些孤独的主人公由于弱国子民的身份而导致了民族理想与爱情生活的破灭，因此而堕落乃至放荡，直至走向毁灭。这本身就是对于黑暗社会现实的一种控诉！

此外，对于病态社会中人的病态心理的描写，也是郁达夫对于黑暗的封建社会的一种批判。在《过去》中写了一段青年人的恋爱故事：做报馆编辑的李白时与暂居处对门的一家四姐妹相识，由于大姐身份暧昧，老三性格阴郁、老四年纪尚小，因此李白时爱上了性格活泼的老二。这份爱是卑微、病态的：李白时以老二对自己的玩弄与轻视为荣耀快乐，以受虐的心理享受老二的痛责，甚至还常常暗自责怪为自己打抱不平的老三。然而，这样的一种到了畸形变态程度的爱恋没有获得尊重，老二与一位来自北京的大学生定亲了。李白时为情所伤，虽然老三对他爱得深沉，却依然没有留住他的目光。三年左右的光景过去，当两人再次相遇时，老三被大姐夫送与一位华侨富商做礼物，已成新寡，李白时仍旧孑然一身。当他想重燃旧情时，被老三坚决地拒绝了。这时他才明白，

① 杨义：《中国现代小说史》（上），《杨义文存》第 2 卷，人民出版社 1998 年版，第 570 页。

属于他们之间的一切已经“过去”了。这本是个平凡的三角恋爱的故事，可因为发生在那样的病态社会中，便使一切都具备了批判意义。李白时向往爱情，可永远有比他有身份有财富的人夺去他的一切，使他永远只能选择漂泊与逃离。郁达夫用自己的笔一一揭露着黑暗社会的弊病，引发人们的警醒，这本就是启蒙的重要途径。

此外，郭沫若就是李欧梵所说的“普罗米修斯式”的浪漫主义的代表。因为自身的优秀，所以他们常常以天才自居，因此是孤独寂寞的。他早期的作品，基本主题就是两个方面：追求美与书写穷。每每在民族歧视与经济压迫下，这种美最终都指向了毁灭，却依然留有批判的力量。《落叶》中的菊子姑娘本身就是爱与美的化身。她虽是日本姑娘，却真诚地爱上了贫弱的中国留学生。但是这份美丽的爱情没有得到别人的祝福，反而是被菊子的父亲与身边的邻居、同事等多方阻挠。最后，中国留学生怀疑自己在放纵与沉沦的生活中已经得了性病，为了让菊子的爱与美永存，所以拒绝了她。最后菊子只能远走南洋，成为一片飘零的“落叶”……而写“穷”则是郭沫若启蒙书写的一个主要方面的内容。《行路难》作为“漂流三部曲”的续篇，主人公爱牟虽已与妻儿团聚，可困苦生活依旧没有得到改善。从古至今便道“行路难”，可爱牟一家为了生存却总是在搬家、在路上、在流浪。主人公酸楚地计算，六岁的大儿子已随着他搬家达十九次之多！就是小儿子，虽然只有一岁半，却也和一家人换了七次住处。无怪乎他哀叹：“中国人的父亲，日本人的母亲，生来便是没有故乡的流氓。”① 这种得不到身份认同的焦虑，连同无家可归的漂泊，一起变成了郭沫若的精神烙印。

从浪漫抒情小说的写作来看，他们对于人类自我个性的重视，对人的价值的肯定，包括对压抑人性的封建旧制度、旧道德、旧习俗的揭露与批判，无不体现着启蒙精神的另一半——对人的重视。这让浪漫抒情小说的启蒙书写成为五四小说中的启蒙叙事的重要一环，发挥了重要的作用。

---

① 郭沫若：《郭沫若文集》第9卷，人民文学出版社1959年版，第59页。

第 四 章

五四启蒙文学之殇

第一节　五四启蒙先驱对易卜生的“误”读

早在清末民初，易卜生就已经进入中国读者的视野。最早是清末翻译家林纾根据别人的转述，将易卜生的剧本《群鬼》整理为小说出版（林纾的译名为《梅孽》）。其后，鲁迅 1907 年在《河南》月刊（第二、三、七号）上发表了两篇文章，分别是《文化偏至论》和《摩罗诗力说》，介绍并率先评论了易卜生。在《文化偏至论》中，鲁迅称赞易卜生“瑰才卓识”，概括了易卜生的创作特点：“其所著书，往往反社会民主之倾向，精力旁注，则无间习惯信仰道德，苟有拘于虚而偏至者，无不加之抵排。”[①] 在这篇文章中，鲁迅还以《人民公敌》剧本为例，说明了易卜生对于个性尊严与人类价值的看重。在《摩罗诗力说》中，他称赞易卜生“愤世俗之昏迷，悲真理之匿耀”，其笔下的斯多克芒医生“死守真理，以拒庸愚，终获群敌之谥”。此外，鲁迅也认同易卜生的名言：“地球上至强之人，至独立者也！”[②] 在这两篇文章中，鲁迅把易卜生与尼采、拜伦等人并论，肯定了他的那种敢于同群敌抗争的个人独立意志。《河南》月刊是留日学生在东京创办的激进刊物，目的是宣传反清革命，鲁迅彼时正致力于革命文化启蒙，期待中国能有易卜生这样的“精神界战士”，因而把他的作品介绍到中国来。由于当时鲁迅的影响只在少数的同

---

① 鲁迅：《文化偏至论》，《鲁迅全集》第 1 卷，人民文学出版社 2005 年版，第 52 页。

② 鲁迅：《文化偏至论》，《鲁迅全集》第 1 卷，第 81 页。

道之间，因此上述两篇文章对于易卜生作品在中国传播并没有带来太大的影响。其后鲁迅办的《奔流》杂志中，也曾编纂过易卜生的特集，继续深入对易卜生的研究。其后，易卜生的剧作也被引入到了中国。1914年，为中国戏剧发展做出了卓越贡献的春柳社也将目光投注到易卜生身上，排练了《娜拉》（即《玩偶之家》），想要正式上演。这是易卜生的剧本第一次在我国排演（据最新资料显示，这次演出最终没能实现，但仍然可以看出易卜生已经引起中国话剧界的瞩目）。同年，《俳优杂志》创刊号上发表了陆镜若的《伊蒲生之剧》，介绍了易卜生的11部戏剧，其中包括其后被广泛关注的《玩偶之家》《人民公敌》《群鬼》《海上夫人》等剧。陆镜若对易卜生评价极高，认为其可与莎士比亚相媲美。在这之后，易卜生在中国渐有影响。而将易卜生在中国的影响扩大化，以至于一时蔚然成风的，还是1918年《新青年》第4卷第6号的“易卜生专号”。

1918年6月，轮值主编《新青年》的胡适推出了“易卜生专号”，这是我国杂志首次以专号的形式推介外国作家，在当时成为创举。在这一期的《新青年》中，卷首就刊载了胡适撰写的《易卜生主义》，其后还刊登了译本《娜拉》（胡适与罗家伦合译）、译本《国民公敌》（陶履恭译）以及《小爱友夫》（吴弱男译，现通译为《小艾友夫》），最后还附有袁振英的《易卜生传》作为补充资料，该文更成为第一篇由中国人撰写的外国剧作家传记。由此，社会上形成了一股“易卜生热”。1925年，茅盾在一篇文章中写道：“《新青年》宣传易卜生时代，这位北欧文豪的名字传述青年的口头，不亚于今日之下的马克思、列宁。”① 而在这股传播热潮中，却充满了五四启蒙先驱的各种有意与无意的“误读”。正如赛义德在《旅行中的理论》中所阐述的那样：“观念一旦因其显而易见的效用和力量流布开来以后，就完全可能在它的旅行过程中被简化，被编码，被制度化。”② 还有如黄曼君所说的五四新文学运动中大家惯用的一个原

---

① 王忠祥：《易卜生戏剧创作与中国现代文学》，孟胜德、［挪威］阿斯特里德·萨瑟主编《易卜生研究论文集》，中国文学出版社1995年版，第30页。

② ［美］爱德华·W. 赛义德：《赛义德自选集》，谢少波、韩刚译，中国社会科学出版社1999年版，第151页。

则："就是以旧文学及其观念为对立面，对待凡是利于'反传统'，有利于批判中国固有的陈腐文学观念的文学、理论思潮，一律开绿灯。"①

一　忽略艺术而专注思想：启蒙导向下的有意"误读"

五四启蒙先驱用西方文学的视野审视中国传统文学观，结果发现："中国人从来没有人的观念"②，而西方文学自"文艺复兴"起至启蒙运动，已经有了对人的完整的认识。于是在这种认知中，五四启蒙先驱开始了"人的文学"观的建设。因其具有鲜明的启蒙目的，因而更重视文学的社会作用与工具作用，相对忽视了文学的美学意义。这一启蒙文学观的最显著的成绩，便是个性解放。因而当易卜生的《国民公敌》中出现那样孤立而又强有力的"个人"的时候，他便立刻引起了五四启蒙先驱的广泛注意。

据胡适的留学日记记载，在美国留学期间，胡适便已经开始阅读易卜生为代表的欧洲"社会问题剧"，并于康奈尔大学哲学年会上宣读英文《易卜生主义》一稿（此稿是后来在《新青年》上发表的《易卜生主义》的前身）。胡适一直关注国内文艺界动向，当时中国国内"文明戏"逐渐为人所忽视，他认为，近 50 年来的欧洲最有实力的文学形式即是话剧，诗和小说都已经退居到了第二流，因此格外关注中国话剧的发展，还曾想过翻译《玩偶之家》或《国民公敌》。所以他将目光投向易卜生，是为了给中国话剧提供可资示范的世界名著样本。由此可见，关注易卜生之初，胡适为的是中国现代话剧的发展，出发点的确是关乎文学艺术的。但是，当时的胡适等人对于戏剧完全是门外汉，之所以会选择关注戏剧，非因戏剧艺术本身之需要，而是因为看重了戏剧的传播媒介作用。正如陈独秀所说："内地风气不开，慨时之士，遂创学校，然教人少而功缓。编小说，开报馆，然不能开通不识字人，益亦罕矣。惟戏曲改良，则可感动全社会，虽聋得见，虽盲可闻，诚改良社会之不二法门也。"③ 由是，

---

① 黄曼君：《中国近百年文学理论批评史》，湖北教育出版社 1997 年版，第 210 页。

② 周作人：《人的文学》，《新青年》第 5 卷第 6 号。

③ 陈独秀：《论戏曲》，《新小说》1905 年第 2 期。

戏剧改良中应有的对于戏剧艺术本身的关注，如剧本、舞台、演员等一系列的技巧都被忽略，易卜生本人创作中的审美艺术也被忽略，其与克尔凯郭尔那种精神上的相通与某些哲学观点的暗合等有价值之处也没有引起当时研究者的广泛注意。

《易卜生主义》在《新青年》上发表时，胡适已经参加了五四新文学的革命运动，这场运动当时已经从文艺界蔓延到思想文化界，所以胡适为了配合这一运动，开始调整写作方向，把对易卜生的介绍从艺术为重心转向以思想为重心。而胡适写于《易卜生主义》之前的引子，也明确提示了有意“误读”的可能——“《易卜生主义》这个题目不是容易做的。我又不是专门研究易卜生的人，如何配做这篇文章？但是我们现在出一本《易卜生专号》，大吹大擂地把易卜生介绍到中国来，似乎又不能不有一篇《易卜生主义》的文字。没奈何，我只好把我心目中的《易卜生主义》写出来，做个《易卜生号》的引子。”[①]“我心目中的”，便表明胡适所作《易卜生主义》是个人认知前提下的易卜生阐释，是其个人人生观及文化立场的阐发。由于《易卜生主义》在当时影响甚大，以至于许多人都忽视了这个引子的存在，因而也忽略了胡适对于“易卜生主义”进行主观加工的潜在可能。

无独有偶，在《〈中国新文学大系·建设理论集〉导言》中，胡适也验证了这种说法：“……所以我写了一篇《易卜生主义》。在那篇文章里，我借易卜生的话来介绍当时我们新青年社的一班人公同信仰的‘健全的个人主义’。”[②] 虽然“易卜生主义”一词并非胡适自己创造的（据勃兰兑斯介绍，易卜生在世时便有“易卜生主义”一词，而且萧伯纳也写过《易卜生主义精华》一书，足见“易卜生主义”早已有之），但经过他个人主观“诠释”的“易卜生主义”的内容却迎合了当时中国的启蒙需要，因而引起重大反响。“‘易卜生主义’的出现，正逢其时。由于直接表达了从传统的家庭——宗族共同体中走出，寻找自由空间的知识分子们的

① 胡适：《易卜生主义》，《新青年》第4卷第6号。

② 胡适：《〈中国新文学大系·建设理论集〉导言》，上海文艺出版社1935年版，第28页。

文化和伦理立场，很快成为启蒙的代表性论述。”① 对此，胡适亦直言：“我们的宗旨——并不是艺术家的易卜生，乃是社会改革家的易卜生。”② 由此，在启蒙这一时代需求导向下，中国对易卜生的研究发生了由艺术至思想的转向，被五四启蒙先驱有意“误读”。

值得思考的问题是：五四时期何以会选择易卜生作为一个从艺术到思想的载体的戏剧家？为何不是更负盛名的莎士比亚或是莫里哀？对此，曾经是五四青年中一员的萧乾的阐释为：

> 易卜生在中国与其说被视为一个戏剧家，还不如说被当成一个外科医生。十年间，他几乎被中国知识分子顶礼膜拜。并不是我们选择他，而是当文学革命发起时，他表达了中国年轻一辈的心声。③

由萧乾的阐述可知，五四时期易卜生在中国的迅速走红，与其一系列的社会问题剧创作不无关系。这种戏剧形式迎合了五四启蒙先驱宣传启蒙思想的需要，而且对于当时社会矛盾重重的中国来讲，易卜生的社会问题剧很多时候被中国青年理解为心声的表达，因而会成为他们现实的工具性选择。因此，五四启蒙先驱对于易卜生作品的介绍与研究重点都放在了他的社会问题剧上，而没有关注到他后期成就更高的象征主义戏剧。对于一位艺术家这样具有选择性的解读，定会造成某种程度上的“误读”。这种倾向不只存在于胡适身上，还普遍存在于其他五四启蒙先驱之中。陈独秀曾说：“戏园者，实普天下之大学堂也；优伶者，实普天下之大教师也。”④ 把戏剧的功能夸大到医生和教师的程度，这种重要的功能，显然是中国传统戏曲与日渐式微的文明戏所不能实现的，因此五四启蒙思想家们不得不去按自身的现实要求去重构易卜生，不惜抛弃其

---

① 张春田：《个性解放与女性解放的接合——重论胡适的“易卜生主义”及其性别政治》，《枣庄学院学报》2008 年第 3 期。

② 胡适：《答 T · F · C〈论译戏剧〉》，《新青年》第 6 卷第 3 号。

③ 萧乾：《易卜生在中国——中国人对萧伯纳的困扰》，《萧乾全集》第 6 卷，湖北人民出版社 2005 年版，第 227 页。

④ 万同新：《论“五四”对易卜生戏剧的误读》，《剧作家》2011 年第 4 期。

成就更高的象征主义戏剧，而是选择他在中国影响更为深远的社会问题剧来实现自身的这一诉求。这种选择本身就是对易卜生的一种片面解读。而袁振英的《易卜生社会哲学》更是直接得出了工具论的结论：“中国底恶社会的势力，还是很大，不知有多少的年青人，做他的牺牲，易卜生主义实在是战胜这种万恶的环境的很好的工具。”① 这种有意为之的误读，将易卜生完全作为社会问题的批判者与思想家，而忽略了其艺术家的重要成就，使得中国的现代戏剧从学习西方之初，就忽视了戏剧艺术的内涵，走上了一条工具性的歧路，为日后现代戏剧的发展留下了简单化的重形式不重内容的隐患，更因此影响了中国现代戏剧的长足发展，这不能不说是非常遗憾的。

事实上，易卜生作品的艺术成就是极高的，因此还原作为现代戏剧之父的“艺术家的易卜生”是极为重要的。自古希腊以来，西方戏剧一直都是“命运悲剧”，强调悲剧来源于神秘的“命运”的力量，这种邪恶的命运是不能改变的。而以易卜生为代表的现代戏剧却认为悲剧源于人内心的困惑与自身的弱点。这种分野使得戏剧开始由神化转向世俗化，人的悲剧从此与人密切相关，它可能产生于人自身性格弱点或是内心不解的困惑，也可能是产生于人物曾经的心理创痛。如易卜生后期创作的《罗斯莫庄》《海达·高布乐》《海上夫人》《小艾友夫》等五四启蒙先驱关注度不高的作品，都是这种意义上的现代戏剧。主人公的悲剧现状都来自过去深藏在心底的隐痛，被这种隐痛折磨和驱遣后其行为举止与思维方式都显得与周遭环境格格不入，而当造成这种隐痛的“第三者”出现时，主人公才会意识到自身悲剧所在，并借此契机走向解脱（如《海上夫人》）或是毁灭（如《罗斯莫庄》或《海达·高布乐》）。同时，很多现代戏剧的技巧也肇始于易卜生：“以日常语言为媒介，以人物深层心理为结构主体和运行框架，以回溯与渐次展开为基本手段的现代戏剧，当之无愧地肇始于易卜生，并在他这里发展到极致。”②

---

① 袁振英编译：《易卜生社会哲学》，上海泰东书局1927年版，第2页。

② 李兵：《现代戏剧之父——易卜生心理现实主义剧作研究》，四川大学出版社2009年版，第25页。

对于戏剧主题选择，易卜生一向是把对人的描写当成戏剧家的首要任务，他在其中将心理、思想意识和社会三者有机结合在一起，融入了自己对于人的永恒思考。这也是易卜生被称为“剧场里的弗洛伊德”的原因所在。“在一部文学作品的众多内涵中，只有它的哲学沉思才是永恒的。因为哲学追问的是人类的生命本质、生命的存在方式及其价值和意义。社会问题随着产生这种问题的时代环境的变迁而消逝，然而哲学思想留存久远。”① 易卜生的作品中，“人”居于永远的中心：“‘唤醒每个人去争取自由独立，人越多越好’和唤醒他们去实现自我、张扬个性，这是易卜生视为己任的使命。由此他站出来代表了挪威思想生活中的一场革命，其意义之重大要远远高出我们今天能够理解的程度。”② 在这样个人的哲学思考中，易卜生还从克尔凯郭尔处汲取了一定的精神力量，尽管二人从未谋面，且也有证据表明易卜生没有读过克尔凯郭尔的著作，但易卜生通过他的学生了解到的这位丹麦哲学家的思想却通过《布朗德》《人民公敌》等人物形象昭示了出来，这一系列个人精神反叛的主人公告诉我们：“世界上最有力量的人，正是最孤独的人！”易卜生创作中这样的一种深刻的艺术、哲学价值尽管滋养了鲁迅，却没有被五四启蒙先驱广泛接受，他们或有意或无意地将其当成启蒙主义欣然用之，忽略其艺术性而专注在思想性的工具力量之上。

此外，易卜生曾在剧院里充任编剧、导演、剧目挑选及艺术领导人达11年之久，因此他更明白舞台上的艺术要求。易卜生倡导舞台自然主义——“演员们务必力求从模式化剧场效果中解脱出来并且‘生活在’自己的角色之中。观众们必将获得感同身受的‘一段时间的现实’的感觉效果。”③ 尽管易卜生的这种舞台自然主义为拉格克维斯特所竭力反对，但这种要求下台词所产生的剧场效果成了易卜生对于现代戏剧的重大贡献。

---

① 林骧华：《易卜生的哲学观——〈皇帝与加利利人〉》，《易卜生与中国——走向一种美学建构》，天津人民出版社2004年版，第96页。

② ［挪威］比约恩·海默尔：《易卜生——艺术家之路》，石琴娥译，商务印书馆2007年版，第569页。

③ ［挪威］比约恩·海默尔：《易卜生——艺术家之路》，第23页。

二　由“救出自己”到“独善其身”：对个人主义的曲解

五四启蒙文学中，易卜生的“个人主义”被一再提及，对部分五四启蒙先驱们的创作影响颇深。对此最早进行详细阐释的，就是胡适的《易卜生主义》。胡适认为，虽然易卜生写了许多家庭社会的黑暗腐败，却是建设的而不是破坏的，理由就是——易卜生就像医生诊病一样，开了脉案，却不给出药方，让病人各自去寻医病的药方。而易卜生完全积极的主张，便是“个人主义”：“他主张个人须要充分发达自己的天才性；须要充分发展自己的个性。”① 为了验证他的这一分析，胡适在文中大段引用了易卜生写给勃兰兑斯的信，分析了易卜生对于“个人主义”的重要看法，其中有一句至为关键：“有的时候我真觉得全世界都像海上撞沉了船，最要紧的还是救出自己。”② 易卜生在这里正式提出了“真实纯粹”的“为我主义”，并破天荒地指出了通往这一目标的途径：“救出自己”，这是易卜生“个人主义”的一个关键点。

对于易卜生本人在书信中对勃兰兑斯提及的“救出自己”，胡适以个人的理解做了如下一番阐释：“孟轲说‘穷则独善其身’，这便是易卜生所说‘救出自己’的意思。这种‘为我主义’，其实是最有价值的利人主义。”③ 这里，胡适将易卜生的个人主义中的“救出自己”等同于孟轲说的“独善其身”，将其定义为“最有价值的利人主义”，由于“利人主义”符合中国传统文化中的以道德为本位的价值判断的前提，所以立刻被五四启蒙先驱们所接受并就此广泛传播开来，“个人主义”也成了易卜生社会主张的标签。而这却是胡适对于易卜生的一个极大的误读。

在个体本位的西方文化中，个人是目的。所以易卜生借斯多克芒医生的口宣称：“世上最有力量的人，正是最孤独的人！”由此出发，易卜生主张确立强有力的自由的个性，在作品中塑造了许多同庸俗丑恶的社会相对立的强有力的人物形象。但是，“易卜生的世界观与创作中的个人

① 胡适：《易卜生主义》，《新青年》第4卷第6号。

② 胡适：《易卜生主义》，《新青年》第4卷第6号。

③ 胡适：《易卜生主义》，《新青年》第4卷第6号。

主义是人道主义的产物，是肯定人道主义与民主主义思想的一种形式，表达了对资本主义国家与民主，对那种敌视真正的自由与人生的资产阶级道德的强烈抗议。"[①] 是独立、自强、自立的人格的表现。易卜生通过布朗德表现出了自己的道德理想，他说布朗德是最佳时刻的他自己（Myself in my best moments）。"这个理想的意义可以归结为精神上的极端主义（'或者是得到一切，或者是一无所有'），归结为宣传'精神的反叛'，要人们反对现存秩序，反对那妨害人的灵魂深处的这个反叛的一切束缚。"[②] 所以，这样的人物精神上是绝对自由的。不仅如此，布朗德这个人物形象也是没有利他向度的。布朗德为了听从自己发自内心深处的呼唤，连妻子想对着夭折的孩子的墓地进行"心灵交流"的要求也拒绝了，对即将去世的老母亲也没有丝毫留恋或是宽恕，执意奔向那心中的圣地——山顶上的"冰教堂"。在途中，他失去了年幼的儿子，失去了爱他的妻子，失去了被他崇高理想召唤而来的信徒（他们为了发财而向布朗德投掷石块），最后自己也葬身在雪山之中。这种对于精神自由的绝对推崇，与倡导"强的个性"的19世纪上半叶丹麦学者克尔凯郭尔的存在主义哲学、伦理学的一些基本观点不谋而合，从中可以看到克尔凯郭尔的一些影响。而在被称为《布朗德》的反题的《培尔·金特》中，易卜生继续了对于人生与价值的思索，只不过，培尔·金特作为布朗德形象的反面，奉行的生活原则是更为赤裸裸的个人主义——一切为自己就行了！在这样的人生原则指导下，培尔·金特不仅谎话连篇，甚至可以欺骗自己的老母亲；与索尔维格相恋却又拐走了邻人的新婚妻子；梦想成为皇帝结果却进了疯人院；九死一生发了大财又因海难而一贫如洗，最后在昔日情人的怀抱中找到了自己的归宿。在这部让易卜生赢得了各方首肯和倾慕的戏剧里，"人怎样才能忠于自己"[③] 成了易卜生想借这一形象展现给世人的信念。通过对上述两部易卜生用于诠释"个人主义"的作品分析可见，易卜生的个人主义是与社会、国家对立的，信仰的是少数的

---

① 陈世雄：《现代欧美戏剧史》，文化艺术出版社2010年版，第176页。

② ［苏］杰尔查文：《易卜生论》，李相崇、王以铸译，作家出版社1956年版，第16页。

③ ［挪威］易卜生：《易卜生文集》第3集，潘家洵译，人民文学出版社1995年版，第289页。

人，最终指向的是人的精神革命，只关乎自身，并没有利他的向度。这个论题，易卜生还在致好友勃兰兑斯的信中进行了陈述：

> 国家对于个人来说，是个应该诅咒的东西……打破国家的桎梏！这就是我准备参加的革命。①

由此可见，易卜生的“个人主义”完全以个人为目的，任何对“个人”有所妨害的，不论是社会还是国家，都是其精神革命的对象，所以根本与“利人主义”无关。

反观胡适的“独善其身”与“利人主义”却并不矛盾。“独善其身”本身就是知识分子不能“达则兼济天下”时的一种退守，其最终的目标指向，仍然是“天下”，个人只是途径，社会才是目的。这与易卜生以个人为目的的“个人主义”相去甚远。但是，为了让这一说法能够借易卜生的大名得到肯定与推崇，胡适故意把易卜生所说的“救出自己”的目的引向再造新社会的分子一途，实质还是想要“利人”的。并且，在这一过程中，胡适还把易卜生的“个人主义”在自己的主观理解中加了两个条件：“发展个人的个性须要有两个条件。第一，须使个人有自由意志。第二，须使个人担干系，负责任。”②“干系”与“责任”，不是指个人对自己的责任，指的是个人对于社会所要负担的责任，因此胡适诠释过的个人主义的终极目标不是个人而是社会。通过这种方式，胡适就把易卜生纯粹西方个体本位的“个人主义”纳入到了中国传统文化的道德范畴之中，迎合了中国的文化传统。

胡适式的对于易卜生个人主义的曲解，在五四启蒙先驱的思想中非常明显。这不仅与第一次世界大战中西方各国对于西方文明的普遍怀疑有关，还有着深层文化心理中对于传统文化的认同与归宿。而这种个人与民族、国家的统一，不仅是对易卜生的个人主义的曲解，某种程度上也可视为五四启蒙的思想局限——这恰是将思想启蒙作为国家救亡图存

---

① ［苏］杰尔查文：《易卜生论》，李相崇、王以铸译，作家出版社1956年版，第26页。

② 胡适：《易卜生主义》，《新青年》第4卷第6号。

工具的一种选择。

三 从“精神革命”到“社会革命”：反抗社会的旨归

易卜生对中国的戏剧创作与启蒙运动都做出了巨大的贡献，以至于围绕着易卜生的讨论从未停止过。很多时候，人们都是以一种分裂与自我的目光来看待易卜生，因此造成了许多理解与接受上的隔膜，而这种对易卜生的肢解与重构，多数源于胡适的《易卜生主义》。

胡适在《易卜生主义》中，专门论述了易卜生作品中所描写的个人与社会的种种对立：“易卜生的戏剧中，有一条极显而易见的学说，是说社会与个人互相损害；社会最爱专制，往往用强力摧折个人的个性，压制个人自由独立的精神；等到个人的个性都消灭了，等到自由独立的精神都完了，社会自身也没有生气了，也不会进步了。”①

胡适认同于易卜生的这种个人与社会对立的分析，但是，对于这种对立的最终描述——个人反抗社会的旨归却与易卜生相去甚远。易卜生笼统地否定社会革命的合理性，把社会革命和他所提倡的抽象模糊的“人的精神革命”对立起来。② 他在给勃兰兑斯的信中曾说外事的、政治的革命等都是鸡毛蒜皮，现代社会“需要的是人的精神革命”③。因此，易卜生自认为戏剧家是诗人，而“诗人的使命不是为国家的自由与独立负责，而是唤醒尽可能多的人去实现自由独立的人格”④。并且他认为社会与政治都需要一种性格或者精神意志方面的贵族成分。在趋向这样的“精神贵族成分”的“精神革命”的前提下，易卜生有着更高的追求。他曾在诗中写道：“生活就是在心灵和理智的深处，同巨人搏斗；写作则是自我审判，犹如末日对死者的审判。”⑤ 在这个灵魂自审的过程中，易卜

---

① 胡适：《易卜生主义》，《新青年》第4卷第6号。

② 陈世雄：《现代欧美戏剧史》，文化艺术出版社2010年版，第175页。

③ ［苏］杰尔查文：《易卜生论》，《现代欧美戏剧史》，陈世雄译，文化艺术出版社2010年版，第175页。

④ ［挪威］易卜生：《易卜生书信演讲集》，汪余礼、戴丹妮译，人民文学出版社2012年版，第181页。

⑤ ［英］F. L. 卢卡斯：《易卜生的性格》，高中甫编《易卜生评论集》，外语教学与研究出版社1982年版，第348页。

生要达到的是以自身为标本的对整个人类的自省与批判，从而深化人的自我意识，进而净化自我、完善自我。

胡适在《易卜生主义》中所认知的易卜生描述的人与社会的对立，显然是没有达到上述高度的。首先，他认为易卜生的写作是“写实主义”的，因而如实描述了社会与人的对立：“易卜生的长处，只在他肯说老实话，只在他能把社会种种腐败龌龊的实在情形写出来，叫大家仔细看。他并不是爱说社会的坏处，他只是不得不说。”① 胡适理解的这种对立是外在的，并且由于对思想革命的渴切，胡适简单地从这种外在对立就把人反抗社会的最终目标指向了社会革命，为这一目标赋予了丰富的政治可能性。而且，由于这种理解的牵强，为能够自圆其说，胡适不惜对易卜生的作品断章取义。为了证明社会对人的个性的摧残，他两次以《雁》（即《野鸭》）为例来进行阐述：

> 那戏写一个人少年时本极有高尚的志气，后来被一个恶人害得破家荡产，不能度日；那恶人又把他自己通奸有孕的下等女子配给他做妻子，从此家累日重一日，他的志气便日低一日。到了后来，他堕落深了，竟变成了一个懒人懦夫，天天受那下贱妇人和两个无赖的恭维，他洋洋得意的觉得这种生活很可以终身的。②

胡适想要在易卜生的作品中找到自己的理论支撑，不惜把剧中少年父亲被告入狱破产的遭遇“嫁接”到了少年身上，“天天受那下贱妇人和两个无赖的恭维”，这种描述更是不符合事实，只是胡适为了表现社会对人个性的摧残的一种臆想加工。就这样，经过移花接木与主观臆测，易卜生的“精神革命”目标在胡适这里变成了“社会革命”，胡适按照当时中国社会所需求的和五四启蒙过程中所要达到的目标，以自己的意志重构了易卜生的反抗目标，使得这种对易卜生的误读一直占据中国青年的脑海，成为鼓舞他们前进的一种力量。

---

① 胡适：《易卜生主义》，《新青年》第4卷第6号。

② 胡适：《易卜生主义》，《新青年》第4卷第6号。

事实上，有很多批评家认为《野鸭》是标志易卜生创作真正成熟的里程碑。它指向的是人类的精神世界，以人物内心为依归，用易卜生的话即为“直抵其灵魂的最后一丝皱折”，将关注点集中在人物精神层面的冲突之上。格瑞格斯在父亲老威利的外地工厂工作多年，因事回到家乡时邀请了旧日好友雅尔马到家中叙旧。无意却发现老友的工作及娶妻都是由自己父亲安排的，其妻子竟然曾经是父亲的情妇！而他的朋友对此却一无所知。为此与父亲决裂的格瑞格斯进一步发现，雅尔马的父亲也因老威利的阴谋而蹉跎一生，可一家人却对此完全不知，反而陶醉在这样的生活中。为使这家人进入自己理想的“真实的生活状态”，格瑞格斯将真相和盘托出，没想到却毁了一家人的生活：雅尔马夫妻进入了生平最痛苦的一段经历之中，他们小女儿也开枪自杀了！

易卜生在《野鸭》中刻画了一个“精神染疾”了的主人公——格瑞格斯，他对于周围的人有着太高的“理想的索求”，因此被瑞凌医生称为“向穷人催索‘理想的要求’的讨债鬼”，自己也总是处在神经高度紧张的状态之中，每时每刻都在寻找“真理”，患上了“过度自以为是症”。易卜生不仅对剧中主人公的精神问题问诊，也给雅尔马这样的人“看病”，他认为雅尔马患上了挪威人的通病——不思进取、自欺欺人。“易卜生第一次将这类平庸的小人物作为主要角色加以刻画。”① 另外还有雅尔马逃避现实的父亲，没有出嫁的姑姑……创作《野鸭》前不久，易卜生已经表达出了对社会革命的失望，他在给好友比昂逊的信中写道：“我已经不相信政治措施的解放性力量，对当权者的所谓良心和善举也没有什么信心。”② 是以，易卜生试图进入人的内心和人性深处，去探索和实验人类的精神革命之路。在格瑞格斯身上，我们能够看出与布朗德类似的“过度自以为是症”。

布朗德是易卜生自己十分喜爱的人物，他怀着崇高的敬意与心底对人精神的贵族成分的向往，塑造出来了这样“个人主义”的布朗德，也给他带来了巨大的欧洲声誉，让全欧洲为之折服并倾倒。而时隔不足20

① 刘明厚：《真实与虚幻的选择》，同济大学出版社1994年版，第50页。

② Edmund Gosse, *Henrik Ibsen*, New York: Scribner's Sons , 1911, p. 161.

年之后，易卜生通过《野鸭》塑造的与之有着类似理想的人物格瑞格斯却成了精神病症的患者，成了精神革命的对象。他的这一转变，被萧伯纳分析为是在“准备揭露那些经过精选的灵魂，对那些把自身理想化得不可救药的理想主义者开刀”①。也即是说，在经过多年探索后，易卜生意识到自己曾经倡导过的“布朗德主义”太过抽象，无法实现，因而以这样的方式承认了自己的失败和过错。可见，无论是对其笔下的人物还是自身为标本的整个人类，易卜生精神革命的探索与要求一直没有停止。如奥托·布拉姆所说：“他不仅给自己，而且给他的同胞开了一剂苦药来治疗心灵上的痛苦，于是，这个来自格利姆斯达的药房学徒成了一位治疗精神病的医生。”②

易卜生对于社会的反抗，其旨归一直是精神革命，而胡适为了当时五四启蒙运动的需要，将这种旨归强行嫁接到了社会革命之上。这种带有极强主观目的色彩的“误读”易卜生，使易卜生由“现代戏剧之父”一跃而成了社会革命家，更进一步造成了五四时期对于易卜生理解的困难与隔膜。

四　从“人的问题”到“妇女问题”：对“娜拉”内涵的改造

易卜生在中国影响最为深刻的作品就是《玩偶之家》。剧中女主人公被当成是妇女解放、女权运动的标志性符号，被五四启蒙先驱们顶礼膜拜。可是，关于这部《玩偶之家》的创作动机，易卜生本人1898年5月26日出席挪威女权同盟在克里斯蒂阿尼亚（今奥斯陆）举行的庆祝会上曾说：“我不是女权同盟的会员，我的戏剧，没有一部是有意识地要去宣扬我的主张而写的。我主要是一位诗人，而更少是社会上一般人所认为的社会哲学家。你们说我为女权运动做了贡献。我对你们的祝贺表示感谢，但我只能辞退你们给我的荣誉。实际上，我连什么是女权运动也不十分了解，我把它更广泛地看作是‘人’的问题……当然，我希望女权

---

① 高中甫编：《易卜生评论集》，外语教学与研究出版社1982年版，第50页。

② ［德］奥托·布拉姆：《亨利克·易卜生》，高中甫编《易卜生评论集》，外语教学与研究出版社1982年版，第42页。

问题与其他问题一样，能得到解决，但这不是全部的目的。我的工作是‘描写人’。”① 显然易卜生本人是不接受这种“女权同盟会员”的荣誉的，他认为自己的关注点是“人的问题”，是个人的精神独立。

但是，不管易卜生本人怎样否定，《玩偶之家》进入中国，就变成了“女性解放”的单一维度，承载了推动中国现代妇女解放的重要任务，引燃了五四文学“娜拉现象”的狂热情绪，也在某种程度上形成了“恋爱自由”“婚姻自主”的热潮。《玩偶之家》引发如此轰动，主要原因还是在于这部作品正好迎合了当时的青年一代以反对“家”作为个性解放的突破口、争取人身自由的热望。在他们眼中，象征封建统治的家庭已不再是亲情的纽带，而是个性的坟场：“家是我们的生处，也是我们的死所。”② 于是，反对家庭对于觉醒青年自由婚姻、爱情的干涉就成了反抗封建统治的突破口，以至于婚恋题材在五四时期兴盛起来，出现了众多“娜拉”式的人物。但是，中国的“娜拉”们与易卜生笔下“娜拉”是有隔膜的，五四启蒙先驱们对“娜拉”内涵的改造，从 1919 年 3 月的《新青年》杂志第 6 卷第 3 号上发表的胡适的独幕话剧《终身大事》中可以窥见一斑。研究者们发现，从这幕剧起，五四文学进入了“娜拉时代”。

《终身大事》是胡适应同学之请于一天之内写成的英文短戏，由于是“游戏的喜剧”，所以是戏仿易卜生的《玩偶之家》而作。由于没有女学生肯演戏中的田女士，所以发表在《新青年》上以填补空白。令胡适自己也始料不及的是，这幕戏竟成了中国现代文学中女性“出走”母题的始作俑者，受到广泛关注。从题材角度看，胡适是戏仿易卜生的创作，在《终身大事》中塑造了一个“娜拉”形象——田亚梅。通过描写田母为女儿婚事求签问卦并请算命先生算命，以及田父貌似开明却以同姓不婚为由拒绝女儿婚事（古代田姓与陈姓是一家），胡适如易卜生一般揭示了家庭的罪恶，也将田亚梅的反抗行为——离家出走演绎成了“娜拉”

---

① 刘德有：《序言》，孟胜德、[挪] 阿斯特里德·萨瑟主编《易卜生研究论文集》，中国文学出版社 1995 年版，第 5—6 页。

② 郑欣森：《文化批判与国民性改造》，陕西人民出版社 1988 年版，第 79 页。

的翻版，引起了广泛注意。“田亚梅是这出戏的一个亮点，我们可以从她身上看到胡适对自由独立人格的追求以及他所强调的个人主观意志导向下的‘自我拯救’。”① 但此“娜拉”非彼“娜拉”，西学东渐后，“娜拉”的内涵还是发生了重大的变化，因而这部戏剧被有人称为“《玩偶之家》的‘拙劣的翻版’”②。

《终身人事》中田亚梅的离家出走是令五四时期青年人振奋的，这象征着年轻一代与封建家庭对抗的现实可能，鼓舞了被唤醒后不知何去何从的五四青年走出了封建家门。然而，如果仔细阅读文本，我们会发现这种结局并不是想象中的那样令人振奋。因为，剧中的田亚梅尽管留过学，却并不是自由坚定的知识分子的形象，而是像中国传统旧戏中任性的富家小姐一样，除了发脾气就是生气不吃饭，丝毫没有个性化、女权化的言行，没有真正的对于女性解放的性别意识的自觉。在最后，田小姐留下一张字条“孩儿该自己决断”似乎闪耀着女权主义思想的光辉，却也只是鹦鹉学舌般转述了未曾露面的陈先生的话，看不出自身思想发展的轨迹。这与《玩偶之家》中“娜拉”在圣诞晚会上通过象征内心挣扎觉醒的舞蹈所体现出来的思想转变，以及看清楚自己身份实质时的那种苏醒的觉悟是无法比拟的。这一缺失，也导致田亚梅失去了“娜拉”的深刻的思想内涵。这种不是独立思考觉醒后选择的出走，只是在形式上与旧家庭划清了界限，最终“坐上陈先生的汽车离开家”这一情节的安排也预示了田亚梅只是从一个家庭走到了另一个家庭而已，完全不同于“娜拉”去做一个“独立的人”的出走。“这样，女性自由，被个性自由囫囵代表了；性别之间的权力关系，被新与旧的文化问题遮蔽了。因此，自由恋爱的自由结婚，是否就能避免婚姻悲剧、消弭家庭中的父权阴影？”③ 并且，娜拉身份由妻子到女儿的转变，掩盖了这一形象的性别特征，对五四女性造成了新的遮蔽，这一内容将在后面章节详细论述。

---

① 孙庆伟：《压制与反叛——对〈终身大事〉的结构主义读解》，《安徽文学》2008 年第 5 期。

② 向培良：《中国戏剧概评》，《狂飙》1926 年第 10 期。

③ 杨联芬：《个人主义与性别权力——胡适、鲁迅与五四女性解放的两个维度》，《中山大学学报》（社会科学版）2009 年第 4 期。

胡适在《终身大事》中对娜拉内涵的改造，使具有丰富的认知自我、做独立的人的娜拉，在中国变成了单一的封建家庭的反抗符号，被赋予了太多的社会内容，以致背离了西方文化语境下娜拉形象的哲学内涵。易卜生在《关于现代悲剧的笔记》中写下了他构思《玩偶之家》的一些思路："女人在现代社会难以确立自己的身份。因为这是一个完全男权的社会，法律原则由男人制定，执法者完全是从男性的立场出发评判女人的行为。"[①] 表面看来，易卜生的创作初衷确实似为女性张目，认为人们的婚姻和家庭是建立在不公正的基础之上的，而其写作实质却是针对着当时不合理社会的道德体系，忧虑的是整个西方社会的道德基础。"易卜生将19世纪已经建立妥当的道德体系视为一个巨大的阴谋，这个阴谋的最大受害者就是女性。娜拉的出走意味着对这个阴谋的根本颠覆。"[②]

的确，我们在这部戏剧当中可以看出娜拉是性别角色理念的牺牲品。在她所生活的社会里，法律是男人制定、解释的，女人行为的合理性与否是从男人的角度来界定的，而这个不能让个人充分发展自己的社会便是易卜生所要批判的。所以，当娜拉的丈夫动用一切社会权威，包括宗教道德权威来阻止奔向自由的妻子的时候，娜拉奋起反抗了。"娜拉奋起反叛的恰恰正是由社会集体创造出来并且使其在个人身上内在化的被称为'良心'的那类道德法庭。"[③] 所以，娜拉形象的表面是一个为女性权利而抗争的反抗者，其深层内涵更在于她所践行的一个人对于个体及人类的责任——这也是易卜生塑造这一人物形象的目的所在，他从自己的理想主义出发，通过描写个人与社会的对立，是想让娜拉在这样一个抹杀个性自由的社会中去寻找自己存在的意义。所以，从这个层面上来讲，娜拉不仅可以是女性，她的遭遇也可以是男性在这个社会中生存的一个真实写照。连胡适也始料未及的是，他的这一改造，很大程度上误导了

① ［挪威］易卜生：《关于现代悲剧的笔记》，高中甫编《易卜生评论集》，外语教学与研究出版社1982年版，第309页。

② 李兵：《现代戏剧之父——易卜生心理现实主义剧作研究》，四川大学出版社2009年版，第187页。

③ ［挪威］比约恩·海默尔：《易卜生——艺术家之路》，石琴娥译，商务印书馆2007年版，第322页。

当时的中国观众，被奉若圭臬后更进一步造成了对易卜生的误读。

五　从“自由之巅”到“柴米油盐”：评判标准的迷误

五四启蒙先驱对于易卜生的误读与重构，根本原因在于实用性思维和现实功利的视角。五四以后，人们开始对易卜生主义与易卜生的作品进行反思，一反之前对娜拉顶礼膜拜的态度，开始将其拉下代表女性解放符号的圣坛，以一种实用性的思维和现实功利的视角进行重新审视，其中影响最广泛的是鲁迅在1923年12月26日所发表的演讲——《娜拉走后怎样》。面对五四文坛上与青年中间对“娜拉”的“出走”的一种盲目崇拜，鲁迅在这个专题演讲中提出了对娜拉生存能力的思考。

在客观冷静地分析了娜拉的现实情况之后，鲁迅指出娜拉走后只有两条路：“不是堕落，就是回来。”① 这个演讲在学生当中引起不小的反响，给许多跃跃欲试的青年学生以当头棒喝。这一观点的进步性以及在当时环境条件下的必要性自无须赘述，却在客观上引发了另一种对易卜生的误读。

鲁迅在《娜拉走后怎样》一文中，没有把娜拉出走时的那声“呯”的关门声作为结束，而是当作开始来对娜拉走后的命运进行探讨。鲁迅认为，由于没有经济权，所以出走的娜拉是没有生存能力的，结局不是堕落就是回来。这种见解表面上看似乎比仿效娜拉激情出走的五四女性们冷静许多，实则是另一种先入为主的误读。

首先，因为娜拉的“玩偶”身份，所以鲁迅便主观认定娜拉是没有生存空间的。然而，细读文本我们会发现，易卜生在这部剧中对于经济的问题并不是没有过考虑。在这部剧中，人物的生活与命运都与金钱有关：海尔茂工作的银行是金融的中心，林丹太太为了养活家人而放弃了自己的爱情，柯洛克斯泰为了抚养子女而费尽心思，就连偶然的敲诈事件的缘起也是因为谋生的工作，这一切无不与经济因素息息相关，因此易卜生不可能对娜拉的生存问题无动于衷。剧中开始处即暗示观众：娜拉在经济上受丈夫控制，可她依然在暗中偿还了债务，这说明她有一定

① 鲁迅：《娜拉走后怎样》，《鲁迅全集》第1卷，人民文学出版社2005年版，第166页。

的理财能力；而她认为天经地义的事——伪造签字借债救自己的丈夫一事，也因为社会对女性偿还能力的质疑而变成了犯罪，这让她重新审视了这个社会对人的压迫，因此出走时对丈夫资助的拒绝象征了她的觉醒。对这一问题有了清醒认识之后的觉醒，娜拉势必会为自己找到一条生路。《玩偶之家》中对于娜拉今后的生活还是留有伏笔的——如娜拉为偷偷还大笔债务而做的抄写工作，更在结尾处表示要回到适合自己这种人“找到一份活”的家乡，因而娜拉是有一定的生存空间的。

其次，对于一个只负责提出问题而不负责给出答案的“诗人”易卜生来讲，“主要的不是自由本身，而是为自由而斗争。这种斗争使人变得高尚，使生命获得深刻的含义”①。这样的目标设定，使易卜生笔下的娜拉高高矗立在自由之巅。在一封信里，易卜生是这样评价娜拉的：“在她从自己家里出走的那一霎那，其实是她的人生的开端。……娜拉，在剧中只是一个长大了的孩子，而今却成熟到迈入人生，去发现她自己。”②所以娜拉的出走是要到社会与人生中去寻找自我存在的意义与人生价值的真谛，让自己成为一个真正的人。而经过如此实用及功利性的现实解读之后，娜拉一下子被扑落到柴米油盐的日常生活之中，评判标准发生了重大失误。这样的失误，使得人们试图用现实生活的真实去代替艺术的真实，忽视了戏剧的假定性特征，因而可能导致戏剧成为说教的工具或者是政治的附庸。而这些，正是五四启蒙文学最遭人诟病之处。

两年后，为验证这种关于娜拉出走后结局的猜想，鲁迅创作了《伤逝》。很多读者读后认为子君就是“出走”后的娜拉的翻版，却没有想到那个只知道“搥着一个人的衣角”的子君与宣称“去做独立平等的人”的娜拉形象之间有着巨大的差距。我们可以设想，假若子君不是将生命附丽于爱情，而是有着和娜拉一样的“做独立自主的自己”的愿望的话，也许与涓生的爱情会是另一种结局——就像娜拉与海尔茂最后提到的“奇迹中的奇迹”吧。

---

① 陈世雄：《现代欧美戏剧史》，文化艺术出版社 2010 年版，第 176 页。

② ［挪威］比约恩·海默尔：《易卜生——艺术家之路》，石琴娥译，商务印书馆 2007 年版，第 239 页。

对于娜拉形象的评判，自其被译介到中国伊始便与思想启蒙、妇女解放等社会问题关联在了一起，因而也就被赋予了更多的社会内容。

此外，西方作家解读易卜生时一般很少提及《玩偶之家》，即便有也多数不会将其作为妇女解放运动的代表作品，他们更重视的是西方资本主义大背景下个体意识与社会意识的对立，以及易卜生所坚持的“个人精神的贵族化原则”。而中国五四启蒙先驱对《玩偶之家》的各种社会学解读，正体现了将文学艺术作为工具说教或政治附庸的一种集体无意识。

五四启蒙先驱们对易卜生的上述种种有意无意地误读，使得易卜生在进入中国时被剥离了作为戏剧家其自身的艺术特质，使得我们对他的理解流于表面。五四启蒙先驱视野中的易卜生，一直是以社会问题剧的代言人身份出现，但这是对易卜生一生创作的片面解读。易卜生中期的创作，如《国民公敌》《玩偶之家》《社会支柱》等，力图表现人与人、人与社会的对立与冲突，因此被称为“社会问题剧”。但是在易卜生创作的后期，他已经明显致力于表现人与自我的内在冲突，先后创作了 8 部象征主义戏剧，按时间顺序依次为：《野鸭》（1884）、《罗斯莫庄》（1886）、《海上夫人》（1888）、《海达·高布乐》（1891）、《建筑师》（1892）、《小艾友夫》（1894）、《约翰·盖勃吕尔·博克曼》（1896）、《咱们死人醒来的时候》（1899）。此时的易卜生，创作重点已经转向人的“精神体验”，而这恰巧代表了易卜生创作的进步，如勃兰兑斯对易卜生的评价：“将《野鸭》与《社会支柱》相比较，就能最好地理解易卜生在《野鸭》一剧中所达到的高超水平及其艺术上的进步。”① 事实上，在《野鸭》的创作之后，易卜生开始完全将注意力转向人物的内心世界，因而往往被国外研究者归入象征主义流派，认为他的作品都具有隐含意义的文本。而中国的五四启蒙先驱们出于主观或客观的某些原因，恰恰就犯了简单定义的错误，根据中国的现实社会需要将易卜生定义为写实的和批判的，以此重构了易卜生作品的内涵。“这种对易卜生重构的后果就是直接导致了中国戏剧在思想和形式上的长期矛盾，要么重思想轻形式，

① ［丹麦］乔治·勃兰兑斯：《第三次印象》，高中甫编《易卜生评论集》，外语教学与研究出版社 1982 年版，第 83—84 页。

把戏剧变成了说教的工具；要么走向‘纯形’的误区沦落为庸俗的把玩之物。其原因都在于没有深刻地领悟到戏剧的真谛，没有深刻地领悟到易卜生的真谛。”① 其后中国现代戏剧发展过程中的种种弊端，很多都滥觞于此。

第二节 五四启蒙文学中被遮蔽的女性

晚清开始的中国女权运动，到了五四时期，由于启蒙作家们对“个人主义”的提倡，而得到了从未有过的推进，像欧洲的文艺复兴一样，被冠以中国的“人的发现”的时期。这一时期，“妇女启蒙”也成为启蒙运动的主题之一，开始开展大学男女同校的新举措，并轰轰烈烈地对传统贞操观念进行批判，组织恋爱、离婚的自由讨论。仅以 1926 年至 1928 年天津市所发生的 92 起离婚案件来看，其中就有 72 起是由女性主动提出离婚的法律诉讼，因此可见受五四妇女解放口号的巨大影响，中国女权意识的确是呈现出了一种逐渐升温的发展态势。② 但是受五四启蒙的宏大叙事整合及男性主导叙事、传统文化影响，本应基于男女两性平等的女性解放意识逐渐消解，女性叙事也呈现被遮蔽的状态。

一 “被言说者”：女性话语权的被遮蔽

女性是以“被启蒙者”的身份进入五四启蒙文学场域之中的。周作人曾说：“女子问题，终究是件重大事情，须得切实研究，女子自己不管，男子也不得不先来研究。”③ 这样基于性别分类基础上的身份定位，使得男性启蒙者的优越感一览无余，也让我们看到了女性在这一问题与立场上缺少内在的原动力，仅仅作为被感染者参与，却没能达到与男性相同的高度与深度。而事实上，现代文学史上的许多有代表意义的女性形象也确实都是男作家塑造的，因此关于“女性”的概念也是自男性而

---

① 万同新：《论“五四”对易卜生戏剧的误读》，《剧作家》2011 年第 4 期。

② 宋剑华：《错位的对话：论“娜拉”现象的中国言说》，《文学评论》2011 年第 1 期。

③ 周作人：《贞操论·前言》，《新青年》第 4 卷第 5 号，1918 年 5 月 15 日。

来。《新青年》作为五四现代思想启蒙的话语表征，一方面以启蒙者的姿态引导着女性的觉醒，开拓了女性现代主体言说的历史空间；另一方面由潜在的性别意识和显在的时代主流话语的同构所建构的话语权威带来的遮蔽性又在自觉不自觉地制造着女性话语的空白。[①] 自陈独秀翻译《妇人观》起，女性启蒙话语权就被男性启蒙者所掌控。在这样的背景下，女性成为“被启蒙”的“被言说者”，主体话语权被遮蔽。而话语权的拥有者却是男性，这一身份在中国几千年的历史长河中一直扮演着女性监护人的角色，而父权与夫权毫无疑问是女性被物化的原因。男性与这两种身份的联系不免使得自身在女性悲剧根源问题上显得暧昧不明。

《伤逝》中，涓生与子君的启蒙者与被启蒙者、言说者与被言说者的关系正是五四启蒙者与女性的关系写照。恋爱过程中，涓生描述的是：“破屋里便渐渐充满了我的语声，谈家庭专制，谈打破旧习惯，谈男女平等，谈伊孛生，谈泰戈尔，谈雪莱……”而涓生叙述中的子君，“总是微笑着点头”。“这些地方，子君就大概还未脱尽旧思想地束缚。”这样的恋爱男女，看不到心灵之间的平等对话，由于被启蒙者基于认知空白的失语，使女性成了彻底的“被启蒙者”与“被言说者”。在《伤逝》中，涓生叙述中的女主人公子君的形象前后发生了相当大的变化，由最初爱情萌发时的坚定勇敢地宣称“我是我自己的”无畏勇气和与封建礼教斗争的精神，到同居后饲油鸡、喂阿随、与小官太太暗斗的家庭主妇的庸常，曾经启蒙之辉照亮的一切复又蒙尘，这使得我们在看到涓生通篇的自责、追悔和悲伤时，会对子君的琐屑生活态度产生同样的不满，进而在感情上倾向于涓生。这样的形象变化，固然可能因为当时的社会及个性解放意识的局限，但同时由于子君是涓生叙述和视角中的“被言说者”，丧失了话语权，因此我们无法进入子君的内心深处，无法获知全部信息，以至于不能准确判断。因此，在涓生明为忏悔实为自我辩护的文本中，拥有话语权的优势是明显的。“通过悼念子君的死，涓生试图将过

---

① 王桂妹：《文学与启蒙——〈新青年〉与新文学研究》，中国社会科学出版社2010年版，第96页。

去的‘伤’投射到令人同情的状态，从而可以捍卫自己，反对不负责任的指控。他的写作行为将子君指示性地投射为令人不快的过去，并从死者的沉默中获益。”①

然而，《伤逝》的深刻之处就在于鲁迅对启蒙者的深刻反思与解剖。仔细阅读文本，我们会发现，涓生一直是两人关系的主导者与决定者。他启了子君的爱情之蒙，却在子君把这种爱践行到生活的俗务之中去时，毅然抽身而去，直接造成了精神上的子君的死亡。作品中，子君的爱无处不在，而涓生掩饰自身怯懦的借口也无处不在，甚至于面临经济危机都是因为子君“只知道搥着一个人的衣角”，这本是高下立判的人物形象，却因叙述的视角是涓生，致使被遮蔽失语的子君遭受了许多不公平的对待。《伤逝》中的故事时间是一年，可这一年中的子君在涓生的回忆中充满了许多的叙事空白。当涓生坦承“不爱”的事实之后，二人迎来了一个极难忍受的漫长的冬天。涓生在通俗图书馆里享受着生活之轻，可视爱为生命的子君在这个没有爱人的冬天是怎样过的呢？又是怎样在冬春之交被父亲领走一步步耗尽生命而亡的呢？作为失语者，子君无法告诉我们她的痛苦感受，因而涓生才可能假借忏悔把子君的悲剧根源指向社会，才可能在这种遮蔽状态下获得原谅。鲁迅透过文本揭示的被启蒙者的被遮蔽状态，足以引人深思。

二　性别喻指：女性价值的被遮蔽

在人类社会进入定居的农业社会之前的远古时代，采集能力与生殖能力对于人类有着绝对的重要性。因此，女性成为社会生活的主导，建立了以女性为中心的母系氏族社会。这个阶段，女性与男性在某种程度上来讲是平等的。然而随着生产力的发展，劳动成果出现的剩余，于是私有制产生了，男性开始凭借经济上的优势逐渐成为社会主导，父系氏族社会取代了母系氏族社会。为巩固既得地位，父系社会制定了一套严密的防范女性的秩序：“以女性作为敌手与异己而建立的一整套防范系统

① 刘禾：《跨语际实验——文学、民族文化与被译介的现代性》，生活·读书·新知三联书店2002年版，第237页。

乃是父系秩序大厦的隐秘精髓，正是从男性统治者与女性败北者这对隐秘形象中，引申出这一秩序的所有统治者/被统治者的对抗性二项关系。”① 于是，在这一社会里只为女性保留了这一名称，却抹杀掉了其真正的存在。“在男性即父子君臣的文化符号结构中，性别，特别是女性性别，早已失去性别内涵。说到底，封建文学符号系统中女性形象的性别意味，已被女性在男性中心社会中的从属地位所取代（至少部分取代）。”② 这种男性性别价值一元化的格局中，女性的性别价值完全被掩盖，女性只能抹杀自身的性别价值才能存在。通过这样的方式，男性将女性从社会主体秩序上排除，彻底遮蔽了女性的性别价值。除却这种对女性的性别价值的遮蔽方式外，另一种女性价值的被遮蔽是以男性、女性的性别特征被极端化的方式实现的。将男性与女性置于彼此对立的两极，夸大男性的积极意义，同时又放大女性性别的消极意义，将之绝对对立化。在这样的性别文化背景下，自思想启蒙先驱梁启超起，便使用性别喻指来比照彼时落后的中国：“一国之人，鬼脉阴阴，病质奄奄，女性纤纤，暮色沉沉。呜呼！一国之大，有女德而无男德，有病者而无健者，有暮气而无朝气，甚者乃至有鬼道而无人道。恫哉，恫哉，吾不知国之何以立也！”③ 把女性纤纤与鬼脉阴阴及病质奄奄等形容词并置，女性的性别价值就变成了负面的。而到了五四启蒙者那里，这一不公正的性别喻指更延伸到了“国民性”问题的述说中：“全体人类中，男子征服者也，女子被征服者也；白人征服者也，非白人皆被征服者也；极东民族中，蒙、满、日本为征服民族，汉人种为被征服民族……以一人而附属一人即丧其自由自尊之人格，立沦于被征服之女子、奴隶、捕虏、家畜之地位。”④ 在启蒙者的言说中，女子与被征服者、奴隶、捕虏、家畜等同样，是彼时国人应当摆脱的生命状态。这种并置方式，显然是基于

---

① 孟悦、戴锦华：《浮出历史地表——现代妇女文学研究》，中国人民大学出版社 2004 年版，第 3 页。

② 孟悦、戴锦华：《浮出历史地表——现代妇女文学研究》，第 19 页。

③ 梁启超：《新民说·论进取冒险》，《饮冰室合集》第 4 卷，中华书局 1981 年影印版，第 29 页。

④ 陈独秀：《一九一六年》，《青年杂志》第 1 卷第 5 号。

女性一种“自古以来”的被囚禁、被使用、被豢养、被蹂躏的生存状态，以及社会对女性这种卑微处境的习惯性默许。而正是基于这种心理和文化的潜意识性共识，才使得这种以性别方式言说的民族话语获得了一种简单明了的刺激性效果。[①] 这样鲜明的性别“歧视”，堂而皇之地自号称女性解放的启蒙者笔端流出，且在全社会引起共鸣，更能说明当时男性话语者内心深处对于女性的文化设定的次等地位，无法与男性比肩。这种设定显然是被广泛认可的。事实上，作为人类社会构成的两极，男性与女性虽有社会分工的不同，但对于人类社会来讲却是缺一不可的平等存在，其重要性自无须赘述。但是，在由男权话语主导的启蒙文学中，女性价值的被遮蔽，使得本应形成的两性平等的局面被国家的贫穷、落后的内在焦虑所掩盖，因而也就一并掩盖了基于价值被肯定基础上的妇女解放之路。

在国民性之外，性别喻指更被应用到了国家性质的比喻上。启蒙者以男性喻指西欧强国，以女性喻指尚落后的中国，其中更包含了启蒙者更为深远的政治想象。胡适曾作《睡美人歌》：“东方绝代姿，百年久浓睡。一朝西风起，穿帏侵玉臂，碧海扬洪波，红楼醒佳丽。”这种比喻，把中国喻作等待武士唤醒的“睡美人”，期待被西方文明唤醒，明确透露了五四启蒙者对于利用西方文明改造中国的心理诉求。而更深的心理层面上，胡适是想通过与前辈不同的“西男中女”的性别喻指来表达强国的一种愿景：以外来的西方发达文化来唤醒沉睡的中国文化，进而与落后的中国文化结合，实现中华民族的崛起。这种性别喻指与康德的观点是一致的。康德将启蒙定义为：“启蒙就是人类脱离自我招致的不成熟”，同时他把女性排除在能够通过自己的努力实现启蒙的群体之外：“绝大多数人（包括全部女性）都把步入成熟看作不仅是困难的而且是极其危险的。”[②] 在启蒙先驱这样的预设下，女性因缺乏自我启蒙的可能，变成了只能“被启蒙”的对象，这一性别处于压抑性地位，体现的是次等价值。

---

① 王桂妹：《民族性自审与性别隐喻》，《文学评论》2007 年第 5 期。

② ［德］康德：《对这个问题的一个回答：什么是启蒙》，［美］詹姆斯·施密特编《启蒙运动与现代性——18 世纪与 20 世纪的对话》，徐向东、卢华萍译，上海人民出版社 2005 年版，第 61 页。

在这样中西合谋的被遮蔽的性别价值影响下，不仅女性成为落后、愚昧的代名词，连女性作家在五四启蒙运动中发出的声音也逐渐被政治诉求边缘化了，最后变成几近失语的状态。

三　“娜拉”身份之变：被遮蔽的男性批判诉求

“娜拉”是五四男性启蒙精英引入易卜生主义时的一个形象代言者，并被迅速作为妇女解放与个性解放的典型来书写。在胡适的话剧《终身大事》中，女主角田亚梅成了中国现代文学史上的第一个“娜拉”。然而，从“娜拉”到“田亚梅”，这两个分别代表西方与东方叛逆女性精神的形象，却发生了一个重大的身份变化——由“妻子”变成了“女儿”。五四男性启蒙精英的这一看似不经意的改写，却使女性反抗对象发生了巨大转变。

在易卜生笔下，娜拉是反抗家庭的妻子，而代表家庭这个牢笼的是她的丈夫，这是现代女性发出的追求男女平等权利的呼喊，是建立在两性平衡基础之上的对现代男权意识的反抗。最终，娜拉通过放弃爱情的方式，获得了女人的独立价值和自由的意志。反观中国现代文学史上被男性启蒙精英们书写的“娜拉”，变成了“女儿”对象征传统家长制和封建礼教权威的“父亲”的叛逆。在五四时期激烈的反传统与封建旧家庭的斗争中，以“被启蒙”的“觉醒者”姿态出现的新女性在这场“父”与“子”的抗争中被推到了冲突的第一线，并与“子”结成了同盟。新女性作为“激烈的反抗者”被书写成了个性解放的先锋，却并没有完成真正的女性解放。因为，这种看似不经意的身份转换回避了“娜拉”原型对于男权意识的反抗，中国的娜拉们决绝地走出“父”的家门，目的却是为了走进“子”的家门，获得的不过是西方娜拉出走前的身份而已。卡罗·帕特曼指出：现代公民社会仍然是男权制的社会，社会契约是一个关于自由的故事，而性契约则是一个关于隶属的故事；公民自由是一种男性属性，它取决于男权；父权制是男权制的一部分，推翻专制暴虐的父权制并不意味着人类社会男权制的解除，儿子推翻了父亲的统治之后不仅获得了自由，而且为了自己保障了女人。[1] 因此，在“娜拉”原型对男性的批判诉求被遮蔽之后，以皈依爱情为指归的中国“娜拉”们并没有获得独立的自我价值和自由意志，而是在这样貌似解放的启蒙神话中继续着“他者”的处境。所以，“新女性”在完成叛逆壮举之后，几乎都因找不到出路而陷入了精神苦闷状态。

五四男性启蒙精英的书写树立了女性出走的典型，激励着五四新女性走出了“父”的家门。然而，由于缺少对于男权主流话语的反抗，遮蔽了女性对于男权社会的批判诉求，因此“出走”的女性并没有如愿“解放”，却透过男性话语的迷雾，发现“靠爱情来维持生活真是一种可怜而且危险不过的事情”（冰心《关于女人·后记》）。“女性解放”是由男性主导的社会启蒙的话语，而中国“娜拉”以出走的方式寻求解放，解放的却是男性而不是自己。西方“娜拉”是在追求“人”的自由“意志”，而中国“娜拉”则是在追求“女人”的自由“情感”——易卜生《娜拉》一剧中自由“意志”的艺术表现，一旦被中国人推演成了女性解放的社会运动与具体实践时，“误读”西方不仅没有使中国走向西方，相反却是借助西方强化了传统![2] 依附于反传统的意义而存在的妇女解放问题，实际上掩盖了性别针对性。

据《通鉴外纪》所载：“上古男女无别，太昊始设嫁娶，以俪皮为礼，正姓氏、通媒妁，以重人伦之本，而民始不渎。”[3] 由此可见，“人伦之始”，始于夫妇关系，所以中国古代儒家们均将等级伦理排序为夫妇、父子、君臣。这样看来，中国古代封建社会的统治秩序基础来自家庭——夫妇之序。这种两性之间的奴役秩序从这一词源便可窥一斑：“妇”在“夫”后，依附于“夫”；由“女”变“妇”，女性失去自我。因此，两性之间的奴役与压迫才是封建社会妇女丧失地位的根源所在，因此妇女解放的问题是永久存在的，并不会因为封建社会的结束而自然得到解放。由是观之，中国“娜拉”只有走出男权话语的遮蔽，真正体

---

① ［美］卡罗尔·帕特曼：《性契约》，李朝晖译，社会科学文献出版社 2003 年版，第 56 页。

② 宋剑华：《错位的对话：论“娜拉”现象的中国言说》，《文学评论》2011 年第 1 期。

③ 刘恕：《通鉴外纪》，国家图书馆出版社 2003 年版，第 1 页。

会女权运动的真正意义，解放自身才成为可能！

四　女性言说主体的被边缘化以至消隐

受妇女解放运动的感召，新文学文坛上出现了“五四”女作家群。然而在男性启蒙精英用“启蒙论的阐释体系”作为标准进行评价时，女作家的主体言说与主流话语一致时，内中的性别分歧就会被消解或忽略；而五四女作家普遍具备的浓重的“伤情伤已”的“小我情怀”，因未能与主流话语合流，则逐渐被边缘化直至被遮蔽。

早在胡适于美国留学生界酝酿白话文运动之初，便有女性打破历史缄默状态，以创作来做实际支持，这便是后来的北大第一位女教授陈衡哲。她在《留美学生季刊》上发表的《一日》是现代文学史上最早的白话小说。彼时是留美学生中白话与文言之争最激烈的时候，陈衡哲的这种白话文的实际应用，无疑是对胡适的一种真诚支持。这在胡适所作的《小雨点·胡序》中得到了验证：“当我们还在讨论新文学问题的时候，莎菲已经开始用白话文做文学了。《一日》便是文学革命讨论初期中最早的作品。《小雨点》也是《新青年》时期最早的创作的一篇……我们试回想那时期新文学运动的状况，试想鲁迅先生的第一篇创作——《狂人日记》——是何时发表的，试想当日有意作白话文学的人怎样稀少，便可以了解莎菲的这几篇小说在新文学运动史上的地位了。”此外，陈衡哲还在《新青年》上发表了一些白话文学作品：1918年5卷3号的诗歌：《人家说我发了痴》、5卷4号上的短剧：《老夫妻》；1919年6卷5号（马克思专号）上的诗歌：《鸟》《散伍归来的“吉普色”》；1920年8卷1号上的小说《小雨点》、8卷2号上的小说《波儿》。数量虽不十分多，但在当时白话文运动应者寥寥的文坛之中，这种包括诗歌、戏剧、小说等文类的全面创作理应受到重视。然而，这种女性创作主体的巨大历史贡献却被五四宏大的历史叙事遮蔽以至消隐了。在文学史上，陈衡哲及其创作基本是不被提及的。在极少数谈及此的文学史中，也并未给予应有的地位及评价：“《狂人日记》并不是现代文学史上最早的白话小说，1917年6月，陈衡哲在《留美学生季刊》上发表了‘纪实小说’《一日》。……但能以足够的思想艺术分量，深刻体现思想革命和文学革命的实质，把彻底反封建的精神与崭新而又完美的艺术形式紧密结合的，则是《狂人日记》。"[①] 在这里，陈衡哲的创作只获得了线性时间上的"最早"，却因着不能像《狂人日记》一样"以足够的思想艺术分量，深刻体现思想革命和文学革命的实质"，因而没能成为现代文学史上白话小说的经典。

作为一位听任内心情感驱使创作的作家，陈衡哲与五四男性启蒙精英们"听将令"或是"为人生"的创作理念不同，因而其创作也一直游离在五四主流的启蒙叙事之外，也因此被男性主导的启蒙话语主流叙事所遮蔽，导致言说主体的消隐。而另一位女性作家凌叔华，则"揭示了以社会解放代替女性解放，从而使女性遭到另一种意义上——女性的'本我'被政治的'超我'所裹挟，并湮没于时代的洪流之中——的遮蔽和放逐的历史真相，并且主动与'五四'时代的主流意识形态相悖离、分化，退居到时代的边缘进行女性叙事。"[②] 这样边缘化的女性叙事依然没有逃脱被主流话语整合的命运，以至文坛上渐渐失却了凌叔华的声音。"'五四'女作家仿佛置身于来自时代语汇系统与自身经验双向的挑战之间。"[③] 向时代语汇系统靠近，会使女性处于使用他者话语写作的焦虑与失语之中，进而失却女性作家自身特有的存在价值；而选择自身经验，又使得个性化的叙述游离于主流话语之外，处于被遮蔽的状态。

此外，五四女作家们关于新女性在"新伦理"与"旧角色"之间的冲突焦虑、精神痛苦及外在生活压力等方面内容的描写，并没有得到男性主导的现代文学批评界的认可，或被误读，或被悬置在批评视野之外，充分表明了启蒙话语的男性基质。五四被比喻为一个文化上"弑父"的时代，而女性则是在这场战斗之初作为"逆子"的同谋的身份出现的，当这种父与子的对立不再是社会主流的意识形态时，女性的写作与立场便被主流话语湮没了。

---

① 黄修己：《中国现代文学发展史》，中国青年出版社1997年版，第37页。

② 杨丹丹：《"五四"女性叙事的另一种声音——凌叔华小说中女性主体意识的文化解读》，《绥化学院学报》2008年第4期。

③ 孟悦、戴锦华：《浮出历史地表——现代妇女文学研究》，中国人民大学出版社2004年版，第23页。

五　“新青年”的“旧妻子”：被遮蔽的存在价值

五四启蒙文学是提倡“平民文学”的，一直努力把社会底层普通民众作为文学表现主体，以表现启蒙的人道主义的情怀。然而，“恋爱自由与离婚思潮中被弃的妇女，这个1920年代现实生活中相当重要的人群，在新文学作品中却几乎完全被遮蔽了。当她们偶然出现在新文学和新文化的言说中，更多的也是作为‘控诉’的内容，即传统礼教和旧道德的一种‘物证’而存在。”①

当《娜拉》在《新青年》上发表，奏响离婚的第一声之后，瑞典女作家爱伦凯的“恋爱至上”理论在中国传播开来，这在某种程度上赋予了破除包办婚姻——离婚这一行为以道德认同感，因而促成了“离婚自由”的社会风潮。五四启蒙先驱中，试图离婚的有胡适、茅盾、郁达夫等，不离婚便结合的有鲁迅、郭沫若等人。即便如此，男性话语还表达了自己的委屈：“离婚，我何尝不知道。但是现在中国的顽固社会里面，还有谁娶再嫁的女子？岂不是置他［她］于死地吗？我的精神虽然不能同他［她］相合，凭空弄死一个人，我又何忍。我现在只是讲‘人道主义’罢了！唉！我一生的幸福，前半是把家庭送掉的，后半是把‘人道主义’送掉的。”② 然而，这些“旧妻”们，精神上难以成为丈夫的同道，生活中也不是丈夫的伴侣，丈夫的感情可以转向家庭以外的新女性，进而实现感情的丰满，她们却只能守着虚无的名分，操劳持家，侍奉公婆，孤独地走完一生。在这种难以摆脱的依附关系中，她们的无助与困苦却因为存在价值的被遮蔽而乏人关注。在有关家庭问题的叙事文本《茑萝行》《西风吹到了枕边》《是爱情还是苦痛?》等作品中，叙述人和被关注对象都是男性，妻子的内心世界几乎没有被关注过。除了几张模糊不清的照片外，只曾隐约出现于一些男性启蒙先驱的文本缝隙中，成为男性自我标榜的“人道主义”牺牲的陪衬物被展示出来。那么，“旧

① 杨联芬：《新伦理与旧角色：五四新女性身份认同的困境》，《中国社会科学》2010年第5期。

② 罗家伦：《是爱情还是苦痛?》，《新潮》第1卷第3号，1919年3月。

妻”的这种被遮蔽的存在又是一种什么样的状态呢?

《是爱情还是苦痛?》中描述了男主人公与“旧妻”生活的痛苦，作为例证的是妻子的两次落泪。一次是男主人公描述自己决定平等对待妻子，凡事让妻子自己决定，可妻子反倒觉得这是丈夫在疏远自己，因而落泪；另一次是丈夫接到昔日恋人的来信，情难自抑而唏嘘不已，让妻子伤心落泪。客观地看，如果第一次的落泪事件能看出些夫妻双方思想步伐不一致而产生的隔膜的话，那么第二次的落泪便是人之常情。发现丈夫另有所爱而伤心，这本是天经地义之事，却被丈夫当作不能理解自己感受而备受嫌恶，男性为中心的夫权意识显而易见，正如有的研究者所指出的：“五四的这类丈夫们在过于低估他们名义上的妻子作为人同样的幸福标准的同时，恰恰又夸大了自己‘人道’牺牲的作用，夸大了婚姻关系上‘人道主义’实践的客观价值。”①

五四“新青年”希望与有学识的新女性建立新式家庭，但当无法摆脱旧式包办婚姻时，便用“人道主义”的牺牲来接受旧婚姻。可他们却对旧妻子的存在与感受完全漠视，造成新的性别压迫。女性作家石评梅的《弃妇》《林楠的日记》里描写过这种“旧妻”的这种切肤之痛，却也淹没在了宏大的启蒙叙事之中。当存在价值被遮蔽之后，“旧妻”的解放与出路就变得更为迷茫。

“我若出了牢笼，/不管他天西地东，/也不管他恶雨狂风，/我定要飞他一个海阔天空！/直飞到精疲力竭，水尽山穷，/我便请那狂风，/把我的羽毛筋骨，/一丝丝的都吹散在自由的空气中!”这是女作家陈衡哲发表于《新青年》的白话新诗《鸟》。这可以看作是觉醒了的新女性渴望个性解放、妇女解放的心声，也是其向往自由的新世界的宣言。这是五四启蒙文学关于女子问题的诸多探讨唤醒的女性的个体意识和生命尊严，但完成“反传统”这一使命之后，却没有继续以女性为本位的深入思考，从另一个侧面反映出自觉的性别意识的匮乏。

综观五四启蒙文学中女性的被遮蔽状态，固然是囿于社会与时代的局限，但传统文化影响下的社会性别角色的限定及历史惯性的影响，以

---

① 倪婷婷：《五四作家的文化心理》，南京大学出版社 2005 年版，第 119 页。

及女性惰性形成的依附意识作祟等也是未能避免的原因。因此，在试图解放人、解放妇女的写作中，两性平等的原则渐渐被忽略，从而对女性形成了新的压抑与遮蔽。在形成自觉的性别意识与主体意识前，女性既不是启蒙的主体也不是启蒙的最终旨归，所以随时可能被宏大叙事遮蔽，妇女解放的道路仍是任重而道远。

第三节　理性不足：未竟的思维革命

“理性”，不仅是与感性相对应的一个认识阶段，还包括了人所拥有的与宗教信仰相对立的全部理智能力。而18世纪欧洲启蒙运动中的“理性”是有着特别含义的：“理性概念就不是先天存在概念，而是作用概念、功能概念。正是这一理性是18世纪理性的基本内涵，是18世纪启蒙运动的基本精神，是其出发点也是结果，是旗帜也是前进的动力，是它特殊的魅力也是真正的体系价值所在。”① 但是，当启蒙运动传到中国时，启蒙思想家们“完全没有意识到启蒙本质上是思维方式的一场历史性的革命”②。所以，在五四启蒙运动中，理性的不足使其失去了西方启蒙运动中理性烛照下的光辉，以致最终走入困境。

一　理性追求与传统思维方式的吊诡

卡西勒在《启蒙哲学》中这样描述了“理性”之于西方启蒙运动的意义：“当18世纪想用一个词来表述这种力量的特征时，就称之为‘理性’。‘理性’成了18世纪的汇聚点和中心，它表达了该世纪所取得的一切成就。”③ “理性”在西方启蒙运动中已成为思想基础与思维方式，恩格斯形象地描述了这一现象：“一切都必须在理性的法庭面前为自己的存在作辩护或者放弃存在的权利。思维着的悟性成了衡量一切的唯一尺度。”④ 就这样，在18世纪欧洲启蒙运动中，理性思维成了人们的普遍思

---

① 赵立坤：《论18世纪启蒙理性》，《湘潭大学学报》（社会科学版）2001年第6期。

② 姜义华：《理性缺位的启蒙》，生活·读书·新知三联书店2000年版，第3页。

③ ［德］E. 卡西勒：《启蒙哲学》，顾伟铭等译，山东人民出版社1988年版，第3页。

④ ［德］恩格斯：《反杜林论》，人民出版社1993年版，第15页。

维方式，这场思维革命也因此给人类社会带来了文明与进步。但是，这种思维革命在中国的五四启蒙运动中虽然也有，却远没有达到变革国人思维方式的程度，因此为五四启蒙运动留下了遗憾。

通常，一个国家或民族的文化是非常稳定的，如果因受到外力而改变，通常也不会改变基本结构。所以，尽管中国由民族危机引发了启蒙运动，但这种不是发自文化内部的变革需求并不能改变国人传统的思维方式，传统的思维方式依然在意识深处支配着启蒙先驱的思维。在中国文化传统中，占支配地位的思维方式是以“仁”为中心的道德至上主义。道德被赋予了本体意义，成为全部思维活动与社会认识功能的总前提，统领了一切如义、礼、智、信等评价机制。《礼记·中庸》中说：“君子尊德性而道问学，致广大而尽精微，极高明而道中庸，温故而知新，敦厚以崇礼。”“尊德性”成为对传统文化中的理想人格——君子的前提性要求，正如“德才兼备”中“德”要统领“才”一样，人才的社会作用也首先表现为立德，其次才是立功与立言。

在西方启蒙运动的理性追求鼓舞下，中国的启蒙思想家们也曾对这种传统思维方式提出了质疑。康有为的《康子内外篇·仁智篇》曾专门论述过这种道德至上的思维方式，并提出了异议：“物皆有仁、义、礼，非独人也。鸟之反哺，羊之跪乳，仁也。即牛、马之大，未尝噬人，亦仁者。鹿之相呼，蚁之行列，礼也。犬之卫主，义也。惟无智，故安于禽兽耳。人惟有智，能造作饮食、宫室、衣服，饰之以礼乐、政事、文章，条之以伦常，精之以义理，皆智来也。……故惟智能生万理。或谓仁统四端，兼万善。非也。吾昔亦谓仁统义、礼、智、信，与朱子言‘义者，仁之断制；礼者，仁之节文；信者，仁之诚实；智者，仁之分别’同。既乃知人道之异于禽兽者，全在智。惟其智者，故能以慈爱以为仁，断制以为义，节文以为礼，诚实以为信。”① 在这段论述中，康有为质疑了“仁”的中心地位，提出了对“智”的要求，这其实是对西方启蒙运动中所提倡的理性的一种自觉追求。但是，这种理性追求在强大而根深蒂固的传统思维方式面前很快就被湮没了。

---

① 康有为：《康有为全集》第1卷，上海古籍出版社1987年版，第191—192页。

传统的思维方式同样占据着五四启蒙先驱的头脑。在对个人价值实现这一问题的态度上，五四启蒙先驱明显地体现出了理性追求与传统思维方式的吊诡。启蒙先驱一方面认为个体本位的“个人主义”的价值观是西方启蒙运动中的资产阶级现代文明的基本精神，另一方面又不能割舍传统思维，对体现中国传统文化注重群体性的无我理想倍加推崇。因此，启蒙先驱在此问题上的主张多是自相矛盾的。如陈独秀认为：“社会是个人集成的，除去个人，便没有社会；所以个人的意志和快乐，是应该尊重的。”① 表面上看来，这是倡导西方个体本位的价值观的，可是陈独秀又论述道：“个人之在社会，好像细胞之在人身”，“人生在世，个人是生灭无常的，社会是真实存在的”②。在强调了个人价值实现之后，又认为个人价值的最终实现还是在于对社会的贡献。无独有偶，另一位启蒙先驱胡适的主张也是如此。在《易卜生主义》一文中，他认同西方人本主义观点，倡导个人主义，是个不折不扣的自由主义者。可同时，中国传统的道德至上的思维方式又根深蒂固地存在于他的思维深处，在《不朽》一文中他又认为个人的“小我”要依赖社会的“大我”而存在，“大我”才是不朽的。李大钊也同样认为个人应尽量发挥自己的长处为社会做出贡献，主张“协合与友谊，就是人类社会生活的普遍法则”③。事实上，西方启蒙运动是要从上帝权威之中解放人的主体地位，张扬人的主体性，实现人的个体价值；而中国人的主体地位却是丧失在以“仁”为基础的道德至上主义之中的。以儒家伦理道德为主的传统道德文化将人的群体性规定为人的本质属性，使人的主体性为社会属性所牵制，个体价值的最高目标是对于社会的群体价值。对这种无我理想的推崇，使五四启蒙先驱对个体价值的理性追求被传统思维方式所湮没。

在五四启蒙运动中，先驱们激烈批判传统的旧道德规范，而以西方传入的进化论与人权论作为新道德的追求。这种选择本身就体现出了一

---

① 陈独秀：《人生真义》，《陈独秀著作选》第1卷，上海人民出版社1993年版，第347页。

② 陈独秀：《人生真义》，《陈独秀著作选》第1卷，第347页。

③ 李大钊：《李大钊文集》（下），人民出版社1984年版，第16页。

种道德至上主义，因为西方文明的这两大成果所体现出来的万能与至善，恰恰是最为符合中国传统思维方式中的道德至上主义的。因而“进化论”被引入时并不是严格地作为科学真理，很大程度上是作为一种代表新的历史进程的“道德律令”出现的。在五四启蒙运动中，尽管我们也看到了泛着理性追求的光辉的批评与怀疑精神，如启蒙先驱们对于权威——孔子、孟子、老子及经典的批判，但这种怀疑精神并不彻底，批判中国传统权威的同时他们又树立了西方的达尔文、卢梭等人为新的权威。这种貌似理性追求的批判实际上只是以对新权威的盲从代替了对旧权威的盲从，体现了传统思维方式的道德至上的一元式思维特点。

二　理性与非理性的纠结

五四启蒙文学最重要的功绩之一便是理性精神的提倡。近年来，随着研究的深入，五四启蒙文学的非理性因素也逐渐显现。这种非理性因素与理性纠结在一起作为五四文学发展的张力而存在着，对五四启蒙文学产生了深远的影响，并进一步暴露了理性不足给五四启蒙文学留下的困顿与缺失。

五四启蒙文学的理性精神首先体现在对个体价值的发现与肯定上，这是理性精神觉醒的标志，也是五四留给我们的宝贵遗产。胡适的《易卜生主义》中发出的对个性的呼唤及其对灭杀个性的传统社会的控诉深入人心：“须使个人有自由意志”“社会最大的罪恶莫过于摧折个人的天性，不使他自由发展”，这些观点在五四启蒙运动中引起了青年的广泛共鸣，一直被传统文化压抑着的个性与个体价值被理性之光唤醒，就如子君的那句：“我是我自己的！”一样成为时代最强音。但是我们也应注意到，五四启蒙先驱以理性对个体价值发现与肯定的同时，也表现出了非理性的一面。由于过分张扬个性，启蒙先驱对于人性中的一些非理性的情感十分看重，以至于忽略了它的片面性。如郁达夫所说的：“知识我也不要！名誉我也不要！我所要的就是爱情！我所要求的就是异性的爱情！”这里完全看不到启蒙运动中理性作为思维武器的痕迹；连倡导启蒙的陈独秀也认为：“知识理性的冲动，我们固然不可看轻，自然情感的冲动，我们更应当看重。”① 因此，理性与情感是一种互动与互相促进的关系。但是，像五四启蒙先驱这样对非理性的情感的过分推崇，在压抑自然情感的传统文化面前的确有着解放个性、发现自我的重要作用，却因理性的不足而难以令后来人产生认同感。这样的一种没有理性反思的单纯情感宣泄，将理性拉入情感的泥沼之中，未能完成非理性的情感与理性的思考的互动，像韦伯所说的那样由情感导向转向理性导向，将批判理性转化为工具理性，建立科学的理性秩序，反而是因与非理性的情感纠结在一起进而掩盖了理性的光辉。

五四文学的理性精神也在文化批判的角度上体现了出来。胡适、鲁迅、吴虞等人在西方启蒙运动的价值理念为参照系的条件下，理性地分析了中国的家族制度与婚姻制度对妇女与个人的压抑，充分揭露了中国的社会变革与西方社会变革之不同，明确提出了文化批判的目标。但是，就如张灏所论述的：“就思想而言，五四实在是一个矛盾的时代：表面上它是一个强调科学、推崇理性的时代，而实际上它却是一个热血沸腾、情绪激荡的时代；表面上五四是以西方启蒙运动重知主义为楷模，而骨子里它却带有强烈的浪漫主义色彩。”② 上述理性分析是以个人的强烈的非理性的激情为基础的，是与启蒙先驱个人的实际生活经验密切相关的。如对孝道的批判上，胡适写过《再论“我的儿子”》，鲁迅写的则是《我们现在怎样做父亲》，态度与立场是极为相似的；尤其在对妇女的贞操问题的批判二人更是达到了惊人的默契，胡适发表的《贞操问题》，鲁迅发表了《我之节烈观》，都对传统的婚姻制度进行了入骨的批判。这些理性的批判都是建立在启蒙先驱本人的成长背景与具体生活经验方面的，胡适与鲁迅本人均承受着传统婚姻带来的痛苦，因而在他们的批判理性之下掩盖的其实是痛苦的激情。

五四文学的理性精神还表现在对外来文化的选择与接受方面。经过辛亥革命的失败，五四启蒙先驱认识到，没有思想领域的启蒙运动是不

---

① 袁阳：《溺于情感的理性——五四理性的觉醒与迷失》，《青海师范大学学报》2001 年第 3 期。

② 张灏：《五四运动的批判与肯定》，《当代》（台北）1986 年 5 月创刊号。

会有革命的成功的。经过审慎的理性思考，五四启蒙先驱选择了“文学革命”的方式，以最能体现理性精神的“民主”与“科学”为武器，开始了以改变“最后觉悟之觉悟”为目标的伦理革命。这样的理性选择使中国人打破了天朝大国的迷梦，开始正视民族与国家的危亡。但是，在这样的理性选择之下，我们却依然看到了非理性因素的存在。启蒙先驱将西方文化与传统文化进行了“新/旧”“先进/落后”等截然对立的二分法，在这样的二元对立思维指导下，启蒙先驱渐渐变成了对西方文化的“全盘接受”，对中国传统文化的“彻底否定”：“旧者不根本打破，则新者绝对不能发生，新者不排除尽净，则旧者亦终不能保存，新旧之不能相容，更甚于水火冰炭之不能相入也。”[①] 这种不加筛选的一刀切的非理性态度，还导致了西方文化接受过程中的粗制滥造。尽管五四启蒙先驱接受西方文化的前提是理性的，但是因为非理性的反传统情绪的支配，启蒙先驱忽略了接受西方文化的文化基础，缺乏对西方文化的明确而理性的认识，因而不加理性地疏导便采取了“拿来主义”，却未能形成与中国传统文化的融合与互动，造成了文化发展方向的迷失，这是日后五四运动经常备受诟病的重要原因之一，也从根本上违背了启蒙的理性精神。

三　缺失的启蒙理性方法论

18 世纪的西方启蒙运动尽管有着千差万别的思想，但其以理性为方法论的特征是十分清晰的，在卡西勒的《启蒙哲学》中有详尽的论述：“启蒙思想摒弃了十七世纪形而上学的抽象演绎的方法，而代之以分析还原和理智重建的方法……这种分析重建法正是启蒙哲学的最根本的方法论特征，也是被启蒙运动树为旗帜的‘理性’这一官能的真正功能之所在。”[②] 18 世纪西方启蒙运动中的理性的真正功能所在即为“分析重建法”，这种方法的内在统一性在西方启蒙运动的各个领域中都显示出了无穷的力量，使启蒙运动的思维革命得以实现。但是，中国的五四启蒙运动是缺少这种方法的统一性的，代替分析重建法这一方法论使五四启蒙

① 汪叔潜：《新旧问题》，《青年杂志》1915 年创刊号。

② ［德］E. 卡西勒：《启蒙哲学》，顾伟铭等译，山东人民出版社 1988 年版，第 3—4 页。

先驱们的千差万别的学说与思想统一起来的，是一种汪晖所称的“态度的同一性”。

关于五四启蒙运动的“态度的同一性”，胡适回忆说：“据我个人的观察，新思潮的根本意义只是一种新态度。这种新态度可叫做‘评判的态度’……‘重新估定一切价值’八个字，便是评判的态度的最好解释。”① 所谓态度，即是人们带有倾向性的一种心理状态而已，它的模糊性恰好体现了五四启蒙运动的一些特点。五四启蒙文学中启蒙先驱的态度大体上有两种：一种是对于西方文化的推崇，另一种是对于社会问题的发现与批判。胡适所谓的“评判的态度”前提在于一种“价值判断”，而不是评判的方法，虽然也可能有“分析重建”的因素，却并没有上升到方法论的程度。最为典型的就是陈独秀的《敬告青年》中提出的包括自主、进步、进取、世界、实利、科学的六条准则。这六条准则表明的是一种态度，一种对于新人格塑造的态度，成为一种新文化追求的道德律令。

“态度”一词在五四时期成了良方，当新文学团体或是刊物的理念出现矛盾时，往往用“态度”一词来进行统一。不论是文学研究会的“基本的态度”还是语丝派的“共同的态度”，都以这样的“态度的统一性”维系着团体。

但是，西方启蒙运动对资产阶级革命最重要的贡献在于：它以相对精密而完备的知识，对对象做出了精神的分析、还原和重建，使人们能够从思维上改造一种社会心理现象。这种分析重建的作用是五四启蒙运动靠“态度的同一性”永远不能达到的。五四的启蒙思想缺乏西方启蒙运动的思维传统与先进的知识背景，因而不能对中国社会的制度、文化传统进行缜密的分析，更谈不上分析后的还原与重建了。这样就造成了文化的异质性，没有对于中国社会问题的深刻认识与独特性的分析，没有对于理性与知识的深刻认识，最终只能做出“价值评判”，因而缺乏理性与思维革命的深度。五四时期，启蒙先驱对于中国社会存在的问题展开了轰轰烈烈的批判，如礼教的问题、妇女儿童的问题、孔教反动的问

① 胡适：《胡适文存》第4卷，上海亚东图书馆1925年版，第1022—1023页。

题、教育改革的问题、戏剧改良问题、国语统一的问题等，但由于其理论依据多是自西方文化而来，并没有与所分析的对象达到契合一致，不能带给人们切身之感，因而也就不能成为全社会持续关注的问题，不会引发人们思维上的革命。

此外，仅有“态度统一”而无“方法论”基础还会造成另一种弊端。五四启蒙运动中出现了许多“异质的”学说相并存的局面，但其中的那些对抗性的及不可调和的分歧都被“态度的同一性”掩盖了。但当这种“态度”离开了特定的对象的时候，它的“同一性”便不存在了，原本被其掩盖的矛盾便会更加尖锐地表现出来，因此启蒙先驱间的对立与分离便不可避免。“民主”与“科学”是五四启蒙先驱共同的价值理想，但对其内涵理解的不一致也暴露出了启蒙先驱们不同甚至后来表现为对立的政治主张。如陈独秀崇拜法国的启蒙运动，《新青年》封面上的法文标题即是由此而来，他对于“民主”与“科学”的理解一直随着他本人的政治立场的变化而变化；胡适是陈独秀“文学革命”运动的坚定支持者，在这一问题上却并不一致。受其老师杜威的“实验主义”哲学思想影响，他认同的是美国式的民主；而鲁迅与之相异，他是对代表资产阶级政治文明的“议会制”存在着怀疑的；更为不同的是李大钊的民主取向，是非法国而亲苏俄的。上述五四启蒙的领袖人物关于启蒙运动的政治结果的愿景有如此之大的分歧，这不能不说是没有统一的方法论的必然结果。这样巨大的分歧被掩盖在“态度的同一性”之下，所以当态度特定的对象改变或消失时，启蒙先驱之间的对立与疏离就是不可避免的了：启蒙落潮之际，周作人转向了闲适的美文；胡适一类的自由知识分子转向纯学术领域去“整理国故”；鲁迅坚守新文学阵营；陈独秀与李大钊视野转向苏俄，成为早期共产主义者……这样的分化以后，五四启蒙运动中“理性”的命运就可想而知了。

四　理性与信仰的冲突与统一

在18世纪西方启蒙运动中，理性与信仰呈现了一种新的状态。启蒙理性在本质上是一种批判力量，这种力量以摧枯拉朽之势取代了上帝在世间的权威，旧有的基督教信仰遭到了毁灭性打击，使人认识到是人的思想在改造着这个世界，而不是上帝。虽然有些启蒙思想家依然信奉自然神论，但宗教信仰再也没有了统治地位，新的权威变成了理性，因此18世纪被称为理性的时代。

但是，“理性在启蒙运动中一开始是作为信仰的对立面、宗教的对立面出现的，也是作为‘已成权威的传统’的对立面出现的”①。随着理性地位的确定，卡西勒将理性与信仰的关系描述为：“确立新的信仰形式恰恰是启蒙时代最高的积极成就。启蒙运动最强有力的精神力量不在于它摒弃信仰，而在于它宣告的新信仰形式，在于它包含的新宗教形式。”②另一位对启蒙时代颇有研究的哲学家贝克尔说：“理性可以用来维护信仰，正如它可以用来摧毁信仰一样。”③他认为18世纪的哲学家不过是用新的材料重新为人们确立了一个新的信仰——理性而已。因此，18世纪理性与信仰的关系不仅是摧毁，更有重建，尽管重建后的信仰绝非原本的宗教信仰。在这样的哲学要求下，伏尔泰公开宣称：“没有上帝也要制造一个上帝出来。”可见，18世纪西方启蒙最后将理性变成了信仰，从而改变了人的思维，实现了思维革命。

但是，当理性的合法性地位取得之后，应不断地坚持以理性意志来进行反思与批判，否则理性就会如霍克海默与阿道尔诺在《启蒙辩证法》中论述的那样：“启蒙的反权威倾向最终不得不转变成它的对立面，转变成反对理性立法的倾向。与此同时，这种原则也取消了一切事务的内在联系，把统治作为一种至高无上的权威来发号施令，并操纵着任何证明可以适用于这种权威的契约和义务。”④理性在破除迷信的同时却又将自己树立为信仰，如果它丧失或是不去运用它的自我批判与反省的能力，便会使人类屈服于它的价值体系进而削弱人们的独立思考能力，就会逐渐丧失伏尔泰曾热情讴歌过的正义感与同情心，蔑视情感和意志，在理

---

① 汪堂家：《“启蒙”概念及其张力》，《学术月刊》2007年第10期。

② ［德］E. 卡西勒：《启蒙哲学》，顾伟铭等译，山东人民出版社1988年版，第132页。

③ ［美］卡尔·贝克尔：《十八世纪哲学家的天城》，何兆武译，生活·读书·新知三联书店2001年版，第17页。

④ ［德］马克斯·霍克海默、西奥多·阿道尔诺：《启蒙辩证法》，渠敬东、曹卫东译，上海人民出版社2003年版，第102页。

论上走向偏执。所以，启蒙并不应是一个一次性的历史运动，而应以自我反思与自我批判、自我超越的特质，时刻反省自己，成为恒久的态度。

卢梭与康德都注意到了理性与信仰的关系的重要性，他们为这一问题提出了切实可行的解决方案："反对按自然科学模式片面地理解理性，并且通过给信仰保留地盘来维持道德对人的恶行的约束力。"① 于是，理性与信仰的冲突与统一便成了思维革命的最后一环。

中国的五四时期，也如西方启蒙运动初期一样，理性是作为信仰的对立面出现的。彼时，象征着理性精神的怀疑主义盛行，推翻了旧信仰，建立了新的"人道主义信仰"。深受怀疑主义者杜威、赫胥黎影响的胡适发表《新思潮的意义》时特别提倡了怀疑主义，陈独秀更认为应以理性来破坏掉不合理的信仰。启蒙先驱以理性来破坏旧信仰的目的，是追求更为真实、合理的信仰。

1920 年，周作人在演讲中说："这新时代的文学家，是偶像崇拜者，但他还有他的新宗教——人道主义的理想是他的新宗教，人类的意志便是他的神。"由此可见，这种"人道主义信仰"成了五四时期的新权威，成为理性选择下的新信仰。这种新信仰在作家中也是得到了广泛响应的，宗白华创作的一首小诗便命名为《信仰》。理性在摧毁了旧的信仰之后，又为五四运动确立了新的信仰形式。但是，尽管这新的信仰不是理性自身，却也在"我信仰，我也是神！"中显示出了将人"神化"的倾向。这种倾向是胡适在西方启蒙运动中已经体会到的，他在《我们对于西洋近代文明的态度》一文中将理性统治下的近代文明视为西方的"新宗教"，认为他的特色便是理智化与人化。

中国的五四启蒙运动中，尽管出现了"人的神化"的倾向，但由于理性发展的不足，所以理性与信仰被割裂，没有像西方启蒙运动一样最终走向"理性的傲慢"，更缺少了理性自身具有的反省功能，未能在与信仰的冲突与统一中促进思维的革命。

应该说，五四启蒙运动中是有过自觉的理性追求的，但因传统思维方式未得到根本变革，加之缺少理性生存的学理土壤与空间，西方理性

---

① 汪堂家：《"启蒙"概念及其张力》，《学术月刊》2007 年第 10 期。

自身的内在矛盾表现又越来越突出，导致这样的理性追求很快便陷入了困顿，进而发生了转向，使得五四启蒙运动中呈现出了“理性不足”的状态。这不仅成为五四启蒙时常发生危机的深刻动因，也使中国的五四启蒙运动未能借助理性实现思维的革命，取得西方启蒙运动那样的丰硕成果。这不能不说是五四启蒙运动的一大损失。

结　　语

说起五四文学，有许多东西似乎不言自明，却又有许多暧昧不清。在启蒙视域下观照五四文学，也许会为我们提供另一种认知角度。

尽管启蒙运动本身存在争议，但是五四文学受到启蒙运动的深刻影响是不争的事实。经过启蒙运动的洗礼，五四文学真正萌发了现代性，开始了从近代向现代的转型。但是，启蒙自身的困境，包括启蒙遭遇的外部危机，都给五四启蒙运动带来了变数甚至逆转，直接影响了五四文学的发展方向，也为今天的我们留下了许多思考与探索的空间。

从欧洲启蒙运动来看，启蒙自身面临着一定的困境。正如《启蒙辩证法》所论证的那样，启蒙把理性变成信仰之后，就走向了自身的反面。但事实上，这种说法也有不尽然之处。启蒙运动的旗帜是理性，但理性在 18 世纪的欧洲既有着对笛卡尔唯理主义的继承，也有着对培根与洛克的经验主义的补充。这两种资源既有同一性，又有互相批判的互补性。此外，启蒙思想中一直留存着法国蒙田开启的怀疑论传统，这种带着深刻怀疑的批判精神不仅质疑了一切权威，也质疑着启蒙自身。这种质疑无疑是对启蒙理性霸权的一种消解，可以解构有关理性的神话，拯救启蒙于自身的悖论之中。这种质疑在卢梭对于现代工业文明的批判中可见其影子，在中国五四启蒙运动中也可见其影响。如鲁迅在坚定的启蒙立场之下创作出的解构启蒙意义的作品《伤逝》《在酒楼上》等。这些作品都对运动中所宣传的启蒙进行了追问与质疑，因而被人称为“反启蒙”的作品。事实上，这恰是启蒙自身内部两种相互批判的张力所致的效果。鲁迅对于启蒙的质疑，恰恰将启蒙向前推进了一步，解构了启蒙理性的权威，使启蒙更有可能趋向自身。

此外，启蒙自身的张力也表现在浪漫主义思潮的生发上。前文详述过，浪漫主义本身就是启蒙主义的一部分。尽管它是以反启蒙主义的姿态出现的，但其实是对理性趋向权威时的一种反拨。浪漫主义突出的情感主张与特征，恰与理性一起构成了人性中的两极。并且，浪漫主义在某种程度上与启蒙主义是同质的，二者都具有批判精神与对自由的渴求。只是，经过法国大革命的血腥与动荡之后，启蒙运动承诺的理性、自由的王国没有如约而至，人们对于通过革命来改造社会的途径失去了信心，视野转向人类的内心深处，试图在美好的自然与情感中寻找慰藉，试图为人类找到安身立命之所。所以，这两种思潮虽看似相反，实质却殊途同归。所以，不论是歌德的《少年维特之烦恼》，还是卢梭的《新爱洛伊丝》，直至后来的浪漫主义名作《阿达拉》，都是试图为人类的灵魂找到归宿，实现自我救赎。

哈贝马斯说启蒙是一个未完成的方案。这句话包含了对于启蒙内在资源丰富性与开放性的判断，也由此，启蒙运动被称为现代性之母。启蒙的这种兼容并蓄在五四启蒙运动中也有所体现。如学者张灏分析的，理性主义与浪漫主义、个人主义与集体主义、民族主义与世界主义，这些互相冲突与互相弥补的两种精神内质，都同时存在于五四启蒙思想之中，造成了五四启蒙思想的两歧性，也造就了五四文学的丰富性。是以，我们不应只看到五四文学启蒙的一面，如《新青年》与《新潮》，还有并未激烈反传统的另一种启蒙——梁启超与杜亚泉等非革命派。

五四启蒙运动的意义不止于此。当第一次世界大战的残酷性击碎了人们对于理性的幻想与信心时，欧洲知识分子对于西方的现代工业文明包括与之伴生的人文主义理性传统已经绝望，开始对于启蒙以及现代性进行反思。这种情绪也蔓延到了五四运动后的中国，人们开始以欧洲历史为坐标审视五四启蒙运动，适时地对五四启蒙理性进行了反省，开始以传统文化资源来丰富、改造启蒙思想。这种对于启蒙思想的丰富与改造吸引了遭遇信仰危机的欧洲哲学家，让他们看到了东方文化的内在力量。罗素中肯地评价东西方文明时说："西方人应当教导中国人的不是道德或关于政府的伦理准则，而是科学和技术，或者更准确地说，是科学方法。另一方面，西方人应向中国人学习‘生活目的的合理观念’。”① 由此引发了当时著名学者、哲学家的东西互访热，更加推动了中西方文化的交流与融合。这不仅使五四启蒙文学成了世界文学的一环，还在某种程度上丰富了启蒙的内在资源，令启蒙之声在中国及至世界留有余音，让我们确信：启蒙只是一个过程，只要还有未知领域，启蒙就永远没有终点，永远行进在“祛魅”的路上。所以，面对对于启蒙的质疑，本书引用许纪霖先生的一句话：“启蒙死了，启蒙万岁。死去的是启蒙传统中各种绝对主义的元话语，而永恒的将是启蒙思想中的交往理性和批评精神。”②

如是，以上述启蒙的视域来观照五四小说，他们对启蒙传统的继承与发扬，运用启蒙策略的得失与功过，间或以东方特有的文化理念使启蒙发生的流变等，都是自有其价值所在的。启蒙从未真正死去，对启蒙影响下的五四小说的研究亦可能随时焕发生机。

---

① 转引自周策纵《五四运动——现代中国的思想革命》，周子平等译，江苏人民出版社1999年版，第240页。

② 许纪霖：《启蒙的自我瓦解》，吉林出版集团2007年版，第42页。

参考文献

一　中文著作

白云涛：《酒神的欢歌与日神的沉咏——中西文学传统比照》，辽宁人民出版社 1990 年版。

蔡元培等：《中国新文学大系导论集》，上海良友图书公司 1928 年版。

陈独秀：《独秀文存》，安徽人民出版社 1987 年版。

陈平原、夏晓虹主编：《二十世纪中国小说理论资料》第 1 卷，北京大学出版社 1997 年版。

陈平原：《触摸历史与进入五四》，北京大学出版社 2005 年版。

陈平原：《中国小说叙事模式的转变》，北京大学出版社 2010 年版。

陈平原：《在东西方文化的碰撞中》，华东师范大学出版社 2014 年版。

陈世雄：《现代欧美戏剧史》，文化艺术出版社 2010 年版。

陈万雄：《五四新文化的源流》，生活·读书·新知三联书店 1997 年版。

丁守和主编：《中国近代启蒙思潮》，社会科学文献出版社 1999 年版。

范伯群编：《冰心研究资料》，北京出版社 1984 年版。

高九江：《启蒙推动下的欧洲文明》，华夏出版社 2000 年版。

高中甫编选：《易卜生评论集》，外语教学与研究出版社 1982 年版。

顾昕：《中国启蒙的历史图景》，（香港）牛津大学出版社 1992 年版。

郭沫若：《创造十年》，云南人民出版社 2011 年版。

哈佛燕京学社编：《启蒙的反思》，江苏教育出版社 2005 年版。

韩毓海：《锁链上的花环——启蒙主义文学在中国》，时代文艺出版社 1993 年版。

洪深编选：《中国新文学大系·戏剧集》，上海文艺出版社 1935 年版。
胡适编选：《中国新文学大系·建设理论集》，上海文艺出版社 1935 年影印版。
胡适：《胡适全集》，安徽教育出版社 2003 年版。
黄曼君：《中国近百年文学理论批评史》，湖北教育出版社 1997 年版。
黄修己：《中国现代文学发展史》，中国青年出版社 1997 年版。
姜义华：《理性缺位的启蒙》，生活·读书·新知三联书店 2000 年版。
姜异新：《互为方法的启蒙与文学——以 20 世纪中国文学史上的三次启蒙高潮为例》，中国社会科学出版社 2010 年版。
李兵：《现代戏剧之父——易卜生心理现实主义剧作研究》，四川大学出版社 2009 年版。
李大钊：《李大钊文集》，人民出版社 1984 年版。
李秀萍：《文学研究会与中国现代文学制度》，中国传媒大学出版社 2010 年版。
李泽厚：《中国现代思想史论》，生活·读书·新知三联书店 2008 年版。
李遵进编：《现代中篇小说选》，安徽文艺出版社 1985 年版。
林骧华：《易卜生与中国——走向一种美学建构》，天津人民出版社 2004 年版。
刘聪：《通往"蓝花"深处——马克思与德国浪漫派研究》，中央编译出版社 2013 年版。
刘禾：《跨语际实验——文学、民族文化与被译介的现代性》，生活·读书·新知三联书店 2002 年版。
刘慧儒：《德国文学史》第 3 卷，范大灿主编，译林出版社 2007 年版。
刘明厚：《真实与虚幻的选择》，同济大学出版社 1994 年版。
刘纳：《嬗变——辛亥革命时期至五四时期的中国文学》，中国社会科学出版社 1998 年版。
（宋）刘恕撰：《通鉴外纪》，国家图书馆出版社 2003 年版。
刘小枫：《诗化哲学》，山东文艺出版社 1986 年版。
刘小枫、陈少明主编：《卢梭的苏格拉底主义》，华夏出版社 2005 年版。
刘忠：《思想史视野中的中国现当代文学》，上海人民出版社 2006 年版。

柳鸣九编：《伏尔泰·哲理小说》，上海文艺出版社 2012 年版。

鲁迅编选：《中国新文学大系·小说二集》，上海文艺出版社 1935 年版。

鲁迅：《鲁迅全集》，人民文学出版社 1981 年版。

罗钢：《历史汇流中的抉择——中国现代文艺思想与西方文学理论》，中国社会科学出版社 2000 年版。

茅盾编选：《中国新文学大系·小说一集》，上海文艺出版社 1935 年版。

茅盾：《茅盾文艺杂论集》，上海文艺出版社 1981 年版。

孟胜德、［挪］阿斯特里德·萨瑟主编：《易卜生研究论文集》，中国文学出版社 1995 年版。

孟悦、戴锦华：《浮出历史地表——现代妇女文学研究》，中国人民大学出版社 2004 年版。

倪婷婷：《五四作家的文化心理》，南京大学出版社 2005 年版。

欧阳哲生、郝斌主编：《五四运动与二十世纪的中国——北京大学纪念五四运动 80 周年国际学术研讨会论文集》（上），社会科学文献出版社 2001 年版。

彭平一：《启蒙思潮史话》，社会科学文献出版社 2011 年版。

清华小说研究社：《短篇小说作法》，共和印刷局 1921 年版。

（清）阮元校刻：《十三经注疏》，中华书局 1980 年版。

任建树等编：《陈独秀著作选》，上海人民出版社 2009 年版。

尚杰：《西方哲学史——启蒙时代的法国哲学》，江苏人民出版社 2005 年版。

沈从文：《沈从文全集》，北岳文艺出版社 2002 年版。

十三经辞典编纂委员会：《十三经辞典·孝经卷》，陕西人民出版社 2002 年版。

石曙萍：《知识分子的岗位与追求——文学研究会研究》，中国出版集团东方出版中心 2006 年版。

孙俍工：《小说作法讲义》，中华书局 1923 年版。

孙中山：《孙中山选集》，人民出版社 1981 年版。

台静农：《地之子》，人民文学出版社 2000 年版。

外国文学研究资料丛刊编辑委员会编：《欧美古典作家论现实主义和浪漫

主义》，中国社会科学出版社 1981 年版。

汪成法：《在言志与载道之间——论周作人的文学选择》，南京大学出版社 2013 年版。

汪晖、陈燕谷主编：《文化与公共性》，生活·读书·新知三联书店 1998 年版。

汪晖：《汪晖自选集》，广西师范大学出版社 1997 年版。

王富仁：《中国的文艺复兴》，广西师范大学出版社 2003 年版。

王桂妹：《文学与启蒙——〈新青年〉与新文学研究》，中国社会科学出版社 2010 年版。

王锦厚：《五四新文学与外国文学》，四川大学出版社 1989 年版。

王鲁彦：《屋顶下》，现代书局 1934 年版。

王统照：《霜痕》，新中国书局 1931 年版。

王跃、高力克编：《五四：文化的阐释与评价——西方学者论五四》，山西人民出版社 1989 年版。

肖雪慧：《理性人格——伏尔泰》，长江文艺出版社 1996 年版。

萧功秦：《危机中的变革》，上海三联书店 1999 年版。

萧乾：《萧乾全集》，湖北人民出版社 2005 年版。

萧延中、朱艺编：《启蒙的价值与局限——台港学者论五四》，山西人民出版社 1989 年版。

徐梓：《蒙学须知》，山西教育出版社 1991 年版。

罗岗、许纪霖：《启蒙的自我瓦解》，吉林出版集团 2007 年版。

许钦文：《许钦文小说集》，浙江文艺出版社 1988 年版。

许子东：《郁达夫新论》，浙江文艺出版社 1984 年版。

许祖华：《五四文学思想论》，华中师范大学出版社 2002 年版。

严家炎编：《二十世纪中国小说理论资料》第三卷，北京大学出版社 1997 年版。

杨春时：《中国现代文学思潮史》（上），南京大学出版社 2011 年版。

杨义：《杨义文存》，人民出版社 1986 年版。

叶舒宪、唐启翠：《儒家神话》，南方日报出版社 2011 年版。

殷海光：《中国文化的展望》，中国和平出版社 1988 年版。

余英时等：《五四新论——既非文艺复兴·亦非启蒙》，联经出版事业股份公司 1999 年版。

郁达夫：《郁达夫全集》，浙江文艺出版社 1992 年版。

袁谦：《李大钊文集》，人民出版社 1984 年版。

袁振英编译：《易卜生社会哲学》，上海泰东书局 1927 年版。

张宝明：《自由神话的终结》，上海三联书店 2002 年版。

赵家璧主编：《中国新文学大系》，上海文艺出版社 2003 年影印版。

赵立坤：《卢梭浪漫主义思想研究》，中国社会科学出版社 2008 年版。

赵秀玲：《中国乡里制度》，社会科学文献出版社 1998 年版。

郑伯奇编选：《中国新文学大系·小说三集》，上海文艺出版社 1935 年版。

郑伯奇：《郑伯奇文集》，陕西人民出版社 1986 年版。

郑欣淼：《文化批判与国民性改造》，陕西人民出版社 1988 年版。

郑振铎：《中国新文学大系·文学论争集》，上海文艺出版社 1935 年版。

郑振铎：《郑振铎选集》，四川文艺出版社 1990 年版。

中国社会科学院科研局、《中国社会科学》杂志社编：《五四运动与中国文化建设》，社会科学文献出版社 1989 年版。

周作人编选：《中国新文学大系·散文一集》，上海文艺出版社 1935 年版。

周作人：《谈虎集》，河北教育出版社 2002 年版。

朱寿桐等：《中国现代浪漫主义文学史论》，文化艺术出版社 2002 年版。

朱自清：《朱自清全集》，江苏教育出版社 1999 年版。

邹晓丽编著：《基础汉字形义释源——〈说文〉部首今读本义》（修订本），中华书局 2007 年版。

二　中文译著

［丹麦］勃兰兑斯：《十九世纪文学之主潮》，韩侍桁译，商务印书馆 1936 年版。

［德］E. 卡西勒：《启蒙哲学》，顾伟铭等译，山东人民出版社 1988 年版。

［德］弗里德里希·包尔生：《伦理学体系》，何怀宏、廖申白译，中国社会科学出版社 1988 年版。

［德］康德：《纯粹理性批判》，邓晓芒译，人民出版社 2004 年版。

［德］康德：《历史理性批判文集》，何兆武译，商务印书馆 2010 年版。

［德］马克斯·霍克海默、西奥多·阿道尔诺：《启蒙辩证法》，渠敬东、曹卫东译，上海人民出版社 2003 年版。

［德］施勒格尔：《浪漫派风格——施勒格尔批评文集》，李伯杰译，华夏出版社 2005 年版。

［俄］加比托娃：《德国浪漫哲学》，王念宁译，中央编译出版社 2007 年版。

［俄］杰尔查文：《易卜生论》，李相崇、王以铸译，作家出版社 1956 年版。

［法］北京大学哲学系外国哲学考研室编译：《十八世纪法国哲学》，商务印书馆 1963 年版。

［法］达维德·方丹：《诗学——文学形式通论》，陈静译，天津人民出版社 2003 年版。

［法］狄德罗：《狄德罗哲学选集》，江天骥、陈修斋、王太庆译，商务印书馆 2017 年版。

［法］狄德罗：《狄德罗美学论文集》，陈占元译，人民文学出版社 1984 年版。

［法］卢梭：《论人类不平等的起源和基础》，李常山译，商务印书馆 1962 年版。

［法］卢梭：《爱弥儿》，李平沤译，商务印书馆 2002 年版。

［法］卢梭：《新爱洛伊丝》，李平沤译，商务印书馆 2002 年版。

［法］卢梭：《忏悔录》，陈筱卿译，译林出版社 2013 年版。

［法］卢梭：《一个孤独的散步者的遐想》，张驰译，湖南人民出版社 1997 年版。

［法］罗兰·巴特：《符号学原理》，李幼蒸译，生活·读书·新知三联书店 1988 年版。

［法］孟德斯鸠：《波斯人信札》，罗大冈译，人民文学出版社 1958 年版。

［法］斯达尔夫人：《论文学》，徐继增译，人民文学出版社 1986 年版。
［法］托克维尔：《旧制度与大革命》，冯棠译，商务印书馆 2017 年版。
［法］夏多布里安：《阿达拉 · 勒内》，时雨译，外国文学出版社 1983 年版。
［捷］米兰 · 昆德拉：《小说的艺术》，孟湄译，生活 · 读书 · 新知三联书店 1992 年版。
［美］爱德华 · W. 赛义德：《赛义德自选集》，谢少波、韩刚译，中国社会科学出版社 1999 年版。
［美］彼得 · 赖尔、艾伦 · 威尔逊：《启蒙运动百科全书》，刘北成、皖强编译，上海人民出版社 2004 年版。
［美］费正清：《美国与中国》，张理京译，商务印书馆 1987 年版。
［美］格特鲁德 · 希梅尔法布：《现代性之路：英法美启蒙运动之比较》，齐安儒译，复旦大学出版社 2011 年版。
［美］卡尔 · 贝克尔：《十八世纪哲学家的天城》，何兆武译，生活 · 读书 · 新知三联书店 2001 年版。
［美］科佩尔 · S. 平森：《德国近代史》（上），范德一等译，商务印书馆 1987 年版。
［美］理查德 · 塔纳斯：《西方思想史》，吴象婴等译，上海社会科学院出版社 2007 年版。
［美］林毓生：《中国意义的危机："五四"时期激烈的反传统主义》，穆善培译，贵州人民出版社 1986 年版。
［美］乔治 · 霍兰 · 萨拜因：《政治学说史》，刘山等译，商务印书馆 1986 年版。
［美］托马斯 · 哈定：《文化与进化》，韩建军等译，浙江人民出版社 1987 年版。
［美］威尔 · 杜兰：《世界文明史——卢梭与大革命》，幼狮文化公司译，东方出版社 1999 年版。
［美］微拉 · 施瓦支：《中国的启蒙运动——知识分子与五四遗产》，山西人民出版社 1989 年版。
［美］维塞尔：《莱辛思想再释——对启蒙运动内在问题的探讨》，贺志刚

译，华夏出版社 2002 年版。

［美］伊恩·瓦特：《小说的兴起》，高原，董红钧译，生活·读书·新知三联书店 1992 年版。

［美］詹姆斯·施密特编：《启蒙运动与现代性——18 世纪与 20 世纪的对话》，徐向东、卢华萍译，上海人民出版社 2005 年版。

［美］张灏：《危机中的中国知识分子》，山西人民出版社 1989 年版。

［美］周策纵：《"五四运动"：现代中国的思想革命》，周子平等译，江苏人民出版社 1996 年版。

［挪威］比约恩·海默尔：《易卜生——艺术家之路》，石琴娥译，商务印书馆 2007 年版。

［挪威］易卜生：《易卜生文集》，潘家洵译，人民文学出版社 1995 年版。

［挪威］易卜生：《易卜生书信演讲集》，汪余礼、戴丹妮译，人民文学出版社 2012 年版。

［苏］阿尔泰莫诺夫等：《十八世纪外国文学史》，方闻等译，上海文艺出版社 1959 年版。

［英］阿伦·布洛克：《西方人文主义传统》，董乐山译，群言出版社 2012 年版。

［英］卡罗尔·帕特曼：《性契约》，李朝晖译，北京社会科学文献出版社 2003 年版。

［英］罗素：《西方的智慧》，马家驹译，世界知识出版社 1992 年版。

［英］罗素：《西方哲学史》（下），马元德译，商务印书馆 1976 年版。

［英］特里·伊格尔顿：《马克思主义与文学批评》，文宝译，人民文学出版社 1986 年版。

［英］以赛亚·伯林：《浪漫主义的根源》，吕梁等译，译林出版社 2011 年版。

李欧梵：《中国现代作家的浪漫一代》，王宏志等译，新星出版社 2010 年版。

殷克琪：《尼采与中国现代文学》，洪天富译，南京大学出版社 2000 年版。

三　期刊论文

陈独秀：《东西民族根本思想之差异》，《新青年》第1卷第4期，1915年12月。

陈独秀：《敬告青年》，《青年》第1卷第1号，1915年9月。

陈独秀：《偶像破坏论》，《新青年》第5卷第2号，1918年4月。

陈独秀：《吾人最后之觉悟》，《新青年》第1卷第6号，1916年2月。

陈独秀：《新文化运动是什么?》，《新青年》第7卷第5号，1920年4月。

陈独秀：《一九一六年》，《青年杂志》第1卷第5号，1916年1月。

邓晓芒：《20世纪中国启蒙的缺陷》，《史学月刊》2007年第9期。

冯沅君：《淘沙》，《晨报副刊》1924年7月29日。

傅斯年：《〈新潮〉之回顾与前瞻》，《新潮》第2卷第1号，1919年10月。

高一涵：《共和国家与青年之自觉》，《青年杂志》第1卷第1—3期。

郭沫若：《孤鸿——致成仿吾的一封信》，《创造月刊》1926年第3期。

韩水仙：《文学的哲思——论启蒙时代“从哲思到小说”的法国哲理小说》，《广东外语外贸大学学报》2008年第1期。

胡适：《答T·F·C〈论译戏剧〉》，《新青年》第6卷第3号。

胡适：《我们对于西洋近代文明的态度》，《现代评论》第4卷第48期，1926年4月。

胡适：《易卜生主义》，《新青年》第4卷第6号。

蹇先艾：《〈春雨之夜〉所激动的》，《文学旬刊》1924年第5期。

朗损：《评四五六月的创作》，《小说月报》第12卷第8期，1921年8月。

李大钊：《法俄革命之比较观》，《言治季刊》第3册，1918年7月1日。

李大钊：《青春》，《新青年》第2卷第1号1916年9月。

李大钊：《新旧思潮之激战》，《每周评论》1919年3月9日，第12号。

刘莘：《卢梭与启蒙理性批判》，《重庆师范大学学报》2005年第3期。

罗家伦：《是爱情还是苦痛?》，《新潮》第1卷第3号，1919年3月。

罗志田：《从科学与人生观之争看后五四时期对五四基本理念的反思》，《历史研究》1999年第3期。

茅盾：《自然主义与中国现代小说》，《小说月报》第 13 卷第 7 号，1922 年 7 月。

沈雁冰：《小说新潮栏宣言》，《小说月报》第 11 卷第 1 期，1920 年 1 月。

宋抵：《民俗性迷信的文化功能及其心理特征浅释》，《社会科学战线》1996 年第 6 期。

宋剑华：《错位的对话：论“娜拉”现象的中国言说》，《文学评论》2011 年第 1 期。

宋剑华：《胡适与易卜生主义》，《徐州师范学院学报》1996 年第 1 期。

孙庆伟：《压制与反叛——对〈终身大事〉的结构主义读解》，《安徽文学》2008 年第 5 期。

谭桂林：《鲁迅小说启蒙主题新论》，《鲁迅研究月刊》1999 年第 1 期。

万同新：《论“五四”对易卜生戏剧的误读》，《剧作家》2011 年第 4 期。

汪晖：《我们如何成为“现代的”?》，《中国现代文学研究丛刊》1996 年第 1 期。

汪晖：《预言与危机》（下），《文学评论》1989 年第 3 期。

汪叔潜：《新旧问题》，《青年杂志》1915 年创刊号。

汪堂家：《“启蒙”概念及其张力》，《学术月刊》2007 年第 39 期。

汪卫东：《重读冰心》，《中国现代文学研究丛刊》2003 年第 1 期。

王桂妹：《民族性自审与性别隐喻》，《文学评论》2007 年第 5 期。

向培良：《中国戏剧概评》，《狂飙》1926 年第 10 期。

严家炎：《五四时期的“问题小说”》，《小说界》1984 年第 2 期。

杨丹丹：《“五四”女性叙事的另一种声音——凌叔华小说中女性主体意识的文化解读》，《绥化学院学报》2008 年第 4 期。

杨联芬：《个人主义与性别权力——胡适、鲁迅与五四女性解放的两个维度》，《中山大学学报》（社会科学版）2009 年第 4 期。

杨联芬：《新伦理与旧角色：五四新女性身份认同的困境》，《中国社会科学》2010 年第 5 期。

叶圣陶：《文艺谈 · 二十二》，《晨报副刊》1921 年 5 月 8 日。

一湖：《新时代之根本思想》，《每周评论》1919 年 2 月第 8 号。

易白沙：《我》，《青年杂志》第 1 卷第 5 号。

郁达夫：《雪夜》，《宇宙风》1936 年第 11 期。

袁阳：《溺于情感的理性——五四理性的觉醒与迷失》，《青海师范大学学报》2001 年第 3 期。

张春田：《个性解放与女性解放的接合——重论胡适的“易卜生主义”及其性别政治》，《枣庄学院学报》2008 年第 3 期。

张灏：《五四运动的批判与肯定》，《当代》（台北）1986 年 5 月创刊号。

张灏：《中国近百年来的革命思想道路》，《开放时代》1999 年第 1、2 期。

张宽：《文化新殖民的可能》，《天涯》1996 年第 2 期。

赵立坤：《论 18 世纪启蒙理性》，《湘潭大学学报》（社会科学版）2001 年第 6 期。

郑伯奇：《〈寒灰集〉批评》，《洪水》第 3 卷第 33 期，1927 年 5 月 16 日。

郑振铎：《发刊词》，《新社会》，1919 年 11 月 1 日第 1 号。

郑振铎：《新文学观的建设》，《文学旬刊》1922 年 5 月 11 日第 37 期。

周作人：《儿童的文学》，《新青年》第 8 卷第 4 号，1920 年 12 月。

周作人：《平民的文学》，《每周评论》1919 年 1 月第 5 号。

周作人：《日本近三十年小说之发达》，《新青年》第 5 卷第 1 号，1918 年 7 月 15 日。

周作人：《贞操论・前言》，《新青年》第 3 卷第 4 号。

四　博士学位论文

韩蕊：《从文学的书信到书信的文学——中国现代书信体小说研究》，吉林大学文学院，2007 年。

韩水仙：《小说与启蒙——1750～1789 法国小说研究》，广东外语外贸大学文学院，2009 年。

林朝霞：《现代性与中国启蒙主义文学思潮》，厦门大学文学院，2007 年。

王学谦：《酒神狂歌与刑天之舞——鲁迅与尼采的家族性相似》，吉林大学哲学社会学院，2011 年。

后　记

这本书稿，来自于五年前我的博士论文。

五年前，当博士论文最后一稿改完的时候，我百感交集。这个题目的选择，源于一次与导师及同门的课堂讨论。写作期间，我先是耗费了大量时间在西方启蒙第一手资料的收集整理与研究上，然后又考察启蒙在中国五四启蒙运动中的影响与流变，再以其为背景观照五四小说流派的创作与特点，工作量之大超出最初的预想很多。在旷日持久的写作过程中，我收获良多，却也因精力有限留下了一些遗憾，所以才决定在沉淀几年之后将此稿修改出版。

回顾我的写作过程，最想感谢的人就是我的博士导师王学谦教授。从无数次课堂讨论中寻找方向，到确定题目时的再三商榷，再到写作过程中的指导与把关，无不渗透着导师对于我的一片苦心。王老师及师母的无私帮助与关怀，我将永远铭记在心。

同时，我要郑重感谢我的硕士导师程革先生。一日为师，终身为父，程老师的教诲与关怀同样是我前行路上的不竭动力，永难忘怀。

最后，感谢我的亲人和朋友们，特别是我的爱人，感谢你们一直以来的支持、鼓励与包容。我的生命，因你们而精彩！

姜丽清

2021 年 5 月